하렘천하

하레스 천하 3

정한조 판타지 장편 소설

초판 1쇄 찍은 날 § 2002년 12월 17일
초판 1쇄 펴낸 날 § 2002년 12월 27일

지은이 § 정한조
펴낸이 § 서경석

편집장 § 문혜영
편집책임 § 이종민
편집 § 장상수 · 박영주 · 김희정 · 권민정
마케팅 § 정필 · 강양원 · 이선구 · 김규진

펴낸곳 § 도서출판 청어람
등록번호 § 제1081-1-89호
등록일자 § 1999. 5. 31
어람번호 § 제1-0330호

주소 § 경기도 부천시 원미구 심곡1동 350-1 남성B/D 3F (우) 420-011
전화 § 032-656-4452 팩스 § 032-656-4453
http://www.chungeoram.com
E-mail § eoram99@chollian.net

값 7,500원

ISBN 89-5505-542-0 (SET)
ISBN 89-5505-545-5 04810

정한조 판타지 장편 소설

하레스천함

3

산투의 이행

도서출판
청어람

■ 목

차

10장

휘페리온 신의 눈물

휘페리온 신의 눈물

라모와 야스퍼는 당장 하레스 성으로 공간 이동을 했다. 그곳에서 마침내 라모는 예전의 앙갚음을 할 수 있었다.

"야스퍼! 정말 눈꼴서서 못 봐주겠군. 그만 좀 하게. 여기 미성년자도 있는데……."

하레스 영주관의 접대실에서 샤넬 황녀를 발견한 야스퍼는 다짜고짜 샤넬 황녀를 끌어안았다. 그리고는 떨어질 줄을 몰랐다.

샤넬 황녀는 의지할 님을 만나자 얼굴을 야스퍼의 가슴에 묻고 하염없이 울었다. 처음에야 반가운 마음에 껴안았지만 실상 야스퍼는 모인 사람들이 모두 구경하는 와중에 민망한 자태를 계속 연출하기를 원하지는 않았다.

접대실 안에는 파울 영주 부부와 블레이드 스턴 헬라까지 떠나지 않고 남아 있었다. 그들은 두 연인의 다정한 모습을 미소와 함께 즐기고 있었다. 야스퍼는 울고 있는 샤넬 황녀를 달래려다 보니 그만 본의 아니게 과잉 액션을 취하게 된 셈이다. 하지만 이런 호기를 놓칠 라모가 아니었다. 사정을 뻔히 알면서도 헬라의 눈을 가리며 일갈한 것이다.

"오빠, 눈 가리지 마. 나도 알 만큼은 다 알아."

헬라가 얼른 방해물을 치우며 다시 두 연인을 바라보았지만 이미 두 사람은 떨어져서 얼굴을 붉히고 있다.

"쯧쯧, 그렇다고 울고 있는 갸냘픈 연인을 그렇게 매몰차게 떼어낼 건 또 뭔가?"

라모의 놀림은 계속됐다.

"형님! 정말 이럴 거요?"

야스퍼가 정색을 하고 나서자 라모의 이간질이 멈추어졌다. 그리고 비로소 라모와 야스퍼는 도란 제국의 변괴를 들었다.

"근위 기사들이 샤넬 황녀를 쫓았다고? 그럼 그 중심에 빅투 단장이 있다는 건가? 그럴 리가! 빅투 단장은 그럴 사람이 아닌데……."

라모는 아직 조금씩 눈물을 짜내고 있는 샤넬 황녀 대신 블레이드에게 설명을 듣고 고개를 갸웃거렸다.

"만약 빅투아르가 정말 그 따위 짓을 했다면 내가 그자의 목을 잘라 버리겠소."

야스퍼가 분개한 목소리로 소리쳤다.

"야스퍼, 아직 빅투의 짓이라는 증거는 없어. 어찌 된 일인지는 가서 조사해 봐야 알겠지. 그러나 문제가 있어. 우리는 엄연히 외국인이야. 도란 제국의 내정에 간섭할 자격이 없다는 거지. 사정을 조사하자면 머리를 써야겠어."

라모는 야스퍼, 블레이드와 더불어 이모저모로 방안을 강구했다. 그래서 나온 최선책이 샤넬 황녀의 호위 기사로 변신해 도란 제국 황성으로 간다는 계책이었다. 라모는 역용변체술이라는 중원 특유의 얼굴 바꾸기 기법이 있었지만, 블레이드가 권하는 방식인 마법을 이용하기로 했다. 즉, 다른 사람의 얼굴로 흡사하게 바꾸는 이미테이션 마법을 펼쳤다. 야스퍼는 하레스까지 와서 죽은 샤넬 황녀의 호위 기사 시릴로 얼굴을 그대로 모방했고, 라모는 예전 샤넬 황녀의 호위 기사를 지낸 적이 있는 마드센이라는 기사의 얼굴을 듣고 본땄다. 이미 9써클의 마스터에 근접한 블레이드의 마법을 알아볼 마법사는 도란 제국에 없었다. 라모와 야스퍼는 샤넬 황녀를 대동하고 도란 제국의 황성으로 공간 이동해 갔다.

세 사람이 나타난 곳은 황성 밖에 마련된 넓은 광장이었다. 마법 사실로 바로 공간 이동할 수는 없었다. 블레이드의 예에서 보았듯 마법진을 파괴하면 공간에 갇히는 불상사가 발생할 수 있다. 마법사들이 음모에 참가했다면 마법진을 그냥 놓아두었을 리 없다. 그래서 안전하게 황성 바같의 광장으로 공간 이동을 한 것이었다.

세 사람이 다가가자 정문의 위사 두 명이 들고 있던 할버드를 겨누었다. 그 뒤에는 또 6명의 위사들이 출입자를 경계하고 있었다.

"여기는 황궁이오. 함부로 들어올 수 없소. 방문 목적을 말하시오."

그러면서 위사는 두 명의 기사 뒤에 서 있는 샤넬 황녀를 보고 고개를 갸웃거렸다. 어디선가 본 듯한 얼굴이었던 모양이다. 야스퍼가 앞으로 나서며 할버드를 잡아당겼다. 위사 한 명이 균형을 잃고 야스퍼에게로 끌려왔다. 야스퍼는 손바닥을 펼쳐 위사의 뺨을 그대로 갈겨 버렸다.

"네놈은 눈깔이 빠졌느냐! 감히 샤넬 황녀님을 못 알아봐? 당장 비켜라!"

야스퍼의 일갈에 그제야 위사들은 깜짝 놀라 일제히 한쪽 무릎을 꿇었다.

"샤넬 황녀님을 뵙습니다."

나가떨어졌던 위사도 아프다는 소리를 못 내고 후닥닥 달려와 무릎을 꿇었다. 그러면서 속으로 이상하다고 생각했다. 샤넬 황녀가 황궁 밖으로 외출했다는 소식을 듣지 못했던 것이다. 이상하기는 라모와 야스퍼도 마찬가지였다. 위사들의 동정을 보아하니 황궁 내부에서 벌어졌던 변괴에 대해서는 전연 모르고 있는 눈치였다.

세 사람은 정문을 무사히 통과해 황성의 외성으로 걸어 들어갔다. 외성 또한 먼저 또 하나의 광장이 넓게 펼쳐져 있다. 광장을 지나 길이 사방으로 뚫려 있다. 내성으로 향하는 길이 있는가 하면 멀리 기사들을 위한 연무장도 보였고, 조성된 화단도 있었으며 도란 제국의 각종 정책을 입안하고 수행하는 행정 건물도 보였다.

"일단 빅투 단장을 만나봐야겠다."

라모는 연무장 한 켠으로 세워진 기사 숙소를 바라보았다. 일자형의 건물이었는데 3층 높이로 방이 2백 개가량은 넉넉히 들어갈 길고 큰 건물이었다. 세 사람이 방향을 틀자마자 일단의 기사들이 달려왔다. 그리고 기사들이 달려오기 전에 순간 이동을 펼쳐 나타난 마법사들이 먼저 공격 마법을 시전해 왔다. 변괴의 장본인들이 계속해 샤넬 황녀의 종적을 탐문하고 있었음에 틀림없었다. 정문에 나타난 즉시 연락이 닿았던 모양이다. 라모는 상황이 더욱 예사롭지 않다고 생각했다.

"라이트닝 볼트!"

"어스 퀘이크!"

땅이 물러지며 발이 쑥 빠졌고, 전격 마법이 날아왔다. 하지만 라모가 손을 젓자 모든 것이 원상태로 돌아갔다.

"흐흐흐! 샤넬 황녀, 아침에는 용케 도망갔지만 지금은 어림도 없소."

기사 한 명이 흥소를 발한 후 손을 들자 기사와 마법사들이 동시에 검으로 또는 마법으로 짓쳐들어 왔다. 야스퍼가 그 모습에 분노를 터뜨렸다.

"샤넬 황녀를 보고 공격해 오는 걸 보니 바로 이놈들이 흉수군."

야스퍼가 검을 빼 들더니 튀어 나갔다. 그리고는 검강을 발해 사정없이 휘둘렀다.

"으악! 소드 마스터다!"

기사들이 순식간에 동강나 버렸다. 그러나 역시 마법사들은 순간 이동을 발해 야스퍼의 검강을 피해 나갔다. 하지만 야스퍼는 예전의 굼뜬 검사가 아니었다. 라모로부터 전수받은 신법을 발해 보이지도 않을 정도로 사방을 뛰어다녔다. 덕분에 마법사들이 순간 이동을 펼쳐 나타나는 순간 야스퍼의 검이 목을 가르고 지나갔다. 어설픈 순간 이동은 더욱 참혹한 죽음을 불렀다. 몸 전체가 양단돼 더운 내장을 쏟아내는 마법사가 공간에서 나타나기도 한다. 샤넬 황녀가 참상에 눈을 가렸다. 야스퍼가 뛰어다닌 지 일 분도 지나지 않아 마법사 5명과 기사 10여 명이 전멸해 버리고 말았다. 외성 광장이 잘려진 사람의 신체 토막과 선혈로 지저분해졌다.

샤넬 황녀와 라모, 야스퍼는 곧바로 황궁 연무장 한 켠에 마련된 기사단장실로 직행했다. 기사단장실은 기사들의 숙소에 마련돼 있었다. 기사들의 숙소는 장식과 치장이 거의 없는 검소한 건물이었다. 기사들의 주거지이니 당연하다고 할 수 있었다. 기사단장실은 숙소 건물 1층의 현관 바로 옆에 위치해 있었다. 기사단장실의 문을 열자 마침 빅투가 있었다. 빅투는 두 명의 기사와 무언가를 의논하고 있다가 노크도 없이 누군가가 들어서자 고개를 들었다.

"누구냐?!"

빅투는 외치다 말고 샤넬 황녀를 발견하고는 급히 한쪽 무릎을 꿇었다.

"빅투아르가 샤넬 황녀님을 뵙습니다."

예전과 다름없는 예의 바르고 정중한 모습이었다. 하지만 라모와 야스퍼는 예전의 빅투로만 볼 수 없었다. 라모가 앞으로 나섰다.

"나는 샤넬 황녀님의 호위 기사요. 우리는 근위 기사들에게 습격을 받았소. 이게 도대체 무슨 일인지 설명해 주겠소, 빅투아르 경?"

빅투아르는 깜짝 놀라며 벌떡 일어나 소리쳤다.

"자네는 마드센 아닌가? 언제 돌아왔나? 근위 기사들이 샤넬 황녀를 습격하다니 그게 무슨 소린가?"

마드센이라는 기사로 변장한 라모가 냉소를 지었다.

"이제 와서 모르겠다고 시침을 떼겠다는 거요? 이곳으로 오기 바로 직전에도 습격을 받았소. 말해 보시오. 근위 기사들은 누구의 명령을 받는 것이오?"

빅투는 눈앞이 노래지는 듯했다. 만약 사실이라면 책임을 면할 길이 없다. 아니, 책임 이전에 휘하 기사들의 움직임조차 제대로 통제하지 못한 기사로서의 명예에 커다란 상처를 입는 것이다.

"물어볼 것도 없습니다. 이자가 아니면 누가 근위 기사들을 인솔할 수 있단 말입니까? 먼저 꿇려놓고 물어도 늦지 않습니다."

새삼 슬퍼하던 샤넬 황녀의 모습이 생각나자 성질이 날 대로 난 야스퍼가 검을 빼어 들고는 말릴 사이도 없이 빅투에게 달려들었다. 빅투는 할 수 없이 응대할 수밖에 없었다. 순식간에 20여 합이 오갔다. 검과 검이 부딪치며 불꽃이 피어올랐고, 검이 지나간 자리엔 시퍼런 예기가 남아 있는 듯 살기등등했다.

"이보게, 시릴. 검을 멈추게. 난 아니야. 자초지종을 들어보게."

그러자 야스퍼가 검을 멈추었다.

"좋다, 빅투. 그렇다면 일단 검을 버리고 무릎을 꿇어라. 그 이후 사정을 듣겠다."

빅투는 기가 막혔다. 시릴은 샤넬 황녀의 호위 기사이기 이전에 역시 근위 기사였다. 시릴 또한 자신의 휘하 기사였다. 그런데 이런 불경이라니……. 더군다나 순식간에 치러진 진검 승부는 결코 시릴이 발휘할 실력이 아니었다. 그제야 빅투는 이상을 느꼈다.

"너는 시릴이 아니구나. 도대체 넌 누구냐?"

빅투의 뒤에 서 있던 근위 기사 두 명이 검을 빼 들었다. 여지껏 샤넬 황녀 때문에 경거망동하지 못했지만 수상한 인물이 끼어 있다면 상황이 다르다.

"너희들은 그 자리에 그냥 있어라."

라모가 왼손을 슬쩍 휘젓자 두 명의 근위 기사가 스르륵 무너져 내렸다. 라모가 블랙암으로 혼절시킨 것이다. 빅투가 굴복할 의사가 없다는 것을 알고 야스퍼는 재차 달려들었다. 달려드는 순간 야스퍼의 검에서 2미터가량의 검강이 솟아올랐다.

"앗!"

빅투가 외마디를 질렀다. 바닥을 굴러 간신히 검강을 피했다. 그리고는 급히 일어나 역시 검강을 발했다. 말을 건넬 틈도 없이 야스퍼의 검강이 날아왔다.

쾅!

빅투가 충격에 뒤로 비틀비틀 물러났다. 황망하게 발한 검강이 밀렸던 것이다. 그리고 다음 순간 오금에 거센 충격이 가해지며 빅투는 자신도 모르게 털썩 무릎을 꿇었다. 이어 시퍼런 검이 뒤에서 목을 겨누었다. 신법을 발한 야스퍼가 어느새 빅투의 뒤로 돌아간 것이다.

"자, 빅투! 이실직고해라. 근위 기사를 동원해 샤넬 황녀를 노린 이유가 무엇이냐?!"

빅투는 큰 충격을 받았다. 오금이 부서져 나가는 듯한 통증보다는 마음의 통증이 더 컸다. 도란 제국 제일의 기사라는 자신이 정체 불명의 인물에게 패한 것이다. 빅투는 불현듯 혹시 저자가 자코 왕국의 리코는 아닐까 의심했다.

"너, 너는 누구냐? 나를 이길 만한 사람은 자코 왕국의 리코와 호른 제국의 라모 백작밖에 없는데… 그럼 혹시 그대는 라모 백작?"

빅투는 샤넬 황녀가 신뢰를 담은 표정으로 서 있는 것을 보고 상대가 리코는 아니라는 것을 알았다. 그러자 빅투의 뒤에서 검을 겨누고 서 있던 야스퍼가 냉소했다.

"흥! 나는 왜 빼는 것이냐, 빅투 단장! 이 야스퍼도 이렇게 그대를 제압할 수 있지."

빅투는 상대의 정체를 알자 조금 마음이 놓였다.

"야스퍼님이셨군요. 과연……. 그런데 이게 도대체 무슨 일입니까? 근위 기사가 샤넬 황녀님을 습격하다니… 사실이라면 정말 면목이 없습니다."

빅투가 샤넬 황녀를 향해 고개를 숙이자 그제야 라모가 앞으로 나섰다.

"야스퍼, 검을 거두게. 빅투 단장도 모르고 있는 모양이군."

라모는 이미 타심통으로 빅투의 내면을 읽었다. 빅투는 온통 의혹과 불신으로 어지러운 상태를 보일 뿐이었다. 야스퍼가 불만스러운 표정으로 검을 거두었다.

"설사 몰랐다 하더라도 이자는 처벌을 받아야 합니다. 자신의 휘하 기사들이 무슨 짓을 하고 다니는지도 모른다니… 도대체 기사단장이라는 자가 이토록 무능할 수 있습니까?"

야스퍼의 독설에 빅투의 얼굴이 달아올랐다. 사실이라면 목이 달아나더라도 할 말이 없는 셈이었다. 빅투는 샤넬 황녀로부터 저간의 사정을 들으면서 점점 얼굴이 붉어졌다.

"샤넬 황녀님! 죽을죄를 지었습니다. 이 빅투가 무능하여 황녀께서 그런 곤경을 겪게 하였으니……."

라모가 상황을 정리하고 나섰다.

"빅투 단장도 모른다고 하니 그럼 근위 기사들을 움직일 만한 다른 사람은 누구요? 그리고 마법사들을 조종한 자는 누구지?"

빅투가 고심을 하더니 한 사람의 이름을 내놓았다.

"이제 와서 생각하니 프란츠 페르란드 공작이 의심스럽군요. 얼마 전 기사 한 명을 부기사단장으로 추천하길래 할 수 없이 받아들인 적이 있는데… 그자가 장난을 친 것 같습니다."

빅투의 설명에 따르면 프란츠 공작이야말로 도란 제국의 실세라는 것이다. 도란 제국에는 두 명의 공작이 있었는데 그중 한 사람이 롤란도 포세카 공작이다. 이 두 사람이 도란 제국을 이끌어가는 쌍두마라고 할 수 있었다. 프란츠 공작은 사실상 군사 지휘권을 가졌고, 롤란드 공작은 행정의 수반이었다. 이 두 사람이 도란 제국의 정치와 군사를 좌지우지한다는 것이다. 그중에서도 빅투는 프란츠 공작을 의심했다. 프란츠 공작 또한 소드 마스터였다.

"야스퍼 경, 저는 무엇보다도 부황이 걱정돼요. 혹시 잘못되지는 않으셨는지 너무나 염려스러워요."

샤넬 황녀가 또다시 손수건을 꺼내 눈물을 찍어내자 애처가 기질이 다분한 야스퍼는 질겁을 했다.

"형님! 일단 황제부터 구하고 볼 일입니다. 프란츠든 롤란도든 범인은 나중에 치도곤을 내도록 하고 일단 황제의 집무실부터 가봅시다."

라모도 야스퍼의 말에 동의하고 빅투를 바라보았다.

"빅투 단장! 믿을 만한 근위 기사는 얼마나 되겠소?"

라모의 질문에 빅투의 눈이 불타올랐다.

"내가 사정을 안 이상 이젠 더 이상 근위 기사들 중 딴마음을 먹은 놈은 발생하지 않을 겁니다. 어떤 놈인지 밝혀내기만 한다면 갈기갈기 찢어 죽이고 말겠소이다."

빅투가 근위 기사단장에 오른 후 이런 오욕을 남긴 적은 없었다. 그러니 그 원흉을 향한 분노는 너무나 뜨거웠다.

"좋소. 그럼 근위 기사들을 모두 동원해 황제의 집무실을 중심으로 내성을 완전히 포위하시오. 한 놈도 빠져나가지 못하도록 포위망을 구축하시오."

라모는 혼절해 있던 두 명의 기사에게 다가가 블랙암을 회수하고 진기를 주입해 깨어나게 했다. 빅투는 두 명의 근위 기사에 명령을 내려 황성 안의 근위 기사를 전부 소집해 내성을 포위하라고 지시를 내렸다.

"나도 가겠소. 저들은 내가 믿는 기사들이오. 내가 없어도 근위 기사들을 배치하는 데는 문제가 없을 겁니다. 도대체 무슨 일이 벌어지고 있는지 내 눈으로 똑똑히 봐야겠소."

황제의 집무실로 향하는 라모 일행을 빅투가 따라붙었다. 내성으로 향하는 동안 황성 안이 시끄러워지더니 사방에서 근위 기사들이 쏟아져 나왔다. 나라가 크고 황성이 큰 만큼 근위 기사들의 숫자도 많았다. 거의 1천 명에 이르는 근위 기사들이 얼마 후 내성 곳곳으로 포진해 가며 오가는 사람을 통제했다. 근위 기사들 한 사람 한 사람마다 눈에서 예기가 흘렀다. 적어도 중급 이상의 그래듀에이트들이었다. 라모와 야스퍼는 도란 제국의 저력에 감탄했다. 근위 기사는 원래 숫자가 적다. 기사는 지휘관이다. 실제로 황성수비는 일반 병사나 수준이 낮은 기사로 대체하는 법이다. 근위 기사는 돌아다니며 점검을 하는 것이 주요 임무였다. 그런데 도란 제국은 그런 근위 기사가 무려 1천 명에 가까웠던 것이다.

"빅투 단장, 이 훌륭한 자원을 레팀논 평원에 풀어놓았다면 저번 전쟁에서도 그리 쉽사리 패하지 않았겠군요."

라모가 웃으며 말하자 빅투의 인상이 찌푸려졌다.

"그렇지 않아도 일전 그런 건의를 황제께 주청한 적이 있었소. 하지만 일언지하에 거부당했소. 근위 기사는 황궁 경비에나 만전을 기하라는 핀잔을 받았지요. 그래서 나와 근위 기사들은 싸워보지도 못했고 우리 도란 제국은 대패를 당하고 말았지요. 지금도 그 당시를 생각하면 답답한 심정입니다."

황제가 우매하면 그 휘하의 신하들이 괴롭다. 도란 제국의 황제가 그다지 현명한 자는 아니라는 선입견이 들었다. 라모 일행은 마침내 내성으로 진입해 황제의 집무실로 향하였다. 황제의 집무실이 있는 엠페러 궁 앞에는 20여 명의 기사들이 2열로 늘어서 궁 입구를 막고 있었다. 기사들은 자신들의 단장인 빅투가 나타나자 일제히 머리를 조아렸다.

"단장님을 뵙습니다."

그러나 빅투가 엠페러 궁 안으로 들어가려 하자 막아섰다.

"단장님! 황제 폐하께서는 누구를 막론하고 들여보내지 말라는 명령을 내리셨습니다."

엠페러 궁을 지키는 근위 기사들의 눈이 샤넬 황녀를 발견하자 불안하게 흔들렸다. 빅투가 노해 고함을 질렀다.

"비켜라. 모든 것은 이 빅투아르가 책임지겠다. 너희 놈들은 도대체 근위 기사이긴 한 것이냐? 황성에 변괴가 생겼는데도 이토록 태연하다니……."

빅투가 뒤를 향해 손짓을 했다. 그러자 약 일백 명가량의 근위 기사들이 달려왔다.

"저놈들을 당장 잡아 꿇려라."

그러자 엠페러 궁을 지키던 20여 명의 기사들이 일제히 검을 빼 들었다.

"빅투 단장! 반역을 하자는 거요? 황제 폐하의 진노를 살 셈이오?"

결코 자신의 상관을 향해 내뱉는 어조가 아니었다. 빅투는 성질이 날 대로 났다.

"잡아라!"

곧 함성이 터져 나오며 엠페러 궁 앞이 검기를 뿌려대는 근위 기사들의 검으로 어지러워지기 시작했다.

빅투는 치욕스러웠다. 근위 기사단장으로서의 명예와, 황제의 신하로서 충성심이 의심받고 있었다. 이런 상황을 누가 초래했단 말인가? 빅투의 음성은 거칠고 살기가 넘칠 수밖에 없었다. 불같은 빅투의 평상시 성정을 알고 있는 근위 기사들이 검을 치켜들고 엠페러 궁을 지키는 기사들에게 육박해 들어갔다.

챙! 채챙!

황제의 집무실이 위치해 항상 정숙을 유지해야 할 엠페러 궁이 검부딪는 소리로 요란해졌다. 엠페러 궁을 지키던 기사들은 힘써 방어했지만 달려드는 근위 기사들이 너무 많아 감당할 수 없었다. 앞을 막으면 옆에서 검이 날아왔고, 옆을 경계하면 뒤로 돌아간 근위 기사가 배후를 급습했다. 라모와 야스퍼가 나설 필요도 없이 붕괴되며 길이 열렸다. 빅투의 손짓에 따라 근위 기사들이 엠페러 궁 안으로 뛰어들어 갔다. 그 뒤를 먼저 빅투가 앞섰고 샤넬 황녀와 야스퍼 라모 순으로 따라 들어갔다.

"저자들은 근위 기사가 아니요."

뛰어들어 간 근위 기사들은 엠페러 궁 회랑 안에서 또 다른 기사들과 치열하게 싸우고 있었다. 그런데 근위 기사와 맞서 싸우는 자들은 과연 색다른 갑옷을 입고 있었다. 근위 기사들은 은색의 플레이트 메일을 입고 있는 반면 상대하는 기사들은 회색을 기본으로 어깨 선을 중심으로 양팔까지 블루 색의 문양이 아로새겨진 갑옷을 입고 있다.

"팔머 기사단이에요."

샤넬 황녀도 알고 있는 기사단이었다. 샤넬 황녀의 말을 받아 빅투가 이를 악물며 소리쳤다.

"프란츠 페르란드 공작의 기사대요. 과연 그자의 짓이었군."

더 이상 참을 수 없다는 듯 빅투가 검을 빼 들더니 앞으로 뛰어나갔다. 그리고는 팔머 기사단의 기사들을 닥치는 대로 주살하기 시작했다. 2미터가량의 검강이 솟아난 검을 들고 달리는 빅투는 팔머 기사단의 기사들에게는 재앙이나 다름없었다. 지나치는 순간 빅투의 검이 갑옷 채로 허리를 갈라 버렸다. 검을 들어 막으며 검까지 두 동강 내버렸고 몸을 돌리면 순식간에 목을 가르며 지나가 버린다.

회랑을 지나자 넓은 대전이 나오며 2층으로 오르는 웅장한 계단이 보였다. 일렬로 50여 명은 걸어 올라갈 수 있을 만큼 폭이 넓은 계단은 온통 반들반들한 대리석으로 치장돼 있어 위압감을 느끼게 했다. 황제의 집무실은 바로 그 계단을 올라서고야 들어갈 수 있었다.

나머지 팔머 기사들은 근위 기사들이 육박하며 충분히 제압하고 있었다. 빅투와 라모 야스퍼는 샤넬 황녀를 호위해 계단을 올랐다. 계단 위에는 다시 팔머 기사단 소속의 기사 10여 명이 검을 빼 든 채 내려다 보고 있었다. 이번에는 빅투뿐만 아니라 야스퍼도 검을 빼 들었다. 그러나 접전은 이루어지지 않았다.

"길을 비켜주어라."

황제의 집무실 안에서 한 사람이 나와 소리쳤다. 50대가량의 인물로 허리에는 검을 차고 경장 갑옷 차림이다.

"프란츠 페르란드 공작!"

계단을 올라선 빅투가 소리쳤다. 프란츠 공작이 빅투를 보며 음산한 웃음을 지었다.

"들어오게, 빅투아르 경!"

황제의 집무실은 호화의 극치를 보여주고 있었다. 약 200평방 미터 되는 넓은 실내는 사면과 바닥까지 황금으로 도배를 해놓았다. 그리고 가구마다 보석이 치장돼 있고 사소한 물건 하나까지도 예사로워 보이지 않았다. 한쪽 벽면에는 역대 황제의 초상화가 늘어서 있고 그 아래 침대 대여섯 개를 합해놓은 듯한 큰 책상이 보였다. 책상도 각이 져 있는 곳은 한군데도 없었다. 물결치듯 들어오고 나오며 곡선을 이루고 있다. 무엇으로 만들어진 것인지 검은 색조의 보석처럼 반짝거리기까지 한다. 책상 위에는 각종 서류들이 어지럽게 널려 있었고 그 너머에 황제가 앉아 있었다. 바로 도란 제국의 루벤트 디아고 민트루노 황제였다.

루벤트 황제는 대략 60세가량으로 보였는데 얼굴에 주름이 많고 수염이 턱 아래까지 늘어져 있다. 지금 보이는 루벤트 황제의 얼굴은 산 사람의 형상이 아니었다. 거의 거무죽죽하게 생기를 잃고 있다. 그 뒤에는 프란츠 공작과 비슷한 연배의 인물 하나가 서 있다. 갑옷을 입지 않은 것으로 보아 기사는 아니었다.

"롤란도 포세카 공작까지⋯⋯."

빅투가 문제의 인물을 발견하고 낮게 부르짖었다. 도란 제국의 쌍두마라는 양 공작이 다 이곳에 있는 것이다. 그 뒤로 다시 팔머 기사단 복장을 한 15명의 기사들이 서 있었다. 라모는 또 황제로부터 조금 떨어진 거리에 묵묵히 서 있는 순백의 갑옷을 입은 기사 한 명을 발견할 수 있었다. 바로 휘페리온 교의 가드템플러였다. 라모와 야스퍼는 다른 누구보다도 가드템플러가 이 자리에 있다는 것이 의외였고 동시에 놀라웠다. 휘페리온 교의 마수가 도란 제국을 덮고 있다는 증거였기 때문이다. 프란츠 페르란드 공작은 라모 일행이 집무실로 들어서자 자신은 황제의 뒤로 돌아갔다. 그리고는 황제의 어깨에 손을 올렸다. 그러자 황제의 얼굴이 일그러지며 몸 전체를 부들부들 떨기 시작했다.

"무슨 짓이냐, 프란츠 페르란드! 네가 감히 황제의 옥체에 손을 대다니……."

빅투가 소리쳤고 샤넬 황녀는 부황의 모습에 곧 자지러지며 울 것 같은 표정을 지었다.

"왜 내가 손을 올리면 안 되지? 황제도 인간이고 나도 인간이다. 인간은 권력을 쥐는 자가 바로 주인이다. 지금까지는 황제가 나의 주인이었지만, 이제는 내가 황제의 주인이다."

프란츠 공작은 통쾌한지 껄껄 웃기 시작했다. 분개한 빅투가 이미 빼 들고 있던 검에서 검강을 발했다.

"경거망동하지 마라, 빅투 단장! 황제를 죽이고 싶지 않으면 얌전히 검을 내려놓아라."

프란츠 공작은 자신의 허리에 걸린 검집을 빼 루벤트 황제가 책상 아래로 내린 손을 받쳐서 올렸다. 황제의 몸이 더 이상 떨릴 수 없을 만큼 와들와들 떨렸다. 그리고 책상 위로 올라온 손을 펴니 왼손의 손가락이 모두 잘려 나간 것을 알 수 있었다. 또 오른손도 새끼와 약지 손가락이 뭉텅 잘려져 있다.

"황제의 교지를 내려야 하니 3개의 손가락이 필요해 남겨둔 것이다. 황제의 의지도 손가락 다섯 개를 넘지 못하더군. 왼손의 마지막 손가락을 자르니 용서해 달라고 빌더군. 6개째를 자르니 시키는 대로 다 하겠다더군. 일곱 번째는 그냥 심심해서 잘라본 걸세. 클클클! 겨우 손가락 몇 개 날아갔다고 울며불며 매달리는 황제가 과연 존귀한 존재인가? 빅투 단장! 이런 위인을 황제로서 공경해야 하는 건가. 도대체 인간에겐 공경할 존재가 있기는 한 건가?"

프란츠 공작의 발언은 수위 조절이 안 되고 있었다. 황제의 권위를 비웃는 데 그치지 않고 인간 전체의 모든 권위를 비웃고 있었다. 샤넬 황녀가 기어코 울음을 터뜨렸다. 빅투는 얼굴이 붉으락푸르락 어쩔 줄을 몰라 했고, 야스퍼의 얼굴도 굳어졌다. 다만 라모만이 태연하게 가드템플러를 주시하고 있었다. 프란츠 공작은 라모에게 있어 관심 밖이었다.

"빅투 단장! 우리는 오랫동안 권력을 향유해 왔네. 하지만 권력을 가진 자는 자신보다 더한 권력을 용납할 수가 없는 법일세. 자신의 위에 군림하는 자를 끌어내려 발 아래 두고 싶은 것이 인지상정이지. 자네도 권력을 계속 누리고 싶다면 우리에게 동조하는 게 좋을 걸세. 그럼 자네의 근위 기사단장 직을 계속 유지하도록 해주겠네."

이번에는 롤란도 공작이 담담한 목소리로 빅투를 설득했다. 빅투는 분노하다 못해 절망감까지 들었다.

"이… 이 죽일 놈들!"

프란츠 공작은 빅투가 절대 설득당할 인물이 아니라는 것을 진작부터 알고 있었다. 이것은 그냥 빅투를 격동시키기 위한 술수에 지나지 않았다.

"빅투 단장! 오랫동안 그대가 도란 제국 제일의 기사로 소문이 나 있었지. 좋아, 인정하지. 자네는 지금껏 도란 제국 제일의 기사였네. 하지만 내일부터 사람들은 도란 제국 제일의 기사는 프란츠 페르란드만을 기억하게 될 거야. 왜냐하면 오늘 그대는 여기서 죽을 테니까. 클클클!"

프란츠 공작이 가드템플러를 바라보았다. 그러나 라모가 한 수 빨랐다. 라모가 가드템플러를 향해 걸어갔다. 물론 포박 마법을 전개한 후였다. 지켜보던 사람들은 의아했다. 라모가 걸어가 어깨동무를 할 동안 가드템플러는 아무런 움직임을 보이지 않았다. 그리고 라모가 가드템플러와 함께 집무실 밖으로 걸어나갔다. 나가기 직전 라모는 야스퍼에게 전음을 발했다.

"야스퍼! 여기는 자네에게 맡기겠네. 이 기회에 장인한테 점수나 듬뿍 따게. 소문엔 황제가 자네를 사위감으로 탐탁치 않게 여겼다더군. 그러니 이 기회에 자네의 능력을 보여주게."

라모가 야스퍼에게 미소를 지어 보이며 완전히 문을 나섰다. 물론 가드템플러가 순순히 동행한 것은 아니었다. 신성력을 발해 라모를 떨쳐 내려고 온 힘을 다했다. 하지만 전혀 움직일 수가 없었다. 오히려 문을 나서기 전 자신의 오른손이 의지를 벗어나 허공으로 들린 다음 뒤를 향해 흔들기까지 했다.

느닷없는 가드템플러의 행동에 의아해하던 프란츠 공작은 문을 나서기 전 걱정 말라고 손을 흔드는 것을 보고야 안심이 되었다. 아마도 잠시 장난기가 동해 문밖에서 대기하겠다는 의미로 받아들였다.

프란츠 공작은 가드템플러가 없더라도 자신만만했다. 뒤에 있는 15명의 팔머 기사들과 협공한다면 빅투를 충분히 제압할 수 있다는 복안이었다. 프란츠는 너무나 자신만만한 나머지 기사 한 명에게 황제를 지키라고 명한 후 허리에 걸린 검을 뽑아 들고는 앞으로 걸어나갔다. 그 뒤를 14명의 팔머 기사들이 따랐다. 샤넬 황녀의 곁에 서 있는 기사를 보았지만 대수롭지 않게 생각했다. 시릴이라는 이름을 가진 샤넬 황녀의 기사는 팔머 기사 두 명만 붙여놓아도 충분히 견제가 되리라 생각했기 때문이다.

야스퍼는 순간적으로 빅투와 눈빛을 교환했다. 그리고 야스퍼가 황제를 바라보았다. 빅투는 야스퍼의 의도를 알았다. 그래서 샤넬 황녀의 앞을 막아서며 검강을 발했다. 야스퍼는 옆으로 슬슬 자리를 옮기기 시작했다. 그러자 프란츠 공작은 턱짓으로 야스퍼를 가리켰다. 그러자 팔머 기사 세 명이 야스퍼를 따라 이동했다. 그 모습을 보고 프란츠는 속으로 욕을 했다.

'멍청한 놈들! 두 명이면 충분한데 세 명씩이나 달라붙기는……'

빅투가 검강을 발한 검으로 상단 자세를 취하였다. 프란츠는 야스퍼에게서 신경을 끊고 빅투에게만 모든 감각을 집중시켰다. 빅투만 침몰시킬 수 있다면 이제 순풍의 돛을 달아도 되는 것이다. 역시 도란 제국 제일의 기사라는 명칭이 아깝지 않은 기세였다. 자신이 혼자라면 감당할 수 없는 적이었다. 프란츠가 황제의 집무실까지 데려온 기사들은 바로 빅투를 겨냥한 포석이었다. 기사들 가운데 그래도 검기를 발하는 인물만 선정한 것이다. 검강에 대번 검이 부러지는 하급의 기사가 아니라 직접 자신의 검강으로 시험한, 그래서 굳건히 대항할 만한 상급의 그래듀에이트들을 엄선한 것이다.

프란츠의 손짓에 따라 세 명의 기사가 정면과 좌우에서 검을 찔러넣었다. 그러자 빅투는 그 자리에 고정된 채 검강을 휘둘러 검을 튕겨냈다. 프란츠는 빅투가 전혀 움직이지 않는 것을 보고 회심의 미소를 지었다. 빅투의 뒤에는 겁먹은 표정의 샤넬 황녀가 숨어 있었다. 빅투는 움직이지 않는 것이 아니라 움직일 수 없었던 것이다. 프란츠는 생각보다 승부가 싱겁게 끝나겠다며 속으로 좋아했다.

그 순간 야스퍼가 돌아간 지점에서 비명이 터져 나왔다.

"으악!"

"크윽!"

야스퍼를 견제하기 위해 따라갔던 기사 세 명이 비틀거리고 있었다.

한 명은 목에서 피가 새어 나왔고, 또 한 명은 심장에서 물줄기처럼 피가 솟구쳤으며 다른 한 명은 검을 떨어뜨리며 얼굴을 부여잡고 있었다. 감싼 손 사이로 붉은 선혈이 뚝뚝 떨어졌다. 그러나 야스퍼는 보이지 않았다. 프란츠 공작은 급히 황제가 있는 곳을 바라보았다. 야스퍼는 그곳에 있었다. 한 손에는 롤란도 공작의 목을 쥐고, 다른 한 손에 들린 검은 황제를 지키는 기사의 심장을 뚫고 있었다. 빅투를 공격하던 기사들까지 손을 멈추고 야스퍼를 바라보았다. 장내가 순식간에 정적에 휩싸였다. 황제는 책상 아래로 머리를 박고 벌벌 떨고 있었다.

"황제 폐하! 이제는 걱정 마십시오. 제가 황제 폐하를 보호해 드리겠습니다."

벌벌 떨던 루벤트 황제는 부드러운 목소리가 들리자 비로소 정신이 돌아왔다. 그리고 야스퍼가 롤란도의 목을 쳐 기절시킨 후 황제를 부드럽게 부축해 일으켰다. 황제는 야스퍼의 손이 닿자 발작적으로 몸을 떨었다.

"그, 그대는 누군가? 나를 어찌하려는 건가?"

야스퍼는 미소를 지었다.

"호른 제국의 야스퍼 백작입니다. 전에 한 번 황제 폐하를 알현한 적이 있는데 기억하시는지요?"

질문을 던지자 루멘트 황제는 어렴풋이 지난날 자코 왕국과의 혼담으로 방문했던 호른 제국 참관인이었던 야스퍼가 기억나는 듯했다.

"오, 오! 야스퍼 백작이었구료. 야스퍼 백작! 나, 날 구해주시구려!"

야스퍼는 측은한 얼굴로 황제를 부축해 일으켰다. 대가 약한 황제였지만 장차 귀한 장인이 될 어른 아닌가? 야스퍼는 황제의 허리를 안아 바짝 당겼다.

"황제 폐하, 이제부터 아무 걱정 마시고 저만 꼭 붙들고 계십시오."

말이 끝나기가 무섭게 야스퍼가 단숨에 넓은 책상을 건너뛰더니 빅투를 향해 달렸다.

"막아! 저자를 죽여."

프란츠 공작이 악을 썼다. 팔머 기사들이 야스퍼를 향해 달려왔다. 처음엔 눈을 뜨고 있던 황제는 팔머 기사들이 무서운 기세로 달려들자 눈을 질끈 감고 3개의 손가락밖에 남지 않은 오른손으로 야스퍼만을 죽어라 붙들고 늘어졌다.

야스퍼는 쇄도해 들어오는 검날을 쳐내며 신법을 발휘해 순식간에 빅투의 곁으로 다가갔다. 팔머 기사들은 자신의 검이 튕겨 나가고 허공만을 베었다는 사실을 알았다. 그만큼 야스퍼의 신법은 놀랍도록 증진돼 있었다.

"빅투 경, 황제 폐하를 안정시켜 드리게. 자네는 지키는 데만 신경을 쓰게. 이제부터 내가 이자들을 전부 상대하지."

야스퍼가 황제를 내려놓고 허리를 폈다. 황제는 여전히 라모의 옷깃을 잡고 감은 눈을 뜨려 하지 않았다.

"황제 폐하! 빅투아르입니다. 이제야 황제 폐하를 뵙는 저를 죽여주십시오."

황제는 빅투아르의 말소리를 듣고 얼굴을 확인하고서야 야스퍼의 옷깃을 놓고 빅투의 손을 부여잡았다.

"빅투아르 경!"

황제는 놀랍고 반가운 마음이 가득한 목소리로 빅투의 이름을 불렀다. 그리고 뒤에 서 있는 샤넬 황녀를 발견하고서야 얼굴에 생기가 돌아오기 시작했다.

"샤넬! 내 딸아!"

샤넬 황녀도 루멘트 황제를 얼싸안고 눈물을 흘렸다.

"아바마마! 무사하셔서 정말 다행이에요."

황제와 샤넬 황녀가 서로 부여잡고 비 오듯 눈물을 쏟아내기 시작했다. 하지만 곧 울음은 잦아들 수밖에 없었다. 그들의 눈앞에서 평생 보기 힘든 장관이 펼쳐졌기 때문이다.

처음엔 검강을 발해 상대하던 야스퍼는 팔머 기사들이 검기를 발해 꿋꿋하게 받아내는 것을 보고 마음을 바꾸었다. 검강을 거두고 신법으로 상대하기 시작했다. 그 다음부터는 연이어 비명이 터져 나오기 시작했다. 야스퍼가 눈부신 신법으로 허공을 홀홀 날아다니고 있었다. 실상 부딪힌 반탄력을 이용하거나 상대 기사의 어깨를 밟는 식으로 옮겨 다니고 있었으나, 루멘트 황제나 샤넬 황녀의 눈에는 야스퍼가 아무 것도 없는 허공을 홀홀 날아다니고 있는 것으로만 보였다. 야스퍼가 한번 붙었다 떨어지면 여지없이 비명이 터져 나오며 한 명의 기사가 쓰러졌다. 마치 리코의 쾌검이 야스퍼에게서 펼쳐지는 것으로 보일 정도였다. 리코에게 비할 바는 아니지만 야스퍼의 검 또한 일반 기사가 상대할 수 없을 만큼 빨랐다.

먼저 쓰러진 4명을 제외한 11명의 팔머 기사들이 야스퍼의 한바탕 춤사위 끝에 모두 줄이 끊어진 허수아비처럼 일시에 쓰러져 버렸다. 야스퍼는 일부러 프란츠 공작은 남겨두었다. 야스퍼가 첫 번 기사를 죽일 때부터 줄기차게 쫓아다녔으나 야스퍼의 옷자락조차 만지지 못한 프란츠 공작이었다. 야스퍼는 그제야 프란츠 공작에게 다가갔다.

도란 제국의 권력이 눈앞까지 왔다가 사라지는 것을 느낀 프란츠는 야스퍼가 팔머 기사들을 모조리 처리하고 자신에게 다가오자 죽음을 결심했다.

"이놈!"

외마디를 지르며 야스퍼에게 달려들었다. 1미터가 넘는 검강이 프란츠 공작의 검에서 솟았다. 그러나 야스퍼의 검에서 2미터가 넘는 검강이 솟으며 프란츠의 검강을 후려쳤다.

쾅!

프란츠가 기운에 밀려 비칠비칠 밀려나자 야스퍼가 빠르게 다가서며 검강을 휘둘렀다. 프란츠가 최선을 다해서 막았지만 오랫동안 권력에만 빠져 실전이 부족해 도저히 야스퍼의 상대가 될 수 없었다. 서너 번 검강이 부딪친 후 야스퍼는 마무리로 비틀거리는 프란츠의 오른손을 냉큼 잘라 버렸다. 프란츠 공작의 검이 손목까지 달린 손을 달고 바닥에 떨어졌다. 이어서 야스퍼는 다가서며 프란츠 공작의 배를 걷어찼다.

"억!"

프란츠 공작이 배를 구부리며 앞으로 고꾸라졌다. 야스퍼는 오른발로 쓰러진 프란츠 공작의 등을 밟고는 검강을 거둔 검으로 목을 겨누었다. 그리고는 황제를 바라보았다. 루멘트 황제는 입을 벌리고 앉아 야스퍼를 바라보고 있었다.

"황제 폐하! 이자를 지금 죽이시겠습니까, 아니면 생포해 차후 문초를 하시겠습니까? 명령을 내려주십시오!"

야스퍼의 질문에 황제는 일시 대답을 하지 못했다. 무시무시한 프란츠 공작이 야스퍼 앞에서는 한낱 일반 병사보다도 못해 보였다. 빅투는 어째 야스퍼의 행동에 작위적인 느낌이 들었다. 프란츠의 등에 발을 올린 것이며, 새삼스럽게 황제의 명을 기다린다는 둥 생색내는 게 아닌가. 하지만 그건 혼자만의 생각일 뿐 입을 열어 말할 수는 없었다.

"야스퍼 경! 아무래도 생포하는 게 나을 듯싶습니다. 그자들이 도대체 무슨 심보로 황제 폐하를 핍박했는지 알아야 하지 않겠습니까? 그리고 프란츠와 롤란도는 그리 쉽사리 죽여서는 안 됩니다. 감히 황제 폐하를 시해하려 한 죄를 물어 세상의 무서운 고통을 알려줘야 합니다."

빅투가 황제를 대신해 입을 열자 황제는 얼떨떨한 얼굴로 고개를 끄덕였다.

"그, 그래, 그게 좋겠소."

황제의 집무실에서 사태가 마무리되는 동안 라모는 밖에서 가드템플러와 다정한 대화를 나누고 있었다. 문 앞에는 라모의 블랙암에 혼절한 10명의 팔머 기사들이 누워 있었다.

황제의 집무실에서 나와 라모는 가드템플러와 대리석 계단의 첫 층계에 다리를 뻗고 앉았다. 회랑의 일부와 대전 몇 군데에서 아직도 제압되지 않은 팔머 기사들이 날뛰고 있었다. 그러나 근위 기사들의 숫자가 압도적이어서 상황은 종료되기 직전이었다.

라모는 팔을 두른 가드템플러를 바라보았다. 평온한 얼굴이었다. 신성력을 발해 라모를 견제하고 있기는 하나 어디에도 죽음에 대한 두려움은 보이지 않았다. 신에 대한 믿음은 이렇게 대단한 것인가 라모는 적지 않게 감탄했다. 한 가닥 의심없는 믿음은 일백 년의 수련과 맞먹는 마음의 평정을 단숨에 가져다 준다는 성현의 말씀이 생각나는 라모였다. 하지만 이제는 그런 평정을 깨부수어야 한다.

"호른 제국에서 자네의 동료 두 명을 만난 적이 있지. 잘못된 길을 걷는 것 같아 설득하려 했지만 씨도 먹히지 않더군. 그래서 죽여야 했네. 단숨에 심장을 부수어 절명시켰네. 그러니 짧은 고통만으로 휘페리온 신의 곁으로 보내주었네. 자네도 그들과 같은 운명을 택하겠나?"

가드템플러는 조금 놀란 눈으로 라모를 바라보았다. 하지만 아직 흔들림이 없는 눈이었다.

"그중의 한 사람이 그러더군. 신의 세계를 위해서 한순간의 고통과 변혁을 겪고 있는 중이라고. 그래서 내가 정정해 주었지. 그것은 신의 뜻이 아니라 탐욕에 젖은 대제사장의 뜻이라고 말이야. 말해 보게. 자네들의 대제사장은 그토록 믿을 만한 존재인가? 휘페리온 신께서는 과연 이 같은 참경을 원하셨겠는가?"

라모는 대전에 뿌려진 선혈과 잘려진 기사들의 수족을 가리켰다. 그래도 가드템플러의 평정은 깨지지 않았다.

"휘페리온 교의 이상만큼은 정말 훌륭하더군. 절제와 헌신, 이 두 가지 덕목만으로도 사람들로부터 추앙을 받을 만해. 하지만 휘페리온 교는 추악하게 변질되고 말았네. 역사책은 이런 휘페리온 교의 타락을 낱낱이 적고 있네. 무엇이 휘페리온 교를 변질케 했을까? 왜 신도의 재산을 갈취하고 함부로 사람을 살해하는 거지?"

가드템플러가 분노한 눈으로 라모를 노려보았다. 드디어 마음의 평정을 깨뜨리는 데 성공한 것이다.

"그것은 잘못 기록된 역사요. 편향된 시선을 가진 사람들의 무단한 폭력이요. 대제사장께서는 말하셨소. 휘페리온 교의 이상은 만민의 평등과 평화요. 그런데 각 국의 황제와 귀족들이 자신들의 권력을 유지하기 위해 사람들을 속이고 휘페리온 교를 탄압했소. 그 핍박과 오욕의 시간을 참고 견디다 대제사장께서 나타나시어 휘페리온 교는 다시 세상에 나올 수 있었던 거요. 권력을 사랑한다면 그 권력의 허무함을 알려주시겠다고 하셨소. 그들의 권력으로 그들을 징계하시겠다고 말하셨소. 나는 대제사장의 마음을 충분히 이해하오."

"라모는 순진한 가드템플러의 믿음이 가소로웠다.

"그들의 권력으로 그들을 징계한다고? 말은 그럴듯하군. 그래서 자네는 프란츠 공작이 도란 제국 황제의 손가락을 자르고 있는데 구경만 한 것인가? 자네의 생각을 말해 보게. 과연 권력을 가진 자는 무조건 죽어야 하나? 더군다나 그것이 잘못된 종교의 오도된 시선이라면 어찌 되는가? 그럼 대제사장은 권력자가 아니란 말인가? 황제를 마음대로 농락하고 있으니 대제사장도 죽어야 하지 않는가?"

가드템플러가 라모의 말을 끊으며 소리쳤다.

"닥치시오! 대제사장님은 신의 사도요. 나는 그분을 전적으로 믿고 있소. 산을 허물고 바다를 가르는 기적을 보여주신 분이요. 휘페리온 신의 가호가 없다면 어찌 인간이 그런 신비한 힘을 가지고 있겠소. 프란츠 공작의 행위는 못마땅했지만 나로서는 대제사장님의 분부를 받들어야 할 책임이 있소."

라모의 눈이 가드템플러의 말에 조금 커졌다.

"대제사장이 산을 허물고 바다를 가른다고?"

가드템플러가 어느새 평정을 되찾아 여유있게 입을 열었다.

"그렇소. 그분의 능력은 누구도 대적할 수 없소. 그분이 손을 들자 산봉우리가 터져 나갔고, 또한 바다를 향해 서자 섬을 향해 점차로 바닷물이 빠지더니 길이 생겼소. 이건 꾸며낸 이야기가 아니오. 우리 가드템플러들이 똑똑히 목격한 사실이오. 그분은 기적을 일으키는 분이시오. 그로부터 우리는 신실한 믿음을 가졌고, 드디어 가드템플러가 된 거요."

라모는 대제사장의 능력이 그 정도라면 정말 대적하기 어렵다고 느꼈다. 자신이 일원신공을 대성했다 하더라도 산을 허물고 바다를 가르지는 못한다. 라모는 사태가 심각하다는 것을 느꼈다. 정말이라면 자신의 목숨을 걸어야 한다. 하지만 라모는 주저하지 않았다. 자신의 환생은 신의 소명이라는 의무감이 들었다. 예전에는 몰랐지만 일원신공을 터득하면서 자연적으로 타인의 삶에 관심을 가졌다. 그렇다면 죽더라도 대제사장을 만나야 한다고 라모는 생각했다.

"내가 대제사장을 만나 담판을 짓겠네. 그는 어디에 있나? 그가 떳떳한 인물이라면 나를 만나지 못할 이유가 있을까? 휘페리온 교는 신의 나라를 건설하자는 뜻일 테지? 그런데 보게. 호른 제국에서는 황제를 암살하고, 도란 제국에서는 황제의 손가락을 잘랐네. 덕분에 호른 제국은 3년간이나 백성들이 도탄에 빠지고 말았네. 도란 제국 또한 우리가 알지 못했다면 호른 제국의 전철을 밟았을 거야. 프란츠 공작에 의해 국민들은 비명을 질렀겠지. 이것이 신의 나라인가? 이것은 음모요, 비열한 술수이네. 대제사장은 도대체 무슨 생각을 하는 건가? 그가 정당하다고 느낀다면 나를 그에게 인도하게. 그가 자네의 말처럼 대단하다면 나를 꺼릴 이유가 없지."

가드템플러의 표정이 조금 흔들렸다. 그러나 곧 담담하게 대꾸했다.

"갈 수는 있으나 돌아오지는 못할 거요. 비록 대제사장께서는 자애로운 분이시며, 한 번도 사람을 죽인 적이 없지만 그대라면 분노하시여 죽음을 내릴지도 모르오. 대제사장님의 원대한 꿈을 막고 가드템플러를 죽이다니… 아마도 살아남지 못할 거요. 그래도 가시겠소?"

라모는 호기롭게 웃었다.

"하하하! 내가 자네에게 똑똑히 알려주지. 정말 대제사장이 신의 사자라면 나는 기꺼이 그에게 죽으러 가겠네. 왜냐하면 나는 대륙을 위협하는 존재와는 같이 살고 싶지 않아. 대륙민을 위협하고 공포를 심어주는 자와 싸우기를 원하네. 설사 내가 죽더라도 또 다른 누군가가 대륙의 평화를 위해 검을 들고 대제사장을 찾을 걸세. 대제사장이 이끄는 휘페리온 교는 바로 악마의 집단이니까.”

라모의 일갈에 가드템플러가 할 말을 잊었다. 라모의 눈은 신념을 발하고 있었다. 가드템플러는 그럴 리 없다고 생각하면서도 머리 속이 복잡해지기 시작했다.

“대제사장께서는 자코 왕국의 수도 랑주에 계시오. 그곳에서 한참 신전을 짓고 계실 거요. 아아! 휘페리온 신이시여! 과연 진실은 무엇입니까?”

라모가 몇 번 더 심중을 흔들어놓자 가드템플러는 대제사장의 행방을 털어놓았다. 라모는 장력을 발해 신성력을 뚫고 가드템플러의 내장에 충격을 주어 혼절시켰다. 신성력이 사라진 다음 수혈과 마혈을 짚었다. 죽이고 싶은 생각은 들지 않았다. 이렇게 해놓으면 라모가 돌아올 동안 내내 잠만 잘 것이다. 팔머 기사단을 모두 제압한 근위 기사들이 계단을 뛰어올라 오고 있었다.

라모는 근위 기사에게 가드템플러를 맡기고 황제의 집무실로 들어갔다. 그곳 역시 상황은 종료돼 있었다. 뛰어들어 온 근위 기사들이 프란츠 공작과 롤란도 공작을 생포했다.

“야스퍼! 이곳이 완전히 정리될 때까지 자네가 남아 도와주게. 난 자코 왕국에 다녀와야겠어. 휘페리온 교를 뿌리 뽑아야겠어.”

야스퍼는 라모가 자신을 배려한다고 생각하고 순순히 수긍했다. 야스퍼는 이 절호의 기회를 최대한 살려 샤넬 황녀를 자신의 아내로 보상받을 속셈이었다. 혼자 간다 하더라도 라모의 능력은 걱정할 하등의 이유가 없다고 생각하는 야스퍼였다.

"알겠습니다, 형님!"

야스퍼가 득의의 미소를 지었다. 라모는 곧바로 빅투의 배려로 마법 사실로 향했다. 알고 보니 롤란도 공작의 배후 조종으로 많은 수의 마법사들이 반란에 가담한 것이었다. 마법사실은 근위 기사들로 가득 차 있었다. 낱알과 쭉정이를 분류하는 근위 기사들의 손길이 바빴다. 간혹 마법을 시전하며 반항하는 마법사도 보였지만 반란에 가담하지 않은 마법사와 근위 기사들이 득달같이 달려들어 제압했다. 라모는 마법진을 통해 자코 왕국의 수도 랑주 인근으로 공간 이동해 갔다.

라모는 랑주로 걸어 들어가며 예전과 거의 변함없는 풍경을 바라보았다. 여전히 해자가 곳곳에 파여 있고, 오가는 남자들은 하나같이 검을 차고 있었다. 라모는 랑주 시내의 한 식당 문을 열고 들어섰다. 이곳에서 대강의 정보를 알아볼 속셈이었다. 여관을 겸한 식당 안에는 늦은 오후이긴 하나 저녁이 아니어선지 한 테이블에만 손님 두 명이 마주 앉아 있을 뿐이다.

라모는 식탁 하나를 점유하고 앉아 맥주를 시켰다. 주인이 맥주를 가져오자 라모는 은근히 물었다.

"주인장! 듣자하니 여기 랑주에 큰 신전을 짓고 있다던데 그곳이 어디요? 아주 멋지게 짓고 있다던데……."

그러자 주인은 맥주잔을 집어 던지듯 라모의 탁자에 거칠게 내려놓았다.

"그건 뭐 하러 묻는 거요? 그 빌어먹을 곳은 물어보지도 마시오. 생각만 해도 이가 갈리니까."

라모는 주인의 반응에 어이없어하다가 재빨리 손목을 낚아채 진기를 주입했다.

"아이고!"

주인이 비명을 질렀다.

"손님이 물으면 공손히 대답할 것이지 이 무슨 불손한 짓인가?"

하지만 주인은 승복하지 않았다. 오히려 발버둥을 쳤다.

"이 빌어먹을 놈이!"

대화를 나누던 손님 두 명이 일어나 검집을 잡았다. 라모는 혀를 차고는 주인을 밀어버렸다. 주인은 뒤로 나동그라졌다. 그러나 곧 벌떡 일어나 삿대질을 하며 고함을 쳤다.

"네놈에겐 맥주를 팔지 않겠다! 썩 꺼져라!"

라모는 오히려 흥미로운 눈으로 주인을 바라보다 맥주잔을 들어 단숨에 들이켰다.

"자! 이제 어떻게 할 텐가?"

주인은 분기탱천한 얼굴로 라모를 바라보았다.

"이, 이 아무르의 첩자 놈!"

손님으로 온 두 사내가 라모에게 걸어오며 검을 빼 들었다.

"아무르의 개라면 우리도 가만있을 수 없지."

주인 또한 계산대로 달려가더니 검을 찾아 되돌아왔다. 라모는 그 모습에 혀를 찼다. 과연 호전적인 자코 왕국의 사람들이었다. 남자라면 누구나 검술을 배우고 또 검을 소지한다. 한낱 식당 주인조차 검을 빼 들자 단번에 전사로 변신한다. 그러나 라모 앞에선 어린아이나 다름없다. 라모가 손을 들어 휘젓자 세 사람이 들고 있던 검이 일제히 손을 벗어나 식당 바닥에 꽂혔다. 세 사람의 눈이 믿을 수 없다는 듯 커져 라모와 검을 번갈아 바라보았다.

"그리 분노할 건 없네. 나는 아무르의 개가 아냐. 오히려 아무르를 죽이러 왔다면 믿겠나? 자! 이야기가 통할 것 같으니 여기 앉아 말을 해보게. 도대체 아무르가 무슨 짓을 한 건가? 난 오랫동안 외지에 나가 있어 그동안의 정세에는 감감무소식이야."

라모가 웃는 얼굴로 의자에 앉기를 권하자 세 사람은 반신반의하면서도 탁자에 둘러앉았다. 이곳으로 오면서 이미 회복한 라모의 준수한 얼굴은 결코 거짓말을 하지 않을 듯 보였기 때문이다. 눈을 치뜨자 만인을 제압할 듯한 위엄이 흘러나왔다. 결코 남의 하수인 노릇이나 할 사람으로는 보이지 않았다. 더군다나 라모의 무력은 자신들이 감당할 만한 수준이 아니라는 걸 단 한 수에 절실히 깨달았다. 그래서 즉시 공손해졌다.

"댁이 그렇게 말하니 믿겠소. 요즘 곳곳에 아무르의 밀정들이 숨어 고자질을 해대는 바람에 여러 사람이 다쳤소. 그래서 나도 신경이 날카로워졌던 모양이오. 이해하시오."

주인이 먼저 사과했다. 이어 사내 중 한 명이 입을 열었다.

"요즘 자코 왕국의 빛나던 기세는 완전히 죽어버렸소. 그룬디아 대륙을 호령하던 불패의 병사라던 자코 왕국의 기병도 다 옛말이지. 요즘 아무르는 그야말로 여자와 술, 파티로 국고를 탕진하고 있소. 툭하면 민정 시찰이라는 구실로 나와서는 맘에 드는 여자를 납치해 왕궁으로 끌고 들어갑니다. 그리고 하루도 빼놓지 않고 무도회니 파티를 열어 즐기며 국민의 고통은 아랑곳하지 않소."

랑주의 시민들은 아무르를 국왕으로 인정하지 않고 있다. 이름을 함부로 불러대는 것이 그 좋은 예였다. 다른 사내가 말을 이었다.

"그놈의 신전이라는 것도 국민의 등골을 빼고 있소. 그대가 찾고자 한 신전은 랑주 동쪽으로 10킬로미터가량 가면 있소. 거의 3년간의 공사 끝에 지금 거의 완성돼 가고 있는데 연간 그곳에 투입된 인원이 무려 20만 명이요. 집집마다 사내들이 징집돼 강제 노역을 하고 있지요. 그러니 이곳 주인장이 신전 얘기를 듣고 화를 낸 것도 무리가 아닌 것이오."

이어 식당 주인이 말을 받았다.

"정말 포우 국왕 시절이 그립소. 아르센 왕자께서는 어찌 되셨는지……. 아무르가 왕위에 오른 다음 자코 왕국은 예전의 영광을 찾을 길이 없소."

라모는 세 사람의 설명에 대충 자코 왕국의 실정을 파악할 수 있었다. 라모는 감사를 표한 다음 금화 한 닢을 던져 주고 식당을 나섰다. 일단 신전부터 가볼 요량이었다.

라모가 신전 근처에 다다랐을 때는 땅거미가 드리워지고 있었다. 라모는 신전이 내려다보이는 언덕 위에서 전반적으로 신전의 규모와 인원 배치 상황을 알아보고자 했다. 언덕에는 한 그루 커다란 플라타너스 나무가 서 있었다. 라모는 나무 위를 향해 걸어 올라갔다. 진기를 주입해 발바닥으로 나무를 흡착한 후 태연하게 걸었다. 다른 사람이 라모를 보았다면 마족이나 귀신으로 착각할 만한 모습이었다. 어찌 인간이 수평으로 나무를 걸어 올라갈 수 있단 말인가? 라모는 나무의 제일 끝 가지로 뛰어올라 신전을 내려다보았다.

하루의 일과가 끝났는지 노역자들이 사방으로 흩어지고 있는 모습이 보였다. 완성을 눈앞에 두고 있던 신전은 과연 거대했다. 거의 자코 왕성의 크기였다. 성이야 둘레만 돌로 축조하면 되지만 신전은 천장과

벽 전체를 물샐틈없이 건축해야 한다. 그러니 연간 20만 명의 인원이 동원돼 3년에 걸친 대역사를 벌일 만했다. 신전은 휘페리온 신으로 추정되는 거대한 인물이 양 날개를 펴고 하늘로 비상하는 모습을 형상화했다. 사방으로 돌아가며 대리석 기둥이 받치고 있고, 멀리서 보기에도 창문과 주변 장식들에 보통 공을 들인 것이 아니었다.

신전을 관찰하던 중 라모는 신전 옆으로 200미터가량 떨어진 공지에 지어진 사각형 모양의 석조 건물에 주목했다. 그냥 아무런 장식 없이 상자를 엎어놓은 듯한 직사각형의 건물이었다. 그런데 그 건물의 경비가 보통 삼엄한 것이 아니다. 신전에도 병사들이 배치되어 있었지만 상자형 건물에는 거의 500명에 달하는 병사들이 집중적으로 경비하고 있다. 라모는 직감적으로 심상치 않은 곳임을 느꼈다. 저곳이야말로 대제사장의 거주처일지도 몰랐다. 라모는 어두워지면 침투해 볼 생각으로 그냥 나무 꼭대기에 주저앉아 명상을 시작했다. 그러나 잠시 후 명상이 깨졌다.

신전과 반대 편에서 일단의 기마병들이 언덕으로 치달려왔던 것이다. 언덕 위로 올라온 병사들은 조심스러워지기 시작했다. 언덕 근처에서 말을 내린 후 병사 몇 명이 뛰어 올라와 배를 깔고 누워 신전을 관찰하기 시작했다. 그리고는 곧 한 명이 밑으로 달려 내려갔다.

"노역자들은 전부 철수하고 경비 병력만 남았습니다."

병사가 누군가에게 보고했다. 라모는 나무 위에서 안력을 집중해 보고를 받는 사람이 누군지 주시했다. 거대한 말을 탄 거구의 인물이었다. 라모는 한눈에 누구인지 알아볼 수 있었다.

"하룬 플라이드 백작."

라모는 낮게 입속에서 부르짖었다. 하룬을 한 번 본 사람은 그 거대한 덩치를 잊을래야 잊을 수가 없다. 그는 여전히 그레이트 소드를 등 뒤에 메고 있다.

"잠시 이곳에서 휴식을 취한다. 날이 완전히 어두워지면 단숨에 쳐들어가 아르센 왕자님과 리코 후작님을 구출한다. 휴식을 취하면서도 경계를 게을리 하지 마라."

하룬이 몰고 온 기병은 거의 200명에 이르렀다. 병사들은 하룬의 지시에 따라 일제히 말 등에서 뛰어내려 휴식을 취하기 시작했다. 라모에게 있어서는 뜻하지 않은 수확이었다. 신전에 리코가 억류돼 있는 모양이다. 리코의 능력에 비추어볼 때 이상한 전개였지만 라모는 개의치 않았다. 오히려 도랑치고 가재를 잡게 되었으니 만족스런 상황이었다. 대제사장의 능력에 대한 한 가닥 불안감이 들기도 했으나 곧 떨쳐버렸다. 그도 인간인 이상 분명히 대적할 방도가 있으리라 생각했다.

마침내 날이 어두워졌다.

"공격은 예정대로 일제히 진입하는 것이다. 그러나 사람을 구한 후 후퇴는 1진과 2진으로 나눈다. 1진은 전진 방어요, 2진은 후퇴하면서 방어이다. 누누이 설명한 바 있으니 더 이상 언급하지 않겠다. 귀관들의 건투를 빈다. 부디 살아남아서 자코 왕국의 영광된 날들을 누리기 바란다."

하룬이 그레이트 소드를 빼 들었다. 병사들 또한 일제히 검을 빼 들었다.

하룬이 먼저 신전으로 향한 언덕을 조용히 내려가기 시작했다. 그 뒤를 200명의 기병이 숨을 죽이며 따라 내려갔다.

그들은 최대한 정숙을 유지하며 신전 앞에 펼쳐진 평야로 내려섰다.

하지만 대규모 인원인지라 눈에 띄지 않을 수 없었다. 곧 호각 소리가 신전과 평야에 울려 퍼졌다. 하룬이 그레이트 소드를 힘차게 앞으로 뻗었다.

"돌격!"

200의 기병이 함성을 지르며 일제히 내달리기 시작했다. 그 모양을 주시하던 라모는 플라이 마법을 사용해 그대로 날아올라 석조 건물을 향해 나아갔다.

"하룬 덕분에 일이 쉽게 풀리는군."

라모는 곧 직사각형의 석조 건물 앞에 내려섰다. 그런데 창문은커녕 문도 보이지 않았다. 라모는 주변을 둘러보며 입구를 찾았지만 한 바퀴를 다 돌고 나서도 발견하지 못했다. 주변에는 경비 병력이 오갔지만 시선을 하룬의 병력에 다 뺏긴 데다 라모의 환영보가 너무도 절묘해 전혀 눈치 채지 못했다.

라모는 장력으로 벽을 단숨에 깨부술 생각으로 더 이상 문을 찾지 않았다.

진기를 손에 주입해 단숨에 벽을 깨부수려는 순간 일단의 인물들이 달려오는 것을 보고 라모는 얼른 건물 지붕 위로 몸을 날렸다. 나타난 인물들은 모두 8명이었는데, 선두에는 검은 로브를 입은 음침한 마법사였다. 라모는 마법사의 몸 전체에서 검은 기운이 흘러나오는 것을 감지하고 흑마법사임을 짐작했다. 기운으로 보아 상당한 능력자였다. 라모가 판단하기엔 페렛이나 블레이드에겐 미치지 못하나 여타의 마법사보다는 훨씬 강력해 보였다. 흑마법사 뒤에는 역시 검은 로브 차림의 마법사 두 명이 따랐고, 그 후위를 5명의 기사들이 호위하고 있었다.

흑마법사는 직사각형 건물의 앞에 섰다. 신전을 바라보는 방향이었다. 그리고 품속에서 무언가를 꺼내 벽에다 끼워 넣었다. 아마도 홈이 파여 있는 모양이다.

"봉쇄 해제!"

흑마법사가 주문을 외자 석벽의 일부가 빙글 돌아갔다. 사람이 넉넉히 들어갈 정도의 공간이 열렸다. 흑마법사는 얼른 건물 안으로 들어섰고 그 뒤를 두 명의 마법사와 기사들이 따라 들어갔다. 라모는 신법을 발휘해 기사 한 명의 그림자 속으로 숨어들었다. 라모가 펼치는 은신술은 마법이 아니었기 때문에 아무도 눈치 챈 사람이 없었다. 기사들까지 들어서자 문은 곧 절로 닫혔다. 석벽은 다시 완벽하게 봉쇄된 셈이다.

석벽 안에는 세 사람이 있었다. 우선 제단 같은 평평한 돌 침대 위에 한 사람이 누워 있었다. 라모는 그가 페렛 에인슈라는 것을 알고 놀라움을 금치 못했다. 페렛은 죽은 듯이 생기가 느껴지지 않았다. 건물 실내의 한쪽 구석에는 철창이 설치돼 있고 그 안에 한 사람이 앉아 있었다. 철창 안은 한 사람이 누우면 발을 양껏 뻗을 수 없을 만큼 비좁았다. 철창 안의 인물은 기척이 들리자 고개를 들었다. 라모는 그제야 그가 아르센 왕자라는 것을 알 수 있었다.

그리고 실내 중앙에는 한 사람이 사지를 펼친 채 허공에 떠 있다. 바로 리코 후작이었다. 라모는 어찌 된 상황인지 잠시 후 알 수 있었다. 즉, 마법석을 이용해 금제시킨 것이었다. 마나의 통로를 지극히 축소시켜 팔목과 발목을 관통시켰다. 그럼 마치 밧줄처럼 사지를 결박하게 된다. 그 힘은 쇠사슬보다 강했다. 억지로 떼어내려면 팔목과 발목도 함께 뜯겨져 나갈 것이다. 허리에도 마법석 여러 개를 달아 리코가 가진 신체의 마력을 억압하고 있었다. 그야말로 신체와 마나를 완전히 결박한 셈이다.

혹마법사는 우선 페렛에게 다가가 검은 기운을 흘려 넣기 시작했다. 그러자 페렛의 몸이 움찔하더니 서서히 눈을 떴다.

"페렛 에인슈! 이제 더 이상 기다릴 인내심도 바닥을 드러냈다. 오늘은 너와 담판을 짓겠다. 키메라 제조법을 내게 가르쳐 다오. 그럼 너와 네 제자를 살려주마. 끝까지 함구한다면 우선 네 제자 리코의 심장부터 도려내겠다. 결정을 내려라."

수작을 부리는 동안 리코는 허공에 달린 채로 눈에 불을 켜고 흑마법사를 노려보았다.

"이 비겁한 놈! 호즈펠드, 감히 내 스승의 발끝에도 미치지 못하는 능력으로 하늘을 넘보느냐? 정말 억울하고 분하다. 네놈 따위에게 속아 내 스승과 이 리코가 이런 치욕을 당하다니……."

오랫동안 결박되어 있었던 탓인지 리코의 목소리도 힘이 없어 목소리에 분노만을 담았을 뿐 진기를 싣지 못했다. 리코의 말에 호즈펠드가 돌아섰다.

"리코 후작, 그리 발광할 건 없네. 키메라 제조법만 가르쳐 주면 너희 사제를 얌전히 보내주겠다. 윈더스 평원에서 본 블랙워트는 정말 환상적이었어. 내 평생 소망이 바로 그런 대단한 키메라를 제조하는 것이네. 오거와 트롤을 어떻게 마계 생물과 합성시킬 수 있었지? 나는 아직도 믿지 못할 정도야. 평원의 한 켠에 숨어 몰래 지켜보지 않았더라면 정말 그것을 환상으로 치부하고 말았을 거야. 리코 후작, 자네도 스승을 설득하는 것이 좋을 거야. 그럼 덤으로 아르센 왕자까지 살려주지."

라모는 호즈펠드의 말을 듣고서야 블래워트라는 키메라가 대단한 존재임을 알았다. 아울러 새삼 페렛이 비할 바 없이 뛰어난 흑마법사임을 알았다. 라모의 페렛에 대한 미움은 이미 씻은 듯 사라진 지 오래다. 상급 마족 루인스트로를 소환한 덕분에 라모는 환상의 300년 봉인을 당했다. 하지만 덕분에 일원신공을 대성했다. 아니, 그보다 마음을 갈고닦아 맺힌 곳이 없게 되었다. 풀려진 곳도 없고 두루 통하지 않는 곳이 없게 되었다. 화가 변하여 복이 되었으니 원망할 것이 무엇이겠는가?

호즈펠드의 말에 리코는 더욱 분노했다.

"호즈펠드! 네놈이 나를 속일 작정이냐? 스승님께서는 이미 죽어가고 계시는 걸 내가 모를 줄 아느냐? 이 리코 또한 3년간 봉인되며 사지의 진기가 말라붙어 거의 폐인이 되었다. 그러니 풀어준들 무슨 소용이 있단 말이냐? 스승님의 비법은 우리가 함께 가지고 신의 나라로 가겠다. 그러니 헛수고하지 마라."

라모는 호즈펠드가 페렛과 리코의 약점을 찔러 억제하고 있다는 걸 알았다. 그리고 사람을 구하자면 서두르는 것이 좋겠다고 생각했다. 호즈펠드는 가소롭다는 듯 콧방귀를 뀌었다.

"흥! 과연 그럴까? 네 스승을 깨워 마지막으로 물어보겠다. 만약 이번에도 거부하면 바로 머리통을 날려 버리겠다. 사실 시간이야 걸리겠지만 이미 견본을 구입한 이상 언젠가는 비밀을 나 혼자서라도 풀 수 있다. 그날이 되면 이 그룬디아 대륙에 위대한 흑마법사 호즈펠드님이 계신다는 걸 공포로 가르쳐 주겠다. 흐흐흐! 내겐 대제사장이든 아무르 왕이든 사실 안중에도 없다. 오히려 자코 왕국을 기반으로 도란 제국과 호른 제국을 내 발 아래 두겠다."

호즈펠드의 말에 분개한 나머지 라모는 기사의 그림자를 벗어나 옆으로 걸어나왔다. 그리고 허공에 떠 있는 리코와 눈이 마주쳤다. 리코는 느닷없이 라모가 나타나자 처음엔 누군가 하고 의아한 표정이었다. 구렛나루가 보이지 않는 라모의 정체를 뒤늦게 알아챈 리코의 입이 벌어지더니 종내에는 크게 웃기 시작했다.

"푸하하하하하하!"

호즈펠드가 놀란 얼굴로 리코를 쳐다보았다.

"드디어 미쳤느냐, 리코?!"

호즈펠드가 의아함을 담아 묻자 리코는 더욱 웃음을 참을 수 없었다.

"큭! 크크큭! 푸하하하하! 호즈펠드! 죽음의 사자가 이미 네 곁에 와 있는데 기고만장이구나."

호즈펠드 또한 가소롭다는 듯 리코를 비웃었다.

"흐흐흐! 누가 감히 나를 해할 수 있단 말이냐? 페렛이 없는 이 대륙에서 나는 두려울 바가 없는 무적의 흑마법사이다."

호즈펠드의 말이 끝나기가 무섭게 '우당탕' 하는 소음이 뒤에서 들려왔다. 얼른 돌아보니 5명의 기사가 모두 혼절해 쓰러져 있었다. 또 두 명의 마법사들은 머리통에 구멍이 난 채로 절명해 있는 것이 아닌가? 라모는 기사들을 혼절시키는 데 그쳤지만 흑마법사는 살려둘 필요가 없다고 생각해 탄지신통을 발한 것이었다. 호즈펠드는 장신의 사내 한 명이 자신을 쏘아보고 있는 걸 발견했다. 자신의 마법 주문이 아니면 아무도 들어올 수 없는 건물이었다. 그런데 마치 마족처럼 돌연 공간을 가르고 나타나자 등골이 서늘해졌다. 더군다나 장신의 사내가 흘리는 무시무시한 기운은 이전엔 결코 본 적이 없는, 믿을 수 없을 만큼 강한 기세였다.

"당신은… 누구요?"

호즈펠드의 질문을 무시하고 라모는 리코를 바라보았다. 리코 또한 라모를 주시했다. 3년간 죽음보다 못한 삶을 영위해 오다 필생의 적수를 이런 뜻하지 않은 장소에서, 지극히 불리한 처지에서 만나니 만감이 교차해 온다. 리코의 다정다감한 얼굴에 무한한 감회가 그대로 드러났다. 라모는 시선을 돌려 다시 호즈펠드를 보며 대답했다.

"둔한 녀석이군. 리코 후작이 친절하게 가르쳐 주지 않던가? 나는 자네를 잡으러 온 죽음의 사자일세."

라모의 말에 리코가 다시 크큭거리며 웃었다. 모처럼 활력에 찼지만 심각한 제약을 받고 있는 신체가 급속히 체력을 소진했다. 고개를 들기도 힘겨웠는지 머리가 자꾸 밑으로 처졌다.

"나와라, 내 아이들아!"

심상치 않음을 느낀 호즈펠드가 선수를 쳐 공간을 열더니 10여 구의 키메라들을 소환해 냈다. 호즈펠드가 만든 키메라들은 페렛의 블랙워트에 비하면 일반 검사도 충분히 상대할 정도로 유치해 보였다. 트롤을 모태로 만들었는지 온몸이 푸른 털로 덮여 있고 4미터가량의 신장을 가졌다. 속력은 인간보다도 느려 보였고, 날카로운 이빨과 손톱을 제외하고는 방어력도 취약해 보였다.

라모는 백보신권을 발해 연속으로 갈겼다. 마치 파리를 잡아 죽이듯 간단한 동작이었다. 그러나 그 결과는 가공했다. 키메라들의 머리통이 일제히 터져 나가며 일시에 쓰러져 버렸다.

키메라들은 한번 싸워 보지도 못하고 전멸해 버렸다.

"이… 이럴 수가……! 인간이 어찌……."

경악한 호즈펠드는 자신의 위험한 처지를 생각해 내고는 즉시 주문을 외우기 시작했다. 막 공간이 열리며 수 없이 많은 촉수가 달린 마계 생물이 기어나오기 시작했다. 하지만 금방 주문이 끊기고 공간이 닫히면서 마계 생물은 되돌아가 버렸다. 어느새 호즈펠드의 미간에는 손가락만한 구멍이 뚫려 있었다. 라모가 탄지신통으로 뚫어버린 것이다. 이로써 자신의 능력에 비해 과도한 욕심을 부리던 흑마법사 호즈펠드는 라모를 만나 허무하게 생을 접어야 했다.

석실 내부가 지저분해지자 라모는 공간 마법으로 키메라들을 날려버렸다. 그 이후 리코의 앞으로 걸어갔다. 리코가 간신히 고개를 들었다.

"라모 하레스 백작! 정말 시원시원하구려. 그대가 그토록 죽이고 싶어하던 리코가 여기 있소. 이제 그대의 손을 빌어 죽고 싶구려."

리코의 말을 듣자 라모 또한 감회에 젖지 않을 수 없었다.

"당연하지. 나는 그대와 그대의 스승 때문에 3년간이나 시체와 다를 바 없이 잠을 자야 했소. 그동안 우리 호른 제국과 하레스는 나겔로 인해 도탄에 빠졌소. 그대가 그 책임을 지지 않을 수 없소. 그러니 이렇게 간단하게 죽일 수야 없지."

라모는 리코를 억압하고 있는 마법석을 찾았다. 뒤 벽에 2개가 박혀 있고, 좌우 벽에 각각 하나씩 총 4개를 발견했다. 라모는 탄지신통을 발해 일시에 마법석을 깨버렸다. 그와 동시에 리코가 허공에서 떨어져 내렸다. 라모는 얼른 리코를 받아 안았다. 이어 허리에 달린 마법석마저도 떼어 던져 버렸다.

"소용없소. 너무 오랫동안 잡혀 있는 바람에 진기가 말라붙어 버렸소. 나는 폐인이 되었소. 그냥 이 자리에서 나를 죽여주시오."

리코가 처량한 표정으로 라모에게 간청했다. 하지만 라모는 리코의 간청을 외면했다.

"도대체 어떻게 된 거요? 저런 인물 따위에게 당할 그대가 아닐 텐데……. 혹시 휘페리온 교의 대제사장에게 당한 거요?"

라모의 질문에 리코가 씁쓸하게 대답했다.

"3년 전 스승께서는 거의 초죽음 상태로 윈더스 평야로 나를 찾아 공간 이동해 오셨소. 그러나 당시 난 그대가 없다는 걸 알고 병력을 몰아 호른 제국병들을 쫓고 있었소. 대단하더군. 그대가 없는 호른 제국병도 결코 만만치 않았소. 그사이 전장을 주시하던 호즈펠드가 스승님을 낚아챈 거요. 호즈펠드는 스승님에 대해서 아주 잘 알고 있었소. 그자는 스승님을 이용해 키메라 제조법과 소환술을 배우고자 했소. 그리고 아울러 스승님을 미끼로 날 유인했소. 난 거부할 수 없었소. 스승님은 내게 아버지와 같은 존재이시오. 스승님을 살릴 수만 있다면 내 심장이라도 즐거이 내놓을 수 있소. 결국 나는 이곳에 결박되어 버렸고 3년간 봉인되어 있었던 것이오."

라모는 그제야 사태가 어떻게 진전되었는지 짐작할 만했다. 라모는 리코의 스승에 대한 간절한 정을 느끼고 깊이 탄복했다. 이런 사내야말로 진정한 남자가 아닌가? 라모는 리코에 대한 호감이 부쩍 솟았다. 라모는 리코의 몸으로 진기를 주입해 상태를 점검했다. 과연 리코의 말대로 손과 발은 너무 오랜 시간 억압돼 있어서 진기가 말라붙고 몹시 쇠약했다. 그러니 리코가 몸도 가누기 힘들어하는 건 당연했다. 라모는 리코의 몸을 매우 정중하게 다루었다. 필생의 적수로 보긴 힘든 작은 안배를 느낄 수 있다.

라모는 우선 장심에 진기를 모아 리코를 바로 앉힌 후 등 뒤를 통해 진기를 주입했다. 라모의 진기가 리코의 혈도를 누비기 시작했다. 그간 막혔던 혈도가 뚫려 나갈 때마다 리코의 몸이 움찔하며 튀어 올랐다. 그렇게 온몸의 대주천을 마치고 나서야 라모는 손을 거두었다.

"내가 주입한 진기의 통로를 기억할 수 있겠소? 이제부터는 스스로 진기를 경로대로 움직이시오. 10여 번 반복하면 예전의 신체를 되찾을 수 있을 것이요."

라모의 목소리 또한 부드럽기 그지없다. 리코는 온몸이 비할 바 없이 개운해지며 손발에 힘이 돌아오는 것을 느꼈다. 라모의 능력이 부럽기도, 한편 자괴심이 들기도 했다.

"그대는 이제 내가 전혀 적수가 될 수 없다 하여 나를 동정하는 거요?"

리코가 불쑥 이런 말을 내뱉었으나 라모는 고개를 흔들었다.

"동정? 천만에! 난 그런 건 모르오. 다만 그대와 자코 왕국에 대해 최소한 손해 배상 정도는 청구해야 하지 않겠소? 아무르는 전혀 말이 통하지 않을 멍청이고, 그대나 되어야 대화가 되지 않겠소? 빨리 가르쳐 준 대로 진기를 유통시키기나 하시오."

리코는 진정을 느끼고 감사의 눈으로 라모를 한번 바라본 다음 눈을 감고 생전 처음 해보는 운기조식에 매달렸다.

"아차! 깜박 잊고 있었군. 지금 밖에 하룬 백작이 열심히 싸우고 있겠군. 여길 수습하려면 인원이 있어야 할 테니 일단 그들을 불러와야겠어."

라모는 철창으로 다가가 오른손에 검강을 발한 후 대번에 잘라 버렸다. 손목 굵기의 철창이 순식간에 부러져 나갔다. 그리고 아르센 왕자를 구해냈다. 여전히 순진한 표정의 아르센 왕자는 라모를 보고 얼굴을 붉혔다. 라모의 행동을 죽 지켜보니 자신들을 구원하기 위한 노력이 역력함을 알 수 있었던 것이다.

"라모 백작, 정말 고맙소. 그대에게 구원받을 줄은 상상도 하지 못했소."

라모는 새삼 아르셴 왕자의 면면을 살펴보았다. 아르셴 왕자는 조금 초췌해 보이는 것 빼고는 이상이 없어 보였다. 일단 관상이 좋았다. 결코 국민의 등을 쳐 이득을 취할 왕자는 아니었다.

"아르셴 왕자, 이것은 그대의 복이오. 자코 왕국의 국민들은 그대를 기다리고 있소. 아무르의 폭정을 벗어나 진정한 자코 왕국의 번영을 기대하고 있소. 앞으로 그대가 국왕이 된다면 오늘의 일을 잊지 마시오. 결코 또다시 그룬디아의 평화를 깨는 일은 없어야 할 것이오. 이 라모 하레스가 그대를 지켜보겠소."

말을 마친 라모는 신전 쪽으로 난 벽으로 다가가 양손을 펼쳐 일제히 장력을 발했다. 라모가 발한 대수인이 석벽에 날아가 작렬했다.

쾅!

굉음이 터지고 먼지가 날리며 한쪽 벽면이 날아갔다. 아르셴 왕자는 그제야 밖을 내다볼 수 있었다. 신전 앞의 평야에서는 지금 수백의 병사들이 뒤얽혀 치열한 접전을 벌이고 있었다. 라모는 아르셴을 동반하여 밖으로 걸어나왔다. 그리고는 바로 사자후를 발했다.

"멈춰라!"

귀청을 찌르는 듯한 엄청난 소리가 평원을 쩌르릉 울렸다. 그러자 싸우던 병사들이 일제히 검을 멈추고 라모를 바라보았다.

"너희는 끝까지 아무르의 폭정을 지지할 셈이냐? 여기 그대들의 진정한 국왕이 되실 아르셴 왕자께서 계시다. 당장 무릎을 꿇어라!"

라모의 사자후에 하룬 백작이 제일 먼저 말에서 뛰어내리더니 무릎을 꿇었다.

"아르센 왕자님! 하룬 플라이드가 인사드립니다."

그러자 하룬을 따라온 병사들이 일제히 말 위에서 뛰어내려 무릎을 꿇었다.

"아르센 왕자님을 뵙습니다."

신전 경비병들은 엉거주춤 선 채로 어찌할 바를 모르고 있었다.

"뭣들을 하는 거냐? 당장 저들을 잡아라! 아르센 왕자를 잡는 자에겐 큰 포상이 있을 것이다."

기사 한 명이 고래고래 고함을 질렀다. 그러나 곧 뒤에 서 있던 병사 하나가 검을 들어 기사의 목을 그대로 내려쳤다. 기사의 머리가 잘려 땅에 떨어졌다. 병사는 기사의 목을 검에 꽂아 번쩍 치켜들었다.

"아르센 왕자님 만세!"

그것이 결정적인 반전이 되고 말았다. 머뭇거리던 병사들도 그 모양을 보자 일제히 무릎을 꿇으며 검과 창을 허공으로 치켜들었다.

"자코 왕국 만세!"

"아르센 왕자님 만세!"

하룬이 다가오고 아르센 왕자가 감격의 눈물을 흘렸다. 아르센 왕자는 하룬의 손을 잡고 울먹였다. 워낙 덩치에 차이가 나 어른과 아이의 상봉 장면 같았다.

"하룬 백작! 이렇게 와주어서 정말 고맙소. 그대의 충정을 결코 잊지 않겠소."

하룬 또한 감격해 양손으로 아르센 왕자의 손을 마주 잡았다. 두 사람이 감격의 상봉을 하고 전장이 정리될 즈음엔 마침 리코도 운기조식을 끝마쳤다. 리코는 3년간의 공백에도 불구하고 예전의 마검사로 돌아와 있었다.

비록 신체가 완전하지는 않지만 리코의 눈은 다시 신광을 발했다. 리코의 양 팔에는 페렛이 죽은 듯 늘어져 있었다.

"리코 후작님! 무사하셨군요."

하룬이 달려와 고개를 숙였다. 리코와 하룬, 아무르 왕자는 서로의 무사함을 기뻐했다. 라모는 옆에 서서 장차 자코 왕국을 이끌어갈 수뇌부를 바라보며 묘한 감흥에 젖었다. 한때 반드시 죽이고자 애썼던 리코였다. 그런데 이제는 도리어 자신의 손으로 그를 죽음의 문턱에서 끌어냈다. 인생의 길흉화복은 인간의 힘으로 점칠 수 없다더니 과연 이 경우가 그랬다. 라모는 지난날 자신이 가졌던 짧은 소견이 어리석게만 느껴졌다.

"라모 백작!"

리코가 상념에 잠겨 있던 라모를 불렀다. 라모가 돌아보자 리코는 안고 있는 페렛을 내밀었다.

"염치없는 부탁이지만 제 스승님을 봐주시오. 스승님을 살릴 수만 있다면 그대가 나더러 죽으라 해도 기꺼이 죽어주겠소. 또한 그대가 내게 원하는 게 있다면 무엇이든 수락하겠소."

라모는 리코의 부탁을 거절하기 어려웠다. 그 또한 페렛의 상태가 궁금한 중이었다. 라모는 페렛의 손목을 잡고 진기를 흘렸다. 내부를 샅샅이 조사했다. 페렛의 내부 장기와 피부에는 별다른 상처가 보이지 않았다. 이상이 없는데 왜 정신을 차리지 못하는 것일까 의아했다. 라모의 표정은 더없이 신중해졌다. 그런 라모의 옆에서 리코가 그간의 사정을 설명했다.

"스승님께서 초기에는 가끔 정신이 돌아오시곤 했소. 그때 에베 산에서의 사건을 말해 주셨소. 그대가 상급 마족 루인스트로에게 당해 쓰러졌을 때 거대한 레드 드래곤이 나타났다고 하셨소. 드래곤은 나타나자마자 화염의 브레스를 내뿜어 루인스트로를 단번에 마계로 강제 송환시켰다고 하셨소. 루인스트로를 소환하는 방법은 스승님의 생명력을 담보로 하므로 자신은 이제 가망이 없다고 하셨소. 루이스트로가 강제로 쫓겨가는 바람에 자신이 아직 살아 있지만 이미 태반의 생명력을 잃었다고 하셨소. 하지만 그대라면 방법이 있겠지요? 그대는 추측 불가능의 능력을 지녔으니 내 스승께서 회생할 묘책이 있겠지요?"

라모는 리코의 설명에 비로소 페렛의 상태를 명확히 알 수 있었다. 페렛은 지금 라모의 진기에 대항하는 선천적인 힘이 거의 보이지 않았다. 인간의 본원적인 생명력이라 할 수 있는 '프라나'가 부족했다. 즉 진원진기가 거의 고갈돼 있었던 것이다. 그런 사실을 깨닫자 라모는 허탈해져 진기를 거두고 페렛의 손목을 놓았다. 그리고는 천천히 고개를 흔들었다.

"리코 후작, 그대와 페렛 경의 상세는 완전히 다른 것이오. 그대는 다만 오랜 시간을 억압된 끝에 진기가 말라붙고 혈도가 막힌 데 불과해 그걸 뚫어주기만 해도 치료가 되오. 하지만 페렛 경은 생명을 이루는 근원적인 기운이 모두 소진돼 버렸소. 이미 장작이 불타 재로 변했는데 무슨 수로 다시 장작으로 바꾼단 말이오. 안타깝지만 소생할 방법이 없게 되었소."

라모의 말에 리코의 얼굴이 절망적으로 변했다. 그렇게 얼이 빠져 한참을 서 있다 기어코 눈물을 떨구었다. 라모는 마족의 존재란 정말 인간과는 다른 무서운 존재라는 걸 실감했다. 이토록 교묘히 생명력만을 갈취해 가다니…….

그때 페렛이 깨어났다. 페렛은 울고 있는 리코를 보자 처연한 표정을 지었다. 페렛의 눈이 라모를 바라보았다.

"라모 경, 그대의 설명은 잘 들었소. 정확한 지적이오. 내가 과욕을 부려 스스로를 해쳤으니 누구를 원망하겠소. 한 가지 부탁이 있소."

라모는 페렛이 한 가닥 의지로 자신의 말을 다 들었음을 알았다. 라모는 얼른 고개를 끄덕였다.

"무엇입니까? 가능하다면 들어주지요."

페렛이 억지로 웃으려고 뺨을 씰룩였다.

"블레이드 경을 불러주시오."

라모는 페렛이 블레이드를 찾자 의아해졌다. 하지만 라모는 얼른 신전 경비대에 파견 나와 있던 자코 왕국의 마법사를 불러 블레이드를 호출했다. 하레스로 연락을 보낸 지 10분도 안 돼 블레이드가 신전 앞 평야로 공간 이동해 왔다.

"소영주! 무슨 일입니까?"

라모는 블레이드를 페렛에게 인도했다. 블레이드는 초주검 상태인 페렛을 보자 반색하다가 금방 눈시울을 붉혔다. 블레이드는 페렛을 처음 만나던 때부터 적수로 보지 않았던 것이다. 두 사람 간에는 남이 알 수 없는 기묘한 유대감이 흘렀다.

"블레이드 경, 내게 타론을 먹여주게."

블레이드가 질색을 했다.

"페렛 선배! 그건 안 됩니다. 그럴 수 없습니다."

곁에 서 있던 라모와 리코는 타론이 무엇인지 알지 못했다. 그러니 놀랄 일도 없다. 하지만 블레이드는 타론을 잘 알고 있었다. 그러니 절대 동의할 수가 없었다.

"나를 자세히 보게. 난 이미 죽어가고 있어. 죽기 전에 해야 할 일이 있네. 그런데 지금은 힘이 없어 말하기조차 힘이 드는군. 그러니 타론을 주게."

블레이드는 페렛의 어쩔 수 없는 시든 육신과 굳은 결의를 알고는 감추어두었던 공간에서 무언가를 꺼내었다. 타론은 일명 '마계의 씨앗'이라 불리우는 작은 공을 닮은 마물이었다. 보통은 몸을 둥글게 말고 있으면 손가락 마디 하나 정도의 크기지만 활짝 펼치면 손바닥만해진다. 타론을 먹으면 어떤 생명체든 일시적으로 활력이 돋아나며 평소보다 몇 배의 힘을 낼 수 있다. 하지만 그것의 효능은 기껏 30분이었다. 시간이 흐르면 타론이 생명체를 지배하여 마물로 변한다. 즉, 타론은 기생체로서 다른 생물의 몸에 들어가는 순간 촉수를 몸 구석구석으로 밀어 넣는 것이다. 그때 분비되는 물질이 생겨나는데 이것이 각성제 혹은 강화제 역할을 하게 된다. 고위 마법사가 되면 저절로 알게 되는 사항이었다. 구하기도 어렵지 않아 마법사라면 대부분 가지고 있었다. 다만 그것을 먹으려는 자는 없었다. 먹는 순간 죽음은 돌이킬 수 없는 운명이 되는 것이다.

결국 페렛은 타론을 먹고 잠시 후 벌떡 일어났다. 지켜보던 라모와 리코가 다 놀랄 지경이었다. 죽어가던 사람이 기사회생했으니 어찌 놀랍지 않은가? 페렛은 리코와 블레이드를 한쪽으로 데려가 일방적으로 떠들기 시작했다. 리코와 블레이드는 공손한 표정으로 경청하였다. 페렛은 30분이 다 돼가도록 끊임없이 무언가를 두 사람에게 전수했다. 그러다 30분이 지나자 페렛이 온몸을 부들부들 떨기 시작했다. 타론이 완전히 몸을 장악한 모양이었다.

"자! 아쉽지만 여기까지다. 블레이드 경, 나를 태워주게. 어서……."

페렛이 괴로워하기 시작하자 블레이드는 안절부절못하다가 기어코 화염을 불러일으켰다. 그냥 놔두면 마물로 변하며 엄청난 고통을 당하게 된다. 리코는 스승 앞에 털썩 무릎을 꿇고 앉으며 엉엉 소리 내어 울기 시작했다. 스승과의 영원한 이별이 가까워진 것이다. 화염의 불이 페렛을 감쌌다.

"리코! 나의 제자여! 부디 네 자신을 소중히 하거라!"

화염 마법을 유지하는 블레이드까지 눈물을 떨구었다. 훨훨 타는 불꽃 속에서 페렛이 미소를 짓고 있었다. 그리고 종내엔 재만 남기고 육신은 연기로 화하여 사라져 버렸다. 페렛의 최후였다. 리코의 오열에 젖은 밤이 그렇게 흘러가고 있었다.

그 시간 자코 왕성의 아무르 왕은 침대 속에서 총비를 희롱하고 있었다. 그러던 중 느닷없는 웨어 후작의 방문을 받았다. 늦은 밤 즐거움을 빼앗긴 아무르는 성질이 났다.

"국왕 폐하! 어서 신전으로 납시지요. 이미 군사들이 출동해 신전 주변을 겹겹이 에워쌌습니다. 그러나 국왕 폐하께서 가시지 않으면 사태 수습이 어려워질 수 있습니다. 그간 폐하께오선 국민의 신망을 잃었습니다. 아르센 왕자를 누르고 국왕으로서의 정통성을 주창해야 합니다. 폐하께서 흔들리는 병사들의 마음을 굳건히 잡아주셔야 합니다."

웨어의 심복인 마법사가 알려온 변괴를 그대로 아무르에게 들려준 후였다. 하지만 아무르는 미적거리며 도무지 움직일 기색을 보이지 않는다. 그저 못마땅한 시선으로 웨어를 노려볼 따름이다.

'빌어먹을 놈! 내가 제 놈을 백작에서 작위를 높여 후작으로 봉하고 넓은 영지를 하사했거늘, 은혜를 무시하고 나를 협박해?

직접 이런 말을 내뱉지는 않았지만 아무르는 억지로 솟구치는 성질을 눌러야 했다. 참을 수밖에 없었다. 웨어는 아무르를 대신해 국정 전반을 관할하는 재상이었다. 아무르는 정치에 대해서는 도무지 관심이 없었다. 그저 인생을 즐기는 데만 모든 신경을 쏟았다. 머리를 혹사시켜 가며 예산 편성을 하고, 국민 경제를 논하며 식량 조달이나 군사 편성 같은 복잡한 일은 모두 웨어에게 떠넘겼다. 웨어와는 알게 모르게 암묵적으로 의견이 조율된 상태다.

"국정의 제반 사항을 위임하겠다? 나는 즐기는 것에만 관심이 있다. 그러니 피곤한 일만 내게 가져오지 마라. 뭐든지 네 마음대로 해라."

문서를 꾸미며 서류를 만들지는 않았지만 그동안 이런 식으로 잘 지내왔다. 그런데 이제 와서 골치 아픈 일이 발생했다고 자신더러 앞장서라니… 아르센 왕자와 리코를 죽이자고 했을 때 극구 말린 자가 누구란 말인가. 바로 웨어 후작과 궁정의 수석 마법사로 취임한 호즈펠드가 아니었던가? 아무르는 짜증이 나지 않을 수 없었다.

"기껏 그만한 일도 처리하지 못한다면 차라리 작위를 반납하시오, 웨어 후작!"

아무르의 말에 웨어도 얼굴을 찡그렸다. 도대체가 할 말 못할 말을 구분하지도 못하는 멍청이라고 웨어는 속으로 욕을 했다.

"대제사장께서도 폐하께서 나서시기를 부탁하셨습니다. 그러니 늦기 전에 어서 서두르시지요. 대제사장께서 자칫 진노하실지도 모릅니다."

아무르는 대제사장이라는 말을 듣자 목을 움츠렸다. 포악한 아무르도 대제사장만큼은 껄끄러웠다. 가끔 왕성에 들어와서 대화를 할 때면 말없이 자신의 눈을 바라본다. 그러면 아무르는 자신도 모르게 손이 땀에 젖을 정도로 긴장하게 된다. 대제사장의 눈을 보고 있노라면 알 수 없는 공포심을 느낀다. 더군다나 대제사장의 온몸에서는 감히 범접키 어려운 위엄이 절로 솟아나 주변을 압도한다. 아무르뿐만 아니라 대제사장을 만나는 모든 사람이 그를 향해 고개를 숙이고 앙복한다. 대제사장을 거부하기란 정말 어려웠다.

"좋소! 갑시다."

결국 굴복한 아무르는 마법진을 통해 신전 부근으로 공간 이동해 갔다. 신전 앞 평원은 밤이 깊었는데도 불구하고 매우 밝았다. 병사들이 곳곳에 횃불을 밝혀놓아 사물을 식별하는 데 아무런 어려움이 없었다. 약 1천 명가량의 병사들이 상자형 건물을 배경으로 진을 치고 있었다. 그 둘레를 1만 명의 병사들이 포위한 상태였다. 웨어는 마법사의 보고를 듣는 즉시 발 빠르게 군사를 풀어 대처한 것이다. 그러나 아직 접전은 이루어지지 않았다. 오히려 병사들은 건물 앞으로 나선 아르센 왕자의 연설을 경청하고 있었다. 아르센 왕자의 옆에는 마법사 세 명이 붙어 두 명은 앞뒤로 실드를 펼쳤고, 또 한 명은 목소리 확장 마법을 사용하고 있다.

"병사들이여! 우리의 위대하신 포우 국왕 폐하를 상기하라. 만일 죽으려거든 너희의 목숨을 명예로운 전장에서 바치라고 하신 선왕의 유지를 잊었는가? 어찌 같은 동족끼리 피를 흘린단 말인가? 병사들이여! 우리 자코 왕국의 빛나는 날들은 스러졌다. 누가 이런 상황을 초래했단 말인가? 나 아르센은 여러분에게 권고한다. 나와 함께 가자. 다시

한 번 이 그룬디아 대륙에 우뚝 서는 우리 자코 왕국을 건설하자."

들고 있던 아무르는 가슴이 서늘해졌다. 순진하기만 하던 아르센이 아니었다. 절절한 목소리가 호소력을 담아 병사들을 흔들고 있었다. 이번에는 아무르가 나섰다. 얼른 마법사가 확장 마법을 펼쳤다.

"병사들이여! 나는 자코 왕국의 아무르 국왕이다. 저 반역자들을 놓치지 마라. 한 놈도 빼놓지 말고 일망타진하라. 공을 세운 기사는 작위를 수여하고 병사는 황금으로 보상하겠다. 잡아라!"

신경질적이나마 아무르가 목청을 높이자 흔들리던 병사들이 안정을 찾아갔다. 이곳에 모인 1만 병사는 왕성 수비대이고, 웨어 후작이 추리고 추린 정예였다. 이들에게만큼은 웨어 후작이 좋은 대우로 정성을 기울였던지라 아무르에 대한 충성심이 강했다. 결국 싸움은 피할 길이 없게 되었다. 웨어가 눈짓을 하자 기사들이 일제히 검을 빼 들었다.

"발사!"

크로스보우를 겨냥하고 있던 왕성 수비대가 먼저 일제히 크로스보우를 발사했다. 하룬의 병사들과 설복당한 신전 경비병들도 대응 사격을 시작했다. 퀘렐이 서로의 진형을 향해 빗방울처럼 교차되며 날아갔다. 하지만 아르센 왕자 측이 압도적으로 불리했다. 일단 병력에서 10배의 차이가 나는 데다 신전 경비병들은 방패를 소지하지 않았다. 신전 경비에 방패를 사용할 일이 없어 소속 부대에 비치시켜 놓았던 것이다. 다만 하룬의 기병 200명만이 말을 참호로 삼아 마상에서 사용하는 작은 방패를 들어 전면을 방어했다. 아르센 왕자 측의 병사들이 곧 퀘렐에 격중돼 여기저기서 비명을 터뜨리기 시작했다.

"빌어먹을! 이대로 당할 수는 없다."

웅크리고 있다가는 그대로 전멸하고 말 것을 안 하룬이 말에 올라타 전진을 명하였다. 벌써 50여 기의 말이 고꾸라져 일어나지 못했고 20여 기가량은 몸에 서너 발씩의 퀘렐이 박혀 있다. 기동할 수 있는 모든 말을 몰아 하룬은 아무르를 향해 일직선으로 공격해 들어갔다. 그러나 다시 사방에서 기병만을 목표로 퀘렐이 쏟아지자 달려가던 말이 엎어지고 병사가 낙마하면서 혼란에 빠져 버리고 말았다.

"블레이드 경, 그대가 기병을 엄호해 주구려."

지켜보던 라모는 블레이드에게 지원을 당부하고 리코에게 다가갔다. 리코는 건물 안에서 여전히 망연자실한 표정으로 눈물을 흘리고 있었다.

"리코 후작! 언제까지 슬퍼할 셈이요? 지금 아르센 왕자가 곤경에 처해 있소. 지금은 죽은 자의 일보다 산자의 일이 더 중요하오. 스승을 잃은 슬픔보다도, 홀로 된 외로움보다도 그대가 찾아야 할 의무와 이상을 상기하시오!"

라모가 약간 꾸짖는 어조로 말을 걸자 정신없던 리코의 얼굴에 표정이 돌아왔다. 그리고는 한창 전투가 벌어지고 있는 평원을 바라보았다. 리코는 마법사와 기사들에 둘러싸여 있는 아무르와 웨어를 발견하고는 자리에서 일어났다. 그리고는 검을 빼 들었다.

"라모 백작! 그대의 말이 옳소. 하지만 나의 슬픔을 비웃는다 하더라도 어쩔 수 없소. 내 스승께서는 흑마법사라고 지탄받는 이방인이었지만 오늘의 이 리코를 만들어주신 분이오. 그대에 비해서는 비록 보잘것없겠지만 나의 능력과 사상은 스승의 젖줄을 먹고 형성된 것이오. 스승이 돌아가심에 따라 내게 정말로 의미있는 것이 무엇인지 모르겠소."

리코는 그렇게 말을 하면서도 순간 이동을 사용해 전장으로 사라졌다. 이미 전장은 블레이드가 헬파이어를 네 방향으로 하나씩 던지면서 약간 소강 상태를 맞았다. 굉렬한 헬파이어의 뜨거운 불길이 줄기줄기 뻗어 나가며 크로스보우를 들고 있던 왕성 수비대를 덮쳤던 것이다.

거기에 리코가 순간 이동을 발휘해 나타나 검강을 발한 검으로 무서운 쾌검을 질러대자 일순 혼란스러워지기 시작했다. 하룬도 기세를 되찾아 살아남은 일백 기가량의 기병을 독려해 아무르 왕자를 향하여 달려가기 시작했다. 아무르 왕자와 웨어 후작을 호위하던 전면의 왕성 병력들이 무너지기 시작했다. 하룬이 그레이트 소드를 풍차처럼 돌리며 진격해 오자 막을 사람이 없었다. 졸지에 전세가 역전되고 말았다. 포우 국왕 생전 자코 왕국의 보검이라고 명명된 리코의 쾌검과 거인 하룬의 힘은 병사들에게 항상 존경과 경외의 대상이었다. 지금 그 위력을 여실히 증명하고 있는 셈이다.

전면 병력이 우르르 무너지며 하룬이 막 아무르와 웨어를 향해 달려드는 순간 갑자기 전면에 한 사람이 나타나 하룬의 검을 막았다.

쾅!

굉음이 터지며 나타났던 사람이 뒤로 몇 걸음 물러났다. 하룬이 나타난 자를 보니 순백의 갑옷에 검에는 오러가 솟아 있다. 하룬으로서는 처음 보는 인물이었다. 이어 똑같은 차림의 기사 세 명이 더 나타났고 그 뒤로 30살가량의 인물이 걸어왔다.

"대제사장님!"

웨어가 반색을 했다. 대제사장치고는 매우 젊어 보였다. 역시 흰옷을 입고 있었는데 무릎 아래까지 늘어진 겉옷의 가슴에는 커다란 퍼스플라워가 새겨져 있다. 허리에는 역시 순백의 천을 허리띠로 감고 있고 머리에도 마치 도관처럼 흰색의 모자를 쓰고 있다. 흰색 일색의 차림이다. 마침 하룬을 따라잡은 리코가 대제사장을 보았다. 한눈에 범상치 않은 인물이라는 걸 짐작했다. 머리 뒤로는 후광이 은은히 뻗어 나왔고 두 눈에는 깊이를 알 수 없는 지혜가 도사리고 있다. 리코는 대제사장과 같은 눈은 결코 30살의 나이로 가질 수 없다는 걸 짐작했다. 적어도 소드 마스터에 이른 검술이나 9서클의 마스터에 이른 마법에 의해 외모가 유지된다고 짐작했다. 하지만 허리에는 검이 없었다. 그래서 마법사라고 짐작했다.

라모 또한 멀리에서 대제사장을 발견하고 측량할 길 없는 위엄을 엿보았다.

'후광이라니… 저런 현상은 대각성을 한 성현에게서나 나타나는 모습이 아닌가? 정말 대제사장은 신에 버금가는 자란 말인가?'

라모가 놀라는 사이 하룬이 대제사장에게 달려드는 모습이 보였다. 하룻강아지 범 무서운 줄 모르는 형국이었다. 역시 대제사장의 눈에서 황금빛이 쭉 뻗어 나와 하룬을 덮었다.

"휘페리온 신에 반하는 자는 신의 나라에서 살 자격이 없다. 신을 대신해 저들을 심판하라."

황금 빛 시선을 받은 하룬이 그레이트 소드를 내리고 멍청하게 서 있다가 대제사장의 명이 떨어지자 빙글 몸을 돌리더니 리코를 향해 달려들었다.

"무슨 짓이냐, 하룬! 정신을 차려라!"

리코는 순간 이동을 사용해 피하며 하룬을 향하여 소리쳤다. 그러나 하룬은 전혀 리코의 말을 듣지 못한 듯 자신의 수하 기병들까지도 마구 도륙하기 시작했다.

"현혹 마법이군요."

블레이드가 라모에게 다가왔다.

"현혹 마법이요? 그건 뭡니까?"

라모는 블레이드에게 마법을 배웠으나 현혹 마법이라는 말은 들어본 적이 없었다.

"저도 말로만 들었지 실제로 사용하는 사람은 처음 보았습니다. 별다른 주문도 없었는데 순식간에 대상자가 걸려든 걸 보니 아무래도 저자는 정신계 마법을 극한으로 익힌 자 같습니다."

라모는 어이가 없었다. 대제사장이라는 자가 신성력을 바탕으로 기적을 이룬 것이 아니었단 말인가? 그렇다면 사기꾼이 아닌가? 가드템플러들을 현혹 마법으로 취하게 해 산이 무너지고 바다가 갈라지는 모습을 보여주었다면 믿지 않을 도리가 없을 것이다. 그렇다면 머리 뒤로 비치는 후광은 어떻게 된 것인가?

지켜보고 있자니 이번에는 리코가 움찔하더니 제자리에 섰다. 그리고 몸을 떨며 현혹 마법에 대항하는 모습이 보였다. 리코조차도 힘겨운 모양이었다. 정말 대제사장이 마법을 사용했다면 조금도 문제될 것이 없었다. 대제사장이 현혹 마법을 사용한다면 라모에겐 섭혼술이 있었다. 라모는 즉시 순간 이동을 연속으로 발휘하여 리코의 옆에 나타났다. 라모는 리코를 막아서며 대제사장을 노려보았다.

대제사장은 또 다른 인물이 나타나자 위엄 어린 얼굴에 이채를 띠더니 다시 두 눈에서 황금 빛을 쏟아냈다. 라모는 즉시 광한마공을 발휘했다. 라모의 두 눈은 혈안으로 바뀌어갔다.

"휘페리온 신께 거역하는 자들을 모조리 멸하여라."

대제사장의 황금 빛에 대항하여 라모의 두 눈에서는 붉은 빛이 쭉 뻗어 나갔다.

"그. 자. 리. 에. 무. 릎. 을 . 꿇. 어. 라."

혈광을 접한 대제사장의 어깨가 흠칫했다. 하지만 곧 황금 빛이 더욱 기세를 발하며 라모를 향해 쏘아왔다. 라모의 섭혼술과 대제사장의 현혹 마법이 팽팽히 맞섰다. 라모는 적어도 대제사장의 정신력에는 감탄하지 않을 수 없었다. 섭혼술과 같은 사법은 본신의 진기에 따라 위력이 달라지지만 그 근저에는 정신력이 뒷받침되지 않으면 안 된다. 정신력이 약한 자는 결코 펼칠 수가 없는 것이다. 마찬가지로 현혹 마법 또한 펼치는 방법은 달라도 이치는 대동소이할 것이라 짐작했다. 광한마제 사마조의 전생을 가진 라모의 정신력은 인간으로서는 무적이라 불러도 과언이 아니었다. 그런 라모에게 비록 정신 마법뿐이었지만 당당히 맞서는 대제사장의 위용 또한 무쌍이라 하지 않을 수 없었다.

하지만 라모에겐 또 다른 수법이 있었다. 라모는 왼손을 슬쩍 흔들었다. 라모의 섭혼술에 대항하는 데만도 전심전력을 쏟아야만 했던 대제사장은 무언가가 무서운 속도로 자신의 미간을 향해 쏘아오는 것을 느끼고 혼비백산해 현혹 마법을 거두고 순간 이동을 발했다. 그리고 좌측 5미터 지점에 다시 나타났을 때 대제사장은 바로 앞에서 혈안을 뿜어내고 있는 라모를 발견하고는 혼비백산했다.

"무. 릎. 을. 꿇. 어. 라."

부지불식간에 대제사장은 라모의 섭혼술에 걸리고 말았다. 거미줄에 걸린 곤충이 벗어나기 위해 발버둥을 치듯 대제사장의 안면이 흉측하게 일그러지며 온몸을 부들부들 떨기 시작했다. 그러나 마침내 서서히 무릎을 굽히기 시작했다. 완전히 무너져 내리기 일보 직전이었다.

그런데 그 순간 뒤에서 바람 소리가 들리며 무언가가 라모의 머리를 내려쳤다. 라모는 정체를 알 수 없어 순간 이동을 펼칠 수밖에 없었고 섭혼술이 깨지고 말았다. 라모가 돌아서 보니 현혹 마법에 걸린 하룬이 미친 듯이 검을 휘두르고 있었다.

"갈!"

라모는 진기를 모아 하룬에게 사자후를 발했다. 하룬이 벼락을 맞은 듯 부르르 떨더니 정신을 차렸다. 그리고는 곧 어리둥절한 얼굴을 했다. 라모는 더 이상 하룬을 돌볼 여유가 없었다. 급히 대제사장을 찾았다. 대제사장은 두 명의 가드템플러에게 호위를 받으며 뒤로 물러서고 있었다. 라모는 대제사장을 향해 블랙암을 연속으로 던졌다. 하지만 곧 두 명의 가드템플러가 신성력을 발해 막아냈다. 라모는 공간 마법을 사용해 도망치는 대제사장과 두 명의 가드템플러를 포박했다. 대제사장이 도망가다 말고 못 박히듯 서버리고 말았다.

"대제사장! 휘페리온 신의 이상을 실현하기 위한 신의 나라를 건설하겠다고? 그런 사기 행각으로 그룬디아 대륙을 온통 뒤집어놓다니……. 죽어 마땅한 놈이로구나!"

대제사장은 무력에 있어서도 상대가 되지 않거니와 현혹 마법도 통하지 않는 적수를 만나자 비로소 얼굴에 공포가 어리기 시작했다. 본성은 가드템플러보다도 못한 자임을 라모는 즉시 알 수 있었다. 라모는 대제사장의 머리를 그 자리에서 뽑아버리고자 했다. 하지만 대기하던 두 명의 가드템플러가 오러를 발한 검으로 라모를 향해 공격해 오자 공간 마법이 풀리고 말았다. 라모는 시간을 끌 수 없어 즉시 순간 이동과 격공장을 병행해 가드템플러 두 명의 심장을 갈겼다. 두 명의 가드템플러가 입에서 피를 토하며 즉사해 버렸다.

직후 라모는 즉시 몸을 돌려 대제사장을 찾았다. 대제사장은 두 명의 가드템플러에게 양팔을 맡긴 채 서쪽 하늘을 향해 달아나는 중이었다. 라모는 또 한 번 놀라고 말았다. 신성력이 하늘을 날게도 한다고는 미처 생각하지 못했다. 라모는 플라이 마법을 사용해 전속력으로 쫓아갔다. 가드템플러의 비행력은 상상외로 빨랐다. 좀처럼 거리가 좁혀들지 않았다. 하나의 산을 넘고 끝없이 펼쳐진 어두운 황야를 가로질렀다.

그러던 중 갑자기 빛을 발하던 가드템플러의 신성력이 사라지며 대제사장을 포함한 모두가 땅으로 곤두박질쳤다. 라모는 놓칠세라 얼른 날아가 땅으로 내려섰다. 그리고 보니 라모가 내려선 황야에는 기이하게도 한 그루의 거대한 나무가 서 있었다. 잡초조차도 자라지 못하는 황야에 서 있는 거목은 신비함을 자아냈다. 더욱이 나무에서 빛이 나며 딴 세상으로 건너온 듯한 느낌을 받았다.

「라모 하레스! 너를 보니 정말 기쁘구나. 나는 이들의 주인 휘페리온 신이다. 그대가 레아 신의 신탁을 받아 이 세계의 평화를 위해 노력한다고 들었다. 정말 갸륵하도다.」

신의 목소리는 거목에서 나는 듯도 했고, 땅속에서 울려 나오는 듯도 했으며 하늘에서 내려오는 듯했다. 도무지 종잡을 수가 없었다.

"휘페리온 신이시여! 왜 인간의 일에 개입하여 대륙을 혼란에 빠뜨렸습니까? 저는 이해할 수가 없군요."

아무리 신이라 하더라도 의문을 접을 수는 없었다. 라모는 휘페리온 신을 추궁하지 않을 수 없었다. 거목에서 한줄기 물줄기가 흘러내리기 시작했다. 마치 신의 눈물처럼… 아니, 정말로 휘페리온 신의 눈물인지도 몰랐다.

「그것은 나의 뜻이 아니었다. 원래 대제사장이라 부르는 저 아이 하벨리안은 내 신실한 아들의 소생이다. 저 아이의 아버지는 내가 바라는 소망을 정확히 이해한 총명한 사람이었다. 그는 나를 믿는 교회의 타락을 슬퍼하였고, 그것은 한때의 실수이니 부디 버리지 말아달라고 내게 간구했다. 평생을 그렇게 살다 죽었다. 때문에 나는 나를 믿는 자를 버릴 수 없었다. 그런데 저 아이는 아버지의 뜻을 오해했다. 아버지는 핍박받은 나머지 그것을 억울하게 생각하며 평생을 고통스러워했다고 이해했다. 그래서 자신이 아버지의 한을 풀어주겠다는 결심을 한 것이다. 하지만 나는 하벨리안의 잘못된 생각을 인정할 수 없었고 신성력을 주지 않았다. 그러자 저 아이는 마법을 익혔고, 그것을 자신의 방식으로 발전시켜 나갔던 것이다. 그리고 교회의 신도들 중 아이들만을 골라 마법으로 기적을 보여주며 가드템플러를 만들어냈던 것이다. 아아! 나는 어리석었도다. 사랑 또한 함부로 베풀 것이 못 되는 것이거늘… 나는 간구하는 자를 외면하지 못했다. 이제 늦었지만 가드템플러의 신성력을 거두니 그대가 받은 하나의 신탁도 끝났다. 이제 그만 돌아가라, 라모 하레스여!」

라모는 바닥에 쓰러진 대제사장 하벨리안을 보았다. 그는 머리부터 땅에 떨어지며 목이 비틀려 죽어 있었다. 그의 얼굴은 100살은 먹은 듯 순식간에 늙은 얼굴을 하고 있었다. 그리고 그 옆에는 빛을 내는 마법석이 굴러 다녔다. 라모는 그제야 대제사장이 보였던 후광의 정체를 알았다. 두 명의 가드템플러는 의식은 없으나 숨을 쉬고 있는 것으로 보아 죽지는 않은 듯 보였다. 그러는 사이 거목이 꼭대기에서부터 점점 물이 되어 흘러내리더니 종내에는 바닥을 질펀하게 적신 채 사라져 버렸다. 그것은 마치 자식을 잃은 고통을 차마 견디지 못한 휘페리온 신의 눈물처럼 허망하고 슬퍼 보였다.

라모는 플라이 마법으로 다시 돌아가는 도중 속으로 혼자 웃고 말았다. 신도 고민이 있었던 것이다. 부모의 마음을 가진 신 또한 자식의 억지에는 어찌할 바를 모른다고 생각하자 절로 실소가 터져 나왔던 것이다.

라모가 신전으로 돌아왔을 때 상황은 이미 종료돼 있었다. 아무르와 웨어는 포박당해 있었고, 궁정 수비병들도 대부분 투항한 상태였다. 라모가 더 이상 거들 일은 없었다.

"블레이드 경, 페렛이 그대와 리코 후작에게 남긴 말이 무엇이오?"

라모는 내내 그것이 궁금했다. 페렛은 죽어가는 마당에 무엇을 남겼을까? 블레이드의 얼굴이 금방 엄숙해졌다.

"소환술과 키메라 제조법을 전수받았습니다. 그 외에 흑마법의 정수를 설명하더군요. 흑마법은 비록 사악한 면이 없지 않아 있지만, 이 또한 오랜 마법의 성과이니 물려주지 않을 수 없다고 하더군요. 전수받는 동안 흑마법 또한 깊은 철학이 그 안에 내재돼 있다는 걸 깨달았습니다. 검이 나쁜 것이 아니라, 검을 쓰는 검사의 마음이 사악한 데에 폐해가 있는 겁니다. 마찬가지로 흑마법이라 하여 무조건 경시하고 배척할 필요는 없다는 걸 느꼈습니다."

라모는 흑마법에 대해서는 잘 몰랐지만 블레이드가 설명하려는 요지는 파악했다.

"그럼 블레이드 경은 장차 그룬디아 대륙에서 마법의 총화를 이룬 대종사가 되겠구려. 축하하오, 블레이드 경!"

라모의 말에 블레이드가 의아해했다.

"대종사가 뭡니까, 소영주?"

라모는 미소를 지었다.

"그건 경이 마법으로는 전무후무한 경지를 개척하는 놀라운 존재가 될 것이라는 말입니다."

블레이드의 둥근 얼굴이 비로소 라모를 따라 계면쩍은 미소를 지었다.

"소영주도 참……. 그게 그렇게 쉽겠습니까? 또 설사 그렇더라도 전 소영주를 보좌하는 것에 만족합니다. 잘못된 힘은 만인을 괴롭히는 재앙이라는 걸 이번 기회에 똑똑히 알았습니다. 제가 혹여 잘못된 길을 걷거든 늦지 않게 소영주께서 일깨워 주십시오."

블레이드는 과연 분수를 아는 자였다. 라모가 신뢰할 만한 자였다.

전장을 정리하고 새벽의 여명이 터오는 동안 라모는 신전을 바라보며 서 있었다. 비상하는 휘페리온 신이 더 더욱 부각된다. 하지만 이제 신전 안에서 예배 드릴 휘페리온 교의 신도들은 없었다. 이왕 지어진 신전이니 아마도 다른 용도로 사용될 것이다. 라모는 문득 저 안에서 아르센 왕자의 취임식이 거행된다면 볼 만하겠다는 생각을 해봤다. 그때 누군가 라모의 뒤로 다가왔다. 리코였다.

"라모 하레스 백작! 그대의 후의에 감사드리오. 그대는 지난날의 적대적인 감정을 접고 순수한 마음으로 우리를 도와주었으니 그 은혜를 잊지 못할 것이오. 내 스승께서도 그대에게 감사할 것이오. 앞으로 그대가 내게 어떤 명령을 내리든 반드시 복명하겠소. 비단 이는 도와준 은혜에 대한 감사일 뿐 아니라 한 인간에 대한 감탄 때문이기도 하오. 그대가 대륙의 평화를 위해 애쓰는 심정은 나를 부끄럽게 하는구려. 물론 앞으로 다시는 자코 왕국의 병사들이 다른 나라의 국경을 넘는 일은 없을 거요."

리코의 얼굴은 여전히 슬픔에 가득 차 있었지만 망연자실한 태도는 아니었다. 당장 눈앞에 산적한 과제를 외면할 수는 없었던 모양이다.

"고마운 말씀이오, 리코 후작! 앞으로 자코 왕국을 지켜보겠소. 부디 아르센 왕자를 잘 보좌하기 바라오."

아르센 왕자와도 간단한 인사를 나눈 후 라모는 곧 블레이드가 그린 마법진을 이용해 도란 제국의 황성으로 공간 이동했다. 도란 제국 황성은 반란의 흔적이 모두 지워진 상태였다. 라모는 혼혈을 짊은 가드템플러를 데려오라 하여 혈도를 풀어준 후 임의로 놓아주었다. 예상대로 가드템플러는 신성력이 모두 사라진 후였다.

"대제사장은 죽었소. 휘페리온 신께서는 그대의 신성력을 거두었소. 이제는 과거의 일을 잊으시오. 생각해 보았자 그대에게 하등 도움이 되지 않소. 이제 그대를 놓아줄 테니 가고 싶은 곳으로 가시오."

가드템플러는 여전히 신에 대한 믿음을 저버리지 않았는지 평온한 얼굴이었다. 그러나 황성을 나서는 가드템플러의 뒷모습은 어쩐지 쓸쓸해 보였다.

11장

새로운 출발을 위하여

새로운 출발을 위하여

야스퍼는 유란궁에 있었다. 라모가 야스퍼를 찾아 유란궁을 방문했을 때 야스퍼는 스스럼없이 황녀의 어깨에 손을 얹고 밀어를 나누고 있다. 간간이 무엇이 그리 즐거운지 샤넬 황녀와 더불어 낄낄거리고 있다.

"혼자 신났군. 야스퍼, 이제 하레스로 돌아가세."

라모는 얼추 자신의 임무가 끝나자 카릴이 생각났다. 카릴이 왜 아직까지 자신 앞에 나타나지 않는 걸까? 라모는 직접 카릴을 찾아 나설 생각을 했다.

"형님, 저… 아무래도 여기 며칠 더 머물러야 할 것 같습니다. 프란츠 공작과 롤란드 공작의 잔당이 완전히 소탕되지 않아 빅투 단장을 도와주기로 했습니다."

그러면서 라모와 눈을 맞추지 못한다. 야스퍼의 핑계는 얼굴에 써 있다. 아무래도 샤넬 황녀와 헤어지기가 아쉬운 모양이다.

"야스퍼! 난 바로 뱅가드 숲으로 갈 작정이네. 그간 여러 사건 때문에 카릴을 찾아보지 못했어. 수호른으로 가봤자 황제 즉위식이니 작위 수여식이니 골치 아픈 일들이 많을 테지. 번거로운 일은 질색이야. 보저 황태자가 묻거든 모른다고 하게. 자네는 여기서 며칠 더 쉬다가 하레스로 가거든 걱정하지 않게 부모님께만 내 소식을 알려주게."

야스퍼는 다 알겠다는 표정으로 낮게 웃었다.

"흐흐흐! 형님, 나와 샤넬 황녀 사이가 그렇게 부러우셨수? 카릴님이 유난히 생각나셨던 모양이구려. 하긴 짝 잃은 외기러기 신세가 되었으니……."

"실없는 소리 하지 마라, 야스퍼!"

라모는 야스퍼의 등을 손바닥으로 후려쳤다. 하지만 야스퍼는 이미 신법을 극성으로 연마한 상태였다. 예전의 야스퍼가 아니었다. 순간적으로 라모의 손을 피해 옆으로 비켜난다.

"어쭈! 피했어? 어디 얼마나 도망가나 보자."

라모 또한 신법을 발휘해 야스퍼를 쫓았다. 50평방 미터 남짓한 샤넬 황녀의 방 안에 환영이 난무했다. 샤넬 황녀의 두 눈이 쫓아가지 못할 정도였다. 다만 두 줄기 흰 선이 방 안을 무섭게 흐른다. 잡으려는 자와 도망치는 자의 현란한 신법이었다.

"그만 하세요. 어지러워요."

보다 못한 샤넬 황녀가 눈을 감더니 비틀거렸다.

"샤넬리아!"

야스퍼가 순간적으로 샤넬 황녀의 옆에 나타나 팔을 부축했다. 그와 동시에 격타음과 비명이 한꺼번에 터져 나왔다.

짝!

"어이쿠!"

야스퍼가 방심한 사이 라모의 활짝 펼친 손바닥이 등을 후려치고 지나간 것이다.

"형님! 비겁하게 정말 이러기요?"

야스퍼의 얼굴이 통증으로 인해 한껏 구겨졌다. 야스퍼가 볼멘소리를 뱉을 때 라모는 이미 방문을 열고 있었다.

"날 놀린 대가다. 진기를 주입하지 않았으니 샤넬 황녀를 안아주는 데는 불편이 없을 거야. 하하하!"

라모가 대소를 터뜨리며 사라지자 문이 저절로 닫혔다. 샤넬 황녀는 두 사람이 과연 인간인가 의심이 들기 시작했다. 샤넬 황녀는 부드러운 눈길로 자신을 응시하는 야스퍼를 의식했다. 이걸 보면 분명 인간이었다. 샤넬 황녀는 라모의 말처럼 행복한 미소를 지으며 야스퍼의 품에 안겼다.

라모는 샤넬 황녀의 방을 나와 복제 마법사실로 직행했다. 라모는 복제 마법진을 통해 카릴이 살고 있는 뱅가드 숲으로 공간 이동했다.

곧 어린 시절 수련하던 공터에 나타난 라모는 어린 묘목이 여기저기 자라나는 걸 목격했다. 이곳에 와본 지도 벌써 몇 년이 흐른 것이다. 라모는 어린 묘목을 보자 신기했다. 수련을 핑계로 주변을 날려 버렸는데 세월이 흘러 또 다른 생명이 자라는 모습을 보자 새로움을 느낀다. 사마조가 죽어 라모 하레스로 다시 태어났듯, 생명은 윤회하고 있었던 것이다.

라모는 뱅가드 숲에서 이틀을 헤매었다. 우선 주변에 보이는 산 정상을 향해 텔레포트를 시전해 샅샅이 뒤지기 시작했다. 하지만 곧 어려움을 느꼈다. 뱅가드 숲이 포함된 네브로다 산맥은 호른 제국을 비롯해 3개의 나라에 걸쳐 있으며 그 넓이가 수천 킬로미터에 이른다. 그 안에 크고 작은 산봉우리만 기천개는 될 듯싶었고, 협곡은 또 얼마나 많겠는가? 그걸 혼자 찾으려니 거의 불가능하다는 걸 느낀다. 바닷가 모래 속에서 볍씨 하나를 찾는 꼴이다.

하지만 라모는 잠시 고민한 후 일단 공터를 중심으로 반경 100킬로미터를 샅샅이 뒤져 보기로 했다. 예전 카릴을 만난 곳이던 만큼 근처에 레어가 있을 확률이 컸다.

라모는 한나절 만에 거의 1백 개에 이르는 산 정상을 훑어볼 수 있었다. 몸 안에서 끊임없이 진기가 솟구쳐 올라 전혀 지치지 않았다. 그 정도로 마나를 마구 남용했다면 9서클의 복제 마법사라도 벌써 탈진하고도 남았다.

그러던 중 라모는 한 산 중턱에서 연기가 똑바로 솟구치는 걸 발견했다. 마치 봉화처럼 라모를 부르는 듯하다. 눈으로 보기에 가물가물한 거리였다. 대강의 거리를 가늠해 본 라모는 좌표를 설정해 마법진을 그린 다음 공간 이동했다. 라모가 나타난 곳은 산 중턱에서도 허공으로 1백 미터가량 차이가 났다. 라모는 허공에서 바람을 타고 유영하듯 팔을 저어 연기가 나는 곳을 향해 날아갔다.

가려진 큰 나무 하나를 지나쳐 땅에 착지했을 때 20여 미터 전방에 제법 넓은 공터가 보였다. 그곳에 한 사람이 앉아 불을 피우고 고기를 굽는 모습을 보았다. 라모는 무심결에 다가가다 발걸음을 멈추었다. 겉으로 보기에는 완벽한 인간의 모습이었다. 풍성한 금발에 옆으로 보이는 이목구비가 대단한 미남이라는 것을 알 수 있었다. 하지만 거리가 가까워지면서 이질감을 느꼈다. 그러다 사내가 약해진 불을 키우기 위해 일어나 장작을 주워 오면서 더 확연해졌다. 사내는 인간으로서 완벽한 체형을 갖추고 있었다. 잘록한 허리에 넓은 어깨 튼튼한 다리가 매우 매력적이다. 더군다나 무슨 재질로 만들었는지 몸에 찰싹 달라붙어 체형을 그대로 드러나게끔 하는 옷을 입고 있었다.

체형이 완벽한데도 이질감을 느낀 것은 그의 신장 때문이었다. 땔감을 가지러 일어났을 때 그의 키가 무려 3미터에 육박한 것을 발견했다. 인간의 키가 3미터에 이를 수는 없다. 거인 하룬조차도 2미터를 간신히 넘긴 정도였다. 눈앞의 사내는 외형은 인간이되 결코 인간이라 부를 수 없었다.

"마족인가?"

라모는 스스로 그렇게 물어보았으나 자세히 보니 마족도 아니었다. 눈동자의 색은 청색이었고, 마족 특유의 검은 기운을 흘리지도 않았다. 그 사내가 얼굴을 돌려 뜻하지 않은 방문객을 힐끔 쳐다보았다. 과연 조각상처럼 매끈한 피부와 굴곡이 완벽한 미남이었다.

"인간은 말야, 정말 다리가 맛있어. 자네도 이리 오게. 식사를 하지 않았으면 같이 하자구."

라모는 사내의 말에 그제야 그가 굽고 있는 고기를 바라보았다. 이미 고기는 생전에 어떤 생명체였는지 구별할 수 없게끔 온통 그슬려 있었다. 모닥불 양쪽에 지지대를 놓고 그 위에 커다란 쇠꼬챙이를 얹어놓았다. 쇠꼬챙이는 정체를 알 수 없는 짐승을 머리부터 항문까지 일직선으로 꿰고 있다. 그런데 말을 듣고 보니 정말 인간과 흡사했다. 두상부터 시작해 다른 동물과 다른 긴 두 팔과 다리가 달려 있다. 양팔과 양다리는 교묘하게 꼬아 쇠꼬챙이에 묶여져 있다. 사내는 쇠꼬챙이를 이리저리 돌려가며 고기를 알맞게 굽고 있다. 라모가 다가가자 사내가 다시 입을 열었다.

"인간을 먹을 때 제일 맛있는 곳이 어딘지 아나? 물론 운동을 많이 한 다리가 양도 많고 지방이 적어 맛있지만 그보다 더 맛난 곳이 있다네. 바로 혓바닥이야. 인간처럼 혓바닥을 많이 놀리는 종족도 없지. 다른 동물들은 위협을 받거나 성났을 때, 또 맛을 볼 때 등 극히 일부분에만 혓바닥을 사용하지. 하지만 인간은 끊임없이 떠들지. 의미없는 말을 지껄이면서 쉬지 않고 혓바닥을 사용해. 그래서 인간의 모든 영양소가 이곳에 축적된다네. 혓바닥을 먹으면 인간 하나를 전부 먹은 거나 진배없어."

라모는 모닥불 옆으로 가서 앉으며 사내를 노려보았다.

"그걸 내게 설명하는 이유가 뭔가? 내가 인간이라는 것을 한눈에 알아보았을 텐데, 지금 내게 시비를 거는 건가? 물론 자네가 굽고 있는 게 정말 인간이라면 오늘 이곳을 떠날 생각은 버리는 게 좋을 거야."

라모는 그다지 목청을 높이지 않은 채 사내를 위협했다. 사내의 청색 눈이 반짝였다.

"과연 자네는 보통 인간이 아니군. 어차피 인간을 이 외진 산중에서 만났으니 자네가 날 죽이든지 내가 자넬 죽이든지 양단간의 결판을 내야 할 거야. 난 사람 고기를 무척 좋아하거든. 자네도 무척 맛있게 생겼군. 하지만 그 전에 내 얘기에 흥미가 있다면 설명을 더 들어보게."

라모는 고기 타는 냄새에 조금 불쾌해졌지만 참지 못할 정도는 아니었다. 사내가 계속해 라모에게 인간을 식용하는 데 따른 예찬론을 펼쳤다.

"이곳엔 인간들이 드물어. 인간 마을까지 내려가 잡아 오면 이것들이 방책을 세운다, 자경단을 조직한다 법석을 떨며 귀찮게 하더군. 물론 내게 전혀 위협은 되지 않아. 그냥 움직이기가 싫더군. 그래서 인간을 사육할 생각을 했지. 남녀 20명을 잡아다가 동굴 안에 집어넣고 사육했지. 한 10년 지나니까 저희들끼리 알아서 새끼를 낳고 수를 불려나가더군. 30년쯤 되니까 또 새끼를 치면서 수가 거의 100여 마리로 늘어나더군. 나는 그제야 그중 몇 마리를 잡아 시식했지. 하지만 나는 곧 씹던 음식을 뱉어버릴 수밖에 없었네. 사육한 고기는 맛이 뚝 떨어지는 거야. 가둬서 기르니 쓸모없는 기름기만 많고 피가 탁해져 있더군. 그래서 이번엔 자연 방목을 했네. 일정한 구역을 정해서 인간들이 마음껏 뛰어놀 수 있게 해주었지. 그제야 맛이 많이 개선되더군. 하지만 그래도 원래 인간보다 맛이 떨어지더군. 왜 자연산보다 맛이 떨어질까? 난 고심했네. 그래서 인간 마을에 유식한 인간을 잡아 와서 직접 물어봤지. 그가 대답을 해주더군. 인간이 맛있으려면 어디든 갈 수 있는 자유가 있어야 한다는 거야. 그리고 억압하면 절망을 느끼는 인간의 자의식이라는 게 있어 억류하는 한 고기 맛이 더 나아질 가능성이 없다는 거야. 제길! 그러자면 방목을 포기하라는 소리와 마찬가지가 아닌가? 난 그동안 헛수고만 한 셈이지. 그래서 모조리 죽여 몬스터 밥으로 던져 주고 새로운 인간을 잡으러 나왔지. 그러다가 멀리 가지도 않고 운 좋게 인간 하나를 잡았어. 바로 지금 굽고 있는 고기야. 신관복을 입고 있더군. 머리는 은발이 치렁거렸고, 신성력이 흘렀어. 너무나 먹음직스럽더군. 냉큼 잡아 옷을 벗기고 꼬챙이를 꽂아 불 위에 올렸지. 어때, 군침이 돌지 않나? 원한다면 팔 하나쯤은 자네에게 양보할 생각이 있네."

사내는 그러면서 라모의 안색을 살폈다. 라모는 사내의 말 중에 신관복을 입었으며, 은발을 한 인간을 그렸다. 그러자 한 사람이 떠올랐다.

"아르나!"

라모는 가슴이 철렁 내려앉았다.

"다 익었군."

라모가 놀라든 말든 사내는 굽고 있는 고기를 맨손으로 덥석 잡았다. 라모는 사내의 정체를 알아내기 위해 슬쩍 진기를 흘려 기운을 감지해 보았다. 하지만 내면에 숨겨져 있는 폭발적인 힘을 어렴풋이 짐작만 할 뿐 정확하게 측정되지는 않는다. 타심통을 사용해 보았지만 사내의 내면은 안개에 감싸인 듯 흐릿할 뿐이다. 하지만 익고 있는 고기를 맨손으로 잡는 모습은 상상 이상의 능력을 감추고 있는 것이 분명하다.

인간보다 월등히 신장이 크며, 인간과 명확히 대화를 나눌 만한 지성체는 라모가 알기에 이 세계에는 없었다. 다만 그럴 가능성이 있는 존재는 단 하나였다. 바로 드래곤이었다. 폴리모프가 가능한 드래곤이라면 저렇게 여유가 넘치더라도 이상할 것이 없다. 드래곤으로 짐작되는 사내가 익고 있는 고기의 팔 한쪽을 북 찢어 라모에게 던져 주었다.

"자! 한번 맛을 보게."

라모는 고기를 받아 들고 자세히 들여다보았다. 아직도 고기의 표면에 기름이 끓으며 튀고 있다. 반으로 접혀지는 부드러운 관절과 거기에 달린 다섯 개의 손가락, 그리고 손가락 끝에는 부채꼴 모양의 손톱이 이그러진 채 붙어 있다. 분명 인간의 팔이었다. 라모는 이것이 혹여 아르나의 팔일지도 모른다는 생각이 들자 참을 수가 없었다.

"이 더러운 드래곤 놈!"

라모는 벌컥 화를 내며 드래곤이라 짐작되는 사내의 면상을 향해 팔을 집어 던졌다. 사내가 고개를 살짝 비틀어 가볍게 피해 버렸다.

"흐흐흐! 이거 8천 년을 살아오면서 이 크라우저가 인간에게 욕을 먹기는 처음이군. 내 정체가 드래곤이라는 사실을 알아차렸어. 그런데도 전혀 기가 죽지 않는군. 자신있다 이 말인가? 천한 인간아, 어디 네 잘난 솜씨 좀 보자!"

드래곤 크라우저는 쇠꼬챙이를 덥석 잡아 라모를 향해 던졌다. 인간 고기를 매단 쇠꼬챙이가 창처럼 라모에게 날아왔다. 라모는 더욱 화가 치밀었다. 상대는 8천 년을 산 고룡 중의 고룡이었다. 하지만 조금도 위축되지 않았다. 아니, 오히려 드래곤을 죽여 버리리라 결심했다.

"순간 이동!"

라모는 쇠꼬챙이를 피함과 동시에 크라우저의 전면에 나타났다. 이어 오른 손바닥을 활짝 펼쳐 배를 후려쳤다. 크라우저가 순간적으로 실드를 펼쳤다. 그러나 라모의 손은 실드를 그대로 뚫고 들어가 크라우저의 배를 격타했다.

"크억!"

크라우저가 비명을 지르며 5미터 바깥으로 나가떨어졌다. 허리를 꺾고 피를 토하며 고통스러워하는가 했더니, 곧 입가의 피를 닦으며 멀쩡하게 일어났다. 적어도 대수인에 적중당한 부위의 내장이 박살났을 터인데도 짧은 시간만에 태연해진다. 놀라운 회복력이었다.

"이거 장난이 아니군. 인간이 이런 능력을 발휘할 수 있다니……. 하지만 인간은 결국 인간일 뿐이다. 내게 덤빈 대가를 치르게 해주마."

드래곤이 양팔을 펼쳐 라모를 향해 휘둘렀다. 바람의 칼날이 라모를 향해 날아왔다. 보이지는 않지만 마나의 강렬한 흐름이 느껴졌다.

라모는 가볍게 옆으로 피해 버렸다. 그러나 사방팔방에서 바람의 칼날이 날아오자 라모는 더 이상 피하기 힘들다는 걸 느끼고 폭발적으로 진기를 반탄시켰다. 바람의 칼날이 라모를 격중시켰으나 모두 튕겨져 나갔다.

"제법이군. 그럼 이건 어떤가? 파쇄!"

이번에는 소용돌이치는 마나의 회오리가 밀려왔다. 마나의 회전 반경이 워낙 넓어 피하기가 어려웠다. 라모는 주변의 마나를 감쌌다. 그리고는 사량발천근(넉냥의 힘으로 천근을 움직인다)의 수법으로 크라우저에게 다시 날려 보냈다. 마나의 폭풍이 라모의 가슴 앞까지 밀려 왔다가 크게 휘어지며 크라우저에게 밀려갔다. 그러자 마나의 회전은 더욱 강력해졌고 반경은 넓어졌다. 크라우저는 미처 피하고 자시고 할 시간도 없었다.

쾅!!

크라우저의 몸이 가랑잎처럼 뒤로 날아가 10여 미터 뒤의 큰 바위와 부딪쳤다. 바위의 중앙이 갈라지며 크라우저가 함몰된 바위 속에 파묻혀 버리고 말았다. 마나의 회오리는 그 바위마저도 뒤로 날려 버렸다. 그러나 곧 바위가 터져 나가며 크라우저가 튀어나왔다. 마나의 폭풍에 온몸으로 피를 흘렸다. 그러나 여기저기 찢어진 살갖들이 한번 쳐다보는 사이 순식간에 아물어들었다. 라모는 때를 놓치지 않고 순간 이동을 발해 크라우저의 앞에 다시 나타났다.

"상처 복원력이 드래곤답구나. 그럼 이것도 한번 맛봐라."

그리고는 왼손을 활짝 펴 탄지신통을 갈겼다. 크라우저의 하복부를 시작해 명치와 가슴을 지나 목까지 일렬로 5개의 구멍이 푹푹 파였다. 크라우저는 그 반동에 뒤로 한 걸음 물러났다. 라모는 기대를 가지고 지켜보다 곧 실망했다. 크라우저가 약간 구부렸던 몸을 펴자 또다시 눈에 보일 정도로 빠르게 메꾸어져 가는 구멍이 보였다. 가공할 회복력이었다.

크라우저는 라모의 신위에 놀라움을 금치 못했다. 인간이 저 정도로 강할 수 있단 말인가? 고룡인 자신의 공격을 역이용하다니……. 크라우저는 평범한 마법으로는 라모를 상대할 수 없다고 생각했다.

"이건 정말 상상 이상이군. 흥미롭기 그지없어. 자! 새로운 걸 받아보아라. 메테오 스웜!"

크라우저가 팔을 휘두르자 하늘에서 작은 유성이 라모를 향해 쏟아지기 시작했다. 드래곤의 대표적 마법이었다. 즉, 유성을 소환하는 방법이다. 드래곤과 같은 방대한 마나를 가진 존재가 아니면 생각도 할 수 없는 마법이었다. 유성 하나의 크기는 겨우 머리통만했으나 땅에 부딪혀 폭발하자 지름 10미터가 초토화되었다. 그런 유성이 우박 떨어지듯 라모를 중심으로 쏟아지기 시작했다. 메테오 스웜에는 순간 이동이나 신법도 전혀 통하지 않았다. 처음 몇 개는 백보신권으로 쳐내보았으나 곧 포기해 버렸다. 수가 워낙 많으니 전혀 효과가 없었다. 오히려 쳐낸 유성이 뒤이어 쏟아지는 유성과 부딪혀 더 큰 폭발을 일으켰다.

라모 주변의 반경 200미터가 온통 불길에 휩싸였다. 지면은 속살을 내보이며 뒤집어졌고, 나무는 재로 변해 버렸다. 폭발에 의한 먼지와 재가 구름같이 일어나 크라우저는 잠시 라모가 어찌 되었는지 볼 수가 없었다. 소환한 유성이 끊기자 크라우저는 바람을 소환해 먼지를 걷어냈다. 하지만 라모는 원래 그 자리에 태연하게 서 있었다. 신체가 위협을 느끼자 진기가 절로 일어나며 수 겹의 방패처럼 라모를 감쌌다. 마음이 가는 곳에 절로 진기가 이는 경지에 도달한 것이다. 라모는 크라우저를 비웃었다.

"네가 뛰어난 회복력이 있다면 내겐 금강불괴의 신체가 있다."

크라우저는 라모의 신체 여기저기를 관찰했다. 추호도 피해를 입은 흔적이 없었다. 팔 하나쯤은 떨어져야 정상인데 옷조차도 말끔했고, 머리카락 한 올도 불에 그슬리지 않았다. 크라우저는 라모가 자신을 가소롭다는 눈빛으로 쳐다보는 걸 느끼자 진정한 분노가 치밀었다. 이제까지는 인간을 가지고 장난친 데 불과했다. 인간이 강해봤자 한계가 있다고 생각했다. 그래서 가지고 놀다 싫증나면 죽여 버리겠다는 느긋한 마음을 가졌다. 그런데 그런 천한 인간이 자신과 대등하게 싸움을 벌이고 여전히 눈빛이 죽지 않는다. 이는 골드 드래곤인 크라우저 8천 년 생애의 최대 치욕이었다.

크라우저는 고룡답게 냉철했다. 몇 번의 접촉에서 크라우저는 평범한 방법으론 절대 라모에게 상해를 입힐 수 없다는 사실을 깨달았다. 그러기엔 라모의 무력이 웬만한 웜 급의 드래곤에 필적한다는 걸 알았다. 도대체 라모의 진정한 능력은 어디까지인가? 크라우저는 먼저 그것을 알고자 했다.

"마인드 블랭크!"

크라우저의 눈이 황금빛으로 빛났다. 특정 생명체의 능력을 완벽하게 감지하는 마법이었다. 그의 생각이나 감정을 읽고 정보를 얻어낸다. 그러나 크라우저는 라모의 감정이나 지식을 알아낼 수 없었다. 라모의 마음은 두꺼운 장막이 쳐진 듯 한 치도 들여다볼 수가 없었다. 크라우저는 믿을 수가 없었다. 같은 드래곤이라 할지라도 자신보다 능력이 떨어지면 밑천을 드러낼 수밖에 없는 확실한 마법이었다. 그런데 고작 인간을 들여다볼 수 없다니……. 크라우저는 그런 한 가지 사실만으로도 라모의 점칠 수 없는 능력에 경외감을 느꼈다. 하지만 전혀 소득이 없는 것은 아니었다. 몇 번의 접전만으로도 라모의 성격과 무력을 어느 정도 짐작할 수는 있었다. 그러니 완벽하지는 않지만 자신이 생각하는 비슷한 물체는 만들어낼 수 있다.

"클론!"

크라우저가 주문을 외며 공간을 열자 살덩이들이 우수수 쏟아지더니 하나의 형체를 만들어갔다. 그리고 마침내 완성되자 라모는 어처구니가 없었다. 라모의 전면에 또 한 명의 라모가 서 있었다. 바로 인간복제 마법이었다. 개인의 기억과 무력의 레벨까지도 그대로 흉내 낼 수가 있었다.

복제 인간이 순간적으로 사라졌다가 라모의 눈앞에 불쑥 나타나 장력을 뻗어왔을 때 라모는 소스라치게 놀랐다. 라모 또한 복제 인간을 향해 장력을 갈겼다. 라모와 복제 인간의 장력이 격돌하였다.

쾅!!

굉음이 터지며 주변의 대기가 충돌을 견디지 못하고 사방으로 거센 돌풍을 일으켰다. 그리고 라모와 복제 인간은 각각 세 걸음씩 뒤로 물러났다. 충격에 속이 울렁거렸다. 이어 복제 인간이 환영보를 펼쳐 라모의 주위를 돌며 탄지신통을 갈겨올 때는 자신도 모르게 탄성을 질렀다.

"아!"

정말 완벽한 신법이며 탄지신통이었다. 라모는 그제야 한 켠에 서서 복제 인간을 조종하는 크라우저가 드래곤 중에서도 탁월한 능력을 지닌 존재임을 알았다. 이 같은 마법은 듣도 보도 못한 방법이었다. 복제 인간도 결국 드래곤이 만들어낸 존재이다. 드래곤은 라모와 접촉한 그 짧은 순간에 모든 것을 기억하고 완벽하게 복제해 낸 것이다. 인간으로 치자면 천재 중의 천재라고 부를 수 있으리라. 라모는 자만심을 버리고 진지해지기 시작했다.

라모는 오른손을 들어 원을 그리기 시작했다. 팔에서 2미터 남짓한 검강이 솟아나고 하나의 원이 완성되며 복제 인간을 향해 날아갔다. 복제 인간은 환영보와 순간 이동을 펼쳐 적절하게 피해 버렸다. 하지만 그것만으로는 라모의 팔에서 솟아난 검강과 태극혜검을 완전히 피할 수는 없었다. 순간 이동을 펼쳤던 복제 인간이 다시 나타나는 순간 검강이 그린 원에 왼쪽 어깨와 팔이 걸려들며 완전히 분쇄돼 날아가 버렸다. 다시 라모가 완전히 복제 인간을 잠재우기 위해 원을 그리는 순간 복제 인간 또한 오른손에서 2미터 남짓한 검강이 솟더니 원을 그렸다. 라모의 검강과 복제 인간의 검강이 다시 충돌했다.

쾅!!

주변의 대기가 온통 찢어져 사방으로 날아갔다. 크라우저는 일견하는 순간 라모의 검술을 꿰뚫어 보고 똑같이 흉내 내게 한 것이다. 상상할 수도 없는 예리한 관찰력이었다. 라모는 이대로 밑천을 드러낼 수는 없다고 생각했다. 속전속결로 처리해야 한다고 판단했다. 라모는 순간 이동을 발해 복제 인간의 바로 앞에 나타났다. 복제 인간이 다시 장력을 발해 라모의 가슴을 쳐왔다.

라모는 빙글 옆으로 돌며 복제 인간의 팔을 잡아챘다. 복제 인간이 일순 당황해 팔을 당기며 뒤로 후퇴했다. 그러나 라모는 틈을 주지 않고 따라붙으며 금나술로 팔을 꺾고 목을 잡았다. 라모의 금나술에 대해서는 전혀 정보가 없던 복제 인간은 다만 하나 남은 팔로 마나를 모아 장력을 내갈기려 했다.

우드득―

미처 장력을 내뿜기도 전에 복제 인간의 오른손이 비틀리며 완전히 부러져 버렸다. 이어 라모는 복제 인간의 목을 뽑아버렸다. 그러고도 의심스러워 심장을 완전히 부수어 버리고 머리는 화염 마법을 발해 순식간에 태워 버렸다. 혹시라도 복제 인간 또한 크라우저의 놀라운 회복력이 있을지도 모른다는 염려 때문이었다. 결국 복제 인간은 다시 살아나지 못했다. 복제 인간이 죽는 순간 조종하던 크라우저가 뒤로 벌렁 넘어졌다. 복제 인간은 또 다른 크라우저에 다름 아니었다. 꼭두각시일지언정 크라우저 또한 복제 인간이 당하는 충격을 받았던 것이다. 그러나 역시 크라우저는 곧 회복되어 일어났다.

"정말 감탄을 금치 못하겠구나. 인간이 이런 정도의 신위를 발휘하다니……. 인간에 대한 역사를 다시 써야겠구나. 드래곤에 필적하는 인간이라……. 하지만 어울리지 않아."

크라우저는 끝장내겠다는 듯 라모를 노려보았다. 크라우저의 얼굴에는 비로소 라모를 적수로 인정한 진지한 얼굴을 했다. 드래곤은 본래 폴리모프한 상태에서는 본체로 있을 때의 절반밖에 마나를 사용하지 못한다. 하지만 크라우저는 쉽사리 본체로 돌아갈 수 없었다. 도망가지 않는 이상 본체는 오히려 라모의 공격에 있어 더 커다란 표적이 될 뿐이라는 판단이 들었다. 그만큼 라모의 신법은 무섭도록 빨랐다. 크라우저는 수많은 공격 마법을 떠올려 보았지만 곧 지워 버려야 했다. 라모의 놀라운 몸놀림과 순간 이동, 그리고 철통같은 수비를 뚫을 만한 적절한 마법이 없었던 것이다.

크라우저는 곤혹감을 느껴야 했다. 마법이 통하지 않는 상대라니……. 저자는 분명 인간일 수가 없다는 생각이 들었던 것이다.

라모 또한 크라우저를 노려보며 절로 긴장돼 오는 마음을 추스르기에 여념이 없었다. 드래곤이 강력한 존재인 줄은 알았지만 크라우저는 예상을 뛰어넘는 존재였다. 이대로 계속 싸워 나간다면 밑천이 다 드러날 테고 결국 당하는 건 라모 자신이 될 것이라는 불길한 예감까지 든다. 드래곤은 마법 생물이니 라모의 마법 실력으로는 결코 상대가 되지 않는다. 결국 중원의 무술로 제압해야 하나 그 또한 신통치 않아 보였다. 일부 상처를 입혀도 놀라운 복원력으로 금방 말짱해지니 소용이 없다. 결국 목을 분리하고 드래곤 하트를 박살 내버려야 한다는 결론이 내려진다. 하지만 라모가 그런 정도로 접근할 기회가 있을는지 의심스러웠다.

이렇게 라모와 크라우저는 잠시 서로를 주시하며 적절한 공략법을 구상했다. 그리고 크라우저가 먼저 방법을 생각해 냈다.

"텔레키네틱 스피어!"

크라우저가 양팔을 들어 주문을 외자 라모는 주변의 마나가 다투어 물러나는 걸 느꼈다.

이어 라모는 자신의 몸이 허공으로 둥실 떠오르며 몸을 제대로 가누지 못하는 상태가 됐다. 크라우저가 발휘한 마법은 일종의 진공 마법이었다. 일정 공간의 중력을 16분의 1로 가볍게 만드는 것이다. 대신 시전자는 여전히 바뀌기 전의 중력을 느낀다. 이 마법의 효과는 라모가 여실히 보여주고 있었다.

"천근추!"

라모는 몸을 무겁게 해 다시 지면으로 내려왔다. 라모는 공간을 벗어나기 위해 순간 이동을 발해보았으나 벗어날 수가 없었다. 마법을 발휘할 수 없는 공간이 돼 있었다. 시전자의 세상이었다. 라모는 백보신권을 발휘해 크라우저의 머리를 노렸다. 그런데 백보신권의 강기가 느릿느릿 날아갔다. 속도마저도 제한되어 있었던 것이다. 눈에 보이지 않지만 크라우저는 마나의 흐름을 느끼고 간단히 피해 버렸다.

"끈질긴 인간이군. 이런 상태에서도 마나를 날리다니… 하하하! 하지만 나의 승리다!"

크라우저의 정면 허공이 점차 붉게 물들더니 머리통만한 헬파이어가 생겨났다. 이어 크라우저가 손을 젓자 쏜살같이 라모의 가슴으로 날아와 작렬했다. 라모는 몸 안의 진기를 내뿜어 헬파이어를 감쌌다. 헬파이어가 라모의 몸을 중심으로 원을 그리더니 다시 크라우저를 향해 더 빠르게 날아갔다. 크라우저는 헬파이어를 간단히 해제하면서 이젠 경악감마저 들었다. 공간을 모두 점했는데도 라모는 거뜬히 마나를 조종하고 있다. 공격은 미약했지만 방어만은 전혀 문제가 없어 보였다. 생사 현관이 타통돼 몸 안에 끊임없이 진기가 솟는다는 걸 크라우저가 알 리 없으니 그저 신비해 보이기만 했다.

다시 크라우저가 두 개의 헬파이어를 생성해 집어 던졌다. 이번에는 라모의 전면으로 날아오다 1미터를 남겨두고 충돌했다.

쾅!!

폭음과 함께 무시무시한 열기와 충격이 라모를 덮쳤다. 하지만 라모의 전신에서 절로 솟아난 진기가 이것들을 태연하게 받아냈다. 역시 라모의 털끝 하나 건드리지 못했다는 걸 안 크라우저는 자신이 만든 공간에 진한 실망감을 맛보았다.

공격을 받은 라모는 별다른 피해를 입지는 않았지만 일방적으로 공격을 당하자 마음이 편치 않았다. 마족 루인스트로조차 자신을 곤란하게 만들지 못했다. 하지만 크라우저의 마법은 독창성이 넘쳤고 드래곤다운 강력한 결계가 신체를 억압하고 있다. 라모는 인정하고 싶지 않았다. 살아 있는 존재는 결코 자신의 상대가 될 수 없다는 자부심이 깨져서는 안 되겠다고 마음을 다잡았다.

라모는 일원신공을 최대한으로 운용했다. 몸 안의 진기들이 방출돼 나가며 크라우저와의 사이에 길을 열었다. 진공 상태의 공간이 흔들리며 크라우저가 라모의 진기에 감싸였다. 이어 크라우저가 자신의 의도와는 상관없이 주르륵 라모에게 끌려갔다. 크라우저는 드래곤 하트가 깨질 듯한 충격을 맛보며 몸을 바로 세우려 노력했다. 이어 자신이 알고 있는 다양한 마법들을 라모의 몸에 연속으로 펼쳐 냈다.

"파워 워드 킬!"

"템포럴 스테이시스!"

두 가지 마법은 모두 정신에 치명적인 충격을 주는 공격이었다. 전자는 죽음을 내리는 절대 명령이었고, 후자는 대상자를 가사 상태에 빠지게 하는 최면 마법이었다. 하지만 이미 일원신공을 대성한 라모의 진기는 공격과 방어를 겸비하고 있었다. 크라우저의 방대한 마나와 마법도 라모의 금강불괴를 파고들진 못했다. 오히려 다른 마법을 시전하느라 유지하고 있던 진공 마법이 깨지고 말았다. 이것이 큰 실수였다. 라모는 자신을 둘러쌌던 진공 상태가 풀리자 완전히 날개를 달고 말았다. 라모는 여전히 크라우저를 격공섭물의 방법으로 끌어당겼다. 크라우저가 가까이 다가간 순간 블랙암이 미간을 뚫어버렸다. 워낙 가까운 거리여서 피할 시간적 여유가 없었다.

크라우저는 당장 블랙암이 머리 속으로 파고들자 잠시 멍해져 버리고 말았다. 이어 백보신권과 탄지신통이 크라우저의 온몸에 작렬하기

시작했다. 크라우저는 멀어져 가는 의식 속에서 간신히 마법 하나를
시전했다.

"프라이스메틱 월!"

온몸을 두들겨 맞던 크라우저의 전면에 무지개 색깔의 두터운 벽이
생겨났다. 하지만 그것도 오래 견디지 못했다. 라모가 오른손에 검강
을 발해 좌에서 우로 길게 그어버리자 단번에 파괴돼 버리고 말았다.

"공간 이동!"

더 견디다 못한 크라우저는 공간을 열어 도망쳐 버리고 말았다.

"과연 드래곤이군. 마법진도 없이 장거리 공간 이동을 하다니……."

귀를 기울여 주변을 탐색하던 라모는 근방 200미터 이내에는 크라
우저가 없다는 사실을 알았다. 대결은 결국 드래곤의 도주로 싱겁게
끝나고 말았다. 그러나 드래곤과의 대결에서 이겨 기꺼워지기는커녕
라모는 새삼 마음이 불안해졌다. 원래 드래곤은 자신의 영토가 정해져
있다. 이곳 네브로다 산맥의 주인은 카릴이었다. 그런데 다른 드래곤
이 어슬렁거리며 돌아다닌다는 사실은 카릴에게 이상이 있다는 증거였
다. 크라우저라는 고룡에게 밀려났거나 해를 당했을 공산이 컸다. 이
유야 알 수 없지만 여지껏 라모의 앞에 나타나지 않은 것으로 보아 아
무래도 후자일 가능성이 짙었다.

"만일 카릴에게 무슨 일이 있다면 크라우저 네놈은 결코 무사하지
못할 것이다. 내 평생을 걸고라도 기어이 찾아내 없애 버리고 말겠다."

라모는 크라우저가 사라진 공간을 향해 낮게 부르짖었다. 라모는 크
라우저가 굽던 인간으로 짐작되는 고기들을 모아 땅에 묻어주었다. 혹
시 아르나일지도 모른다고 생각하니 그냥 갈 수가 없었다. 땅을 파는
동안 라모의 마음은 점점 어두워졌다.

이후 라모는 카릴의 레어를 찾는 일에 더욱 박차를 가했고 저녁 무렵 한 산 정상에서 커다란 레어를 발견했다. 라모가 수련하던 장소에서 80킬로미터가량 떨어진 봉우리였다. 산 아래가 일망무제로 내려다보이는 풍경이 장관인 곳이었다.

라모는 기쁨에 차서 레어의 입구로 들어서던 중 앞을 가로막는 한 명의 인물을 발견했다. 온몸을 풀 플레이트 메일로 감싼 기사였다.

"인간이여, 목숨이 아깝거든 돌아가라! 이곳은 레드 드래곤 카르넬리아님의 영토이며 레어다. 평상시라면 그대의 생명을 벌써 취했을 테지만 오늘은 주인이 계시지 않아 그냥 보내주겠다. 썩 꺼져라!"

기사가 으르렁거렸지만 라모는 오히려 바로 찾았다는 기쁨에 절로 입이 벌어졌다.

"마침내 찾아냈구나. 흠! 그대는 누군가? 레어의 문지기인가? 그렇다면 들어가서 카릴에게 보고하게. 그녀의 남편 라모 하레스가 찾아왔다고 전하게."

기사는 상대의 정체를 알자 깜짝 놀라며 즉시 한쪽 무릎을 꿇었다.

"실례했습니다, 라모님! 저는 카르넬리아님의 가디언 테미아트입니다. 어서 오십시오."

테미아트는 카릴이 아르나를 데려와 죽이려 했을 때의 정황을 기억해 냈다. 당시의 상황이 바로 눈앞의 라모를 두고 일어난 사랑싸움이었음을 명확히 알고 있었다. 주인의 남편이니 주인과 동격이다. 테미아트는 즉시 라모를 레어 안으로 안내한 뒤, 거주하는 모든 종족들을 불러 모았다. 라모는 그동안 동굴을 둘러보았다. 넓은 광장과 진배없는 레어는 자연미와 조형미를 절묘하게 조화시켜 화려함과 함께 아늑함을 느끼게 했다. 매우 마음에 드는 장소였다. 모여든 종족은 인간을 포함해 드워프와 엘프까지 있었다. 하지만 라모의 관심은 오직 카릴이 었다.

"카릴은 왜 나오지 않는 거지? 설마 남편을 박대하는 건 아니겠지?"

카릴을 만난다는 기쁨에 라모는 각 종족의 인사를 건성으로 받으며 미소를 지었다. 그러자 카릴의 시녀로 추정되는 여인이 앞으로 나서며 고개를 숙였다.

"저는 카르넬리아님을 모시는 시녀입니다. 송구스럽지만 현재 카르넬리아님께서는 이곳에 계시지 않습니다. 저희도 카르넬리아님을 뵌지 3년이 넘었습니다. 그래서 저희도 어찌할 바를 모르고 있습니다."

시녀의 얼굴에 곤혹감이 어렸다. 라모는 시녀와 드워프 엘프의 표정을 보고는 즉각 상황을 알아차렸다. 주인 없는 빈집을 한정없이 지켜야 하는가 하는 의심이 얼굴에 드러난다. 여지껏 카릴은 이렇게 오래도록 레어를 비운 적이 없었다. 그러니 그녀를 믿고 따르던 식솔들이 동요하는 건 당연했다. 라모 또한 곤란을 느꼈다. 카릴은 도대체 어디로 간 것일까? 이제 다시 어디서 그녀를 찾는단 말인가? 라모는 말없이 사라진 그녀가 너무도 보고 싶었다. 혹시나 잘못되지는 않았는지 불길한 생각이 들었다.

"카릴의 보물 창고는 어디요? 모든 드래곤들은 자신들의 귀중품을 손상시키거나 훔쳐 가는 걸 방지하기 위해 알람 마법을 걸어놓는다고 하던데… 그걸 부수면 카릴이 나타나지 않겠소?"

라모의 제안에 인간과 드워프, 엘프가 서로를 돌아보았다. 좋은 생각이긴 하지만 누가 고양이 목에 방울을 달겠는가? 드래곤의 진노를 살 위험한 행위를 자처할 수 없었던 것이다. 그런데 이제 방울을 달아도 무사할 만한 사람이 나타났다.

"좋은 생각이십니다. 하지만 보물을 파손시키는 건 전적으로 라모님께서 혼자 하셔야 합니다. 저희들이 도와 드릴 수는 없습니다."

주방장인 듯한 인물이 나와 머리를 조아렸다. 라모는 그들의 뜻을 이해하곤 웃으며 자신이 전적으로 책임을 지겠다고 약속하고서야 보물 창고로 안내되었다.

보물 창고는 레어의 가장 안쪽에 마련돼 있었다. 문은 평범한 나무 재질이었다. 물론 록 마법이 걸려 있었다. 라모는 대수인을 발해 간단히 문을 날려 버렸다. 결계를 뚫고 들어간 강기가 문을 산산조각 내버렸다.

일백 평방 미터 남짓한 보물 창고 안은 정돈이 잘되어 있었다. 책장 같은 진열대가 사방을 돌아가며 배치돼 있었고, 그곳에 각양각색의 보석들이 휘황찬란한 빛을 발하고 있다. 라모는 그중 책장 하나를 완전히 날려 버릴 생각으로 들어서다 조각상 두 개가 서 있는 걸 발견했다. 하나는 라모의 모습을 완벽히 재현해 놓았다. 재질은 청색 빛이 흐르는 대리석인 듯 반짝거렸다. 검을 들고 고개를 약간 젖힌 자세로 하늘을 바라보는 형태였다. 그야말로 라모의 기상을 흡사하게 재현해 놓았다. 라모는 카릴이 자신의 조각상을 이곳에 만들어놓고 감상했다는 걸 알고는 마음이 흐뭇해졌다. 사랑하는 연인의 마음이 그 조각상에 깃들어 있다는 걸 느낄 수 있었기 때문이다.

또 하나의 조각상은 누런빛의 황금으로 조각돼 있었다. 키도 작고 허리를 구부정하게 구부리고 있다. 자신감없는 얼굴은 조금 불안해 보였고, 약간 찌푸리고 있다. 볼품없는 남자였다. 라모는 의아했다. 왜 이런 남자의 조각상이 이곳에 마련돼 있는 걸까? 자신의 조각상과 함께 진열돼 있는 걸로 보아 카릴이 소중하게 생각했던 인물이란 걸 짐작했다. 그런 사실을 깨닫자 라모는 처음엔 질투심이 솟구쳤으나 곧 마음을 가라앉혔다. 드래곤의 수명은 인간보다 엄청나게 더 길다. 라모 또한 분명히 카릴보다 먼저 죽을 것이다. 황금 조각상의 인물은 라모에 앞서 카릴이 사랑했던 인물임이 분명했다. 라모가 죽은 뒤 카릴은 또 사무치는 외로움을 견디지 못하고 언젠가는 새로운 사랑을 찾을 것이다. 그렇다고 미지의 인물을 향해 라모가 질투를 할 수는 없는 노릇이었다. 아직 생기지도 않은 일을 두고 걱정하는 꼴이 아닌가? 라모는 다만 카릴이 이런 볼품없는 사내를 사랑했다는 사실이 의외였고, 독특한 취향에 오히려 웃고 말았다.

"다른 걸 부술 필요가 없어졌군. 이것이면 아마도 충분할 거요."

라모는 보물 창고 입구로 몰려와 구경하던 카릴의 식솔들을 향해 웃어준 후 오른손을 들어 자신을 모방한 석상의 머리를 내려쳤다. 석상은 대수인에 적중되자마자 와르르 무너져 내렸다. 그와 동시에 보물 창고 안이 흰빛에 감싸였다.

"감히 나의 레어를 침입한 간 큰 자가 누구냐?"

끔찍한 드래곤 피어가 보물 창고 안을 울렸다. 구경하던 식솔들이 귀를 막고 뒤로 물러섰다. 흰빛이 사라진 후 라모는 풍성한 붉은 머리와 흰 얼굴을 한 카릴을 볼 수 있었다.

"카릴!"

라모는 기쁨에 겨워 크게 불렀다. 노기등등해 있던 카릴은 라모를 보자마자 순식간에 기세를 감추며 요조숙녀로 변신했다.

"어머! 라모! 여긴 웬일이야? 날 보러 온 거야? 미안해. 내가 요즘 바빠서 가볼 틈이 없었어. 정말 반가워."

카릴도 호들갑을 떨며 반가운 얼굴을 했지만 어쩐지 자꾸 라모의 눈길을 피했다. 라모는 카릴에게 다가가 와락 끌어안았다. 그리고 카릴의 입술을 찾아 열정적으로 키스를 퍼부었다. 잠시 머뭇거리던 카릴도 이내 라모의 동작에 호응에 열렬히 입맞춤하며 매달렸다. 한참의 시간의 흐른 뒤에야 카릴이 라모의 가슴을 밀었다.

"라모! 내가 많이 보고 싶었던 모양이네?"

격동에 몸까지 떠는 라모를 발견한 카릴 역시 감동 어린 눈으로 라모를 바라보았다. 라모는 그제야 정신이 돌아왔다.

"카릴! 도대체 어떻게 된 거야? 왜 여태 소식이 없었던 거야? 누구 애간장 마르게 하려고 작정한 거야?"

라모가 본격적으로 질문을 던지자 카릴이 다시 라모의 눈을 외면했다.

"그게… 말이야. 일이… 생겨서…….."

카릴이 미적거렸다. 라모는 더럭 의심이 생겼다. 이리저리 카릴을 들볶고 나서야 그간의 사정을 들을 수 있었다. 사정을 듣고 난 라모는 참담한 마음이 들었다.

"그러니까 3년 전 크라우저라는 고룡이 아르나를 납치해 갔다 이 말이야? 카릴은 그동안 아르나를 되찾기 위해 크라우저를 쫓아 전 세계를 누비느라 나에게 올 시간이 없었고?"

라모가 되묻자 카릴이 고개를 끄덕였다.

"맞아. 당시 랑주로 가던 라모를 만나기 위해 내가 잠시 레어를 비운 사이 크라우저가 와서 아르나를 데려가 버렸어. 그자를 찾으려고 이 세계 곳곳, 가보지 않은 곳이 없어. 그런데 미꾸라지처럼 간발의 차이로 빠져나가더군. 잡힐 듯 잡힐 듯하면서도 좀체 낚아챌 수가 없었어."

라모는 한 가지 의문이 생겼다.

"그런데 크라우저가 왜 아르나를 데려갔지? 그에게 아르나가 무슨 문제라고……. 먹잇감이 필요했을 리는 없고 말야. 카릴과 적대할 각오를 하지 않고서야 그런 짓을 자행하진 않았을 거야. 진실을 말해 줘, 카릴!"

라모의 질문에 카릴이 다시 머뭇거리다 입을 열었다.

"그자가 날 좋아했다더군. 라모는 신경 쓸 것 없어. 저 혼자 생각이니까. 내가 거절하자 3천 년가량을 끈질기게 쫓아다녔어. 나하고 해츨링을 만들자고 하면서……. 한동안 뜸해 신경 끄고 있었는데 이자가 여전히 내 약점을 노리고 있었던 모양이야."

카릴은 매우 침울해했다. 드래곤에게 약속이란 무엇보다 중요했다. 오죽하면 용언을 어긴 드래곤이 스스로 소멸되기도 하겠는가? 카릴은 라모를 찾지 않은 것이 아니라, 염치가 없어 찾아올 엄두를 내지 못했던 것이다. 크라우저로부터 아르나를 구해내려 노심초사하는 카릴의 마음이 훤하게 연상됐다. 라모는 카릴의 미안해하는 심정을 충분히 이해하고 오히려 위로했다. 하지만 크라우저를 향해서는 분노가 치밀어 올랐다. 그런 줄 미리 알았다면 결코 살려 보내지 않았을 것이다. 크라우저는 고룡답게 카릴을 가볍게 따돌리고 라모를 찾아와 농락한 셈이다.

"크라우저… 도무지 무슨 속셈인지 짐작할 수가 없어."

라모는 혼자 중얼거렸다. 카릴과의 오랜 이별과 아르나의 부재가 크라우저라는 드래곤 덕분이라니 보답을 하지 않을 수 없다. 라모는 카릴을 채근해 마지막으로 사라졌던 장소로 가보기로 했다. 카릴은 라모의 손을 잡고 공간 이동했다.

잠시 후 숨 쉬기도 어려울 정도의 고원에 서 있는 자신을 발견했다. 바닥은 얼음이고 눈보라가 휘몰아쳐 5미터 앞도 보이지 않는 곳이었다. 기온은 영하 20~30도는 너끈히 내려가 있다. 눈보라 사이로 안광을 돋우어 바라보니 천지 사방으로는 뾰족한 첨탑 같은 봉우리들이 줄지어 서 있었다. 드래곤 카릴과 금강불괴의 신체를 가진 라모가 아니라면 인간으로선 견딜 수 없는 환경이었다. 라모는 진기로, 카릴은 실드로 추위와 눈보라를 막았다.

"카릴! 여기가 도대체 어디야?"

카릴도 모처럼 라모와 함께하니 즐거운 듯 미소를 지었다.

"이곳은 그룬디아 대륙 북쪽 끝에 위치한 파밀 고원이야. 지대가 너무 높아 인간이 살 수 없는 곳이지. 크라우저는 이곳에 레어를 마련해 놓고는 유유자적 지냈어. 내가 추적해 오니 세계를 돌며 피하다 최근 이곳으로 다시 돌아온 걸 확인했어."

카릴 또한 라모가 크라우저를 만나 싸운 일을 듣고 더욱 노심초사했다. 라모에게 패해 도망쳤다면 레어로는 돌아오지 않을 것이고, 깊숙히 숨어버릴 공산이 컸다. 카릴은 라모에게 아르나를 돌려줄 의무가 있었다.

라모와 카릴은 일단 크라우저의 레어로 찾아갔다. 크라우저의 레어는 봉우리 끝을 날려 버린 후 건축한 것으로 보였다. 그럼에도 불구하고 잠시 후 비바람이 그치자 지금 서 있는 곳이 다른 봉우리보다 훨씬 높다는 걸 확인할 수 있었다. 적어도 해발 1만 미터는 돼보였다. 크고 작은 봉우리들이 제왕을 우러러보듯 시립해 있다. 크라우저의 성격과 취향을 대변하는 장소였다.

레어는 입구부터 드래곤이 본체로 걸어 들어갈 정도로 어마어마하게 컸다. 다만 초입을 살짝 비틀어놓아 몰아치는 비바람을 방비했다. 크라우저의 레어는 단순 웅장했다.

카릴과 라모가 레어로 진입하는 동안 크라우저는 이미 기운을 감지하고 있었다. 한 명은 카릴임을 확인할 수 있었고, 다른 한 명은 인간 같지도 않은 라모 하레스라는 자임을 눈치 챘다.

크라우저는 레어의 한쪽에 레아 신의 신상과 머리에 진주 더미를 올려놓은 듯한 이상하게 생긴 인간상을 모셔놓고 열심히 기도하고 있는 아르나를 보았다. 크라우저는 다시 도주해야 한다고 판단했다. 카릴만이라면 문제도 되지 않았지만 라모라는 자가 합세한다면 어쩌면 자신의 8천 년 생도 마감할지도 모른다는 위기감이 들었다.

"아르나! 난 다시 가야 한다. 나와 함께 가지 않겠나?"

아르나가 기도를 끝내고 돌아보았다. 처음 아르나를 납치했을 때만 해도 크라우저는 질투의 화신이었다. 자신이 좋아하는 카릴을 인간이 차지했다는 현실을 인정할 수 없었다. 아르나를 당장 죽여 카릴의 속을 뒤집어놓고 싶은 충동을 느꼈다. 그래서 아르나를 납치해 이곳으로 데려왔다.

하지만 크라우저는 아르나를 죽일 수 없었다. 아르나의 너무나도 평온한 얼굴이 기묘하게도 크라우저의 심상을 건드렸다. 세상이 무너져도 아르나의 미소는 지워지지 않을 듯했다.

드래곤은 비할 바 없는 이성체였다. 인간이 겁을 상실했다는 게 너무나 이상했다. 그것은 용기도 아니고 체념도 아니었다. 도무지 설명이 불가능한 정신 체계를 아르나가 보여주고 있었다. 어떻게 드래곤 앞에 앉아 자신의 집에서 휴식을 취하듯 편안한 마음을 가질 수 있단 말인가? 8천 년에 이른 드래곤의 경험과 이성이 흔들려 왔던 것이다.

크라우저는 아르나와 많은 대화를 나누었다. 그리고 비로소 아르나의 정신 세계를 어렴풋이 짐작할 수 있었다. 더불어 크라우저는 인간의 삶이 이렇게 고양될 수도 있구나 하는 점에 놀랐다.

아르나를 찾아 나선 카릴을 피해 세계를 이리저리 이동하며 크라우저는 아르나가 점차 인간으로 보이지 않았다. 해박한 지식과 생에 대한 독특한 해석, 종족을 가리지 않고 존재의 의미를 탐구해 나가는 아르나가 무심하고 무기력하게 살아가던 크라우저에게 의욕을 북돋았다. 카릴을 느닷없이 찾아 나선 것도 너무나 무료하여 스스로 사건을 만들고 싶은 충동이 더 강했다. 몇 년을 같이 지낸 아르나는 이제 크라우저에게 있어 카릴보다 훨씬 소중한 존재가 되었다. 카릴은 이미 뇌리에서 지워 버린 지 오래였다. 크라우저에게 있어 아르나는 이제 남은 생애를 살아갈 유일한 동반자라는 예감이 들었다.

아르나 또한 처음엔 거칠게 나오던 크라우저가 차츰 마음을 열고 대화를 나누자 드래곤이라는 생물이 생각 외로 대단한 존재라는 걸 깨달았다. 무력만 승한 존재가 아니라 세상 만물의 탄생과 진리에 명확한 의견과 의지를 지닌 존재였다. 자연 대화는 깊어졌고 인간과 드래곤은 서로에게 감탄하고 아끼는 마음이 들었다. 그리고 나니 아르나는 이제 구태여 이곳을 떠나고 싶은 마음이 들지 않았다.

오가는 대화 중에서 크라우저는 라모의 존재에 대해서도 들을 수 있었다. 인간으로서는 대적할 자가 없는 절대 무력을 소유한 자라는 말을 듣고 귀가 솔깃했다. 호승심을 억누를 수 없었다. 크라우저는 당장 광역 탐지 마법을 사용해 라모를 찾았다. 그리고 위치를 확인하자 미리 뱅가드 숲으로 공간 이동해 라모를 유인했던 것이다.

결국 라모와 자웅을 겨루기 위해 충돌했다. 그리고 8천 년 드래곤의 삶에서 최초의 패배를 맛보았다. 만신창이로 돌아온 크라우저를 향해 아르나가 다짜고짜 물었다.

"그대는 어디로 가고 있는 겁니까?"

처음엔 무슨 뚱딴지 같은 소린가 하는 생각에 어리둥절했지만 곧 크나큰 충격이 온몸을 강타했다. 아르나가 들려준 수많은 불교의 교리가 갑자기 정렬되며 일관성을 가지고 크라우저의 뇌리를 후려쳤다.

"맞아, 패배 따위가 나의 생애에 무슨 의미가 있단 말인가? 나는 소멸되어 가는 존재가 아닌가? 내가 신이 아닌 이상 필연적으로 왔던 곳을 향해 되돌아가겠지. 그럼 나는 어디에서 왔는가?"

크라우저는 스스로 묻고 대답하며 불교 이론에 깊이 심취해 들어갔다. 이런 와중에 다시 카릴과 라모가 찾아온 것이다. 이제 크라우저는 구태여 라모나 카릴과 아무 쓸모 없는 결투를 벌이고 싶은 마음이 없었다. 그래서 자리를 피하고자 했다. 이제 조용히 아르나의 물음만을 숙고하고자 했다.

"카릴님이 오시는 건가요?"

아르나는 크라우저의 행동에서 이미 상황을 짐작했다. 크라우저는 잠시 망설이다가 사실대로 대답해 주었다.

"라모 하레스라는 자도 같이 오고 있다."

실상 완전히 집착을 떨쳐 버리지 못한 크라우저는 인간에게 패배한 부끄러움이 아직 가슴에 남아 있었다. 아르나가 아름다운 미소를 지어 주었다.

"그렇다면 가지 마세요. 라모 경은 그렇게 편협한 사람이 아니에요. 내 짐작이 맞다면 라모 경은 또 한 번의 허물을 벗었을 거예요."

크라우저는 아르나의 말을 이해하지 못했다.

"허물을 벗어? 인간도 탈피를 한단 말인가?"

아르나가 고개를 흔들었다.

"그런 것이 아니라 마음의 허물을 벗는다는 거예요. 인간의 마음에는 여러 가지 벗어나지 못할 업보로 인해 본래의 마음을 가리는 족쇄가 달려 있지요. 하지만 수련을 거듭하면 스스로 그 족쇄를 풀 수 있어요. 라모 경은 인간으로서 그 대부분의 족쇄를 푼 기념비적인 인물이지요. 그대가 라모 경에게서 도망쳐 왔다고 하여 치욕을 느낄 필요는 없어요. 그대도 수련의 정도에 따라 라모 경보다 더욱 높은 경지에 올라설 수도 있어요."

크라우저는 그제야 아르나의 말을 이해했다. 그 또한 승려의 화두라는 백척진보(百尺進步)의 의미를 어렴풋이 체득하고 있었다. 그것은 진리를 향한 간절한 열망을 말함이다. 백척이나 되는 높은 장대 위에서 한 발을 내디디면 땅에 떨어져 죽는 일밖에 남지 않는다. 진리란 바로 죽음을 무릅쓴, 죽음의 공포보다 더 간절한 소망이라는 지적이다.

자신이 예전에 사랑했던 카릴과 자신에게 치욕을 안겨준 인간 라모라는 자를 만날 생각을 하자 꺼림칙하고 부담스러웠지만 아르나의 말을 좇아 평정을 유지하기로 했다.

라모는 카릴과 함께 레러의 중심부에 도착하여 아르나를 발견했다. 아울러 그 옆에 3미터의 신장을 한 크라우저가 서 있는 것을 보았다. 아르나 또한 라모를 발견하자 순수하고 아름다운 미소를 지으며 일어섰다.

라모는 상황이 이해되지 않아 묵묵히 그들 앞으로 걸어갔다. 한눈에 아르나가 결코 신체적인 구속을 받지 않고 있다는 걸 알 수 있었다. 두 사람은 서로의 뛰어난 미모로 마치 오누이처럼, 부부처럼 잘 어울려 보였다. 그러나 카릴은 결코 두 사람 사이를 인정하려 하지 않았다. 카릴은 크라우저를 보는 순간 풍성한 붉은 머리가 하늘로 치솟았다.

"크라우저님, 고룡이면 고룡다운 체면을 지키세요! 이게 뭡니까, 유치하게스리!"

카릴은 분노를 억누르지 못하고 뜨거운 콧김을 불어냈다. 이제야 납치범을 잡아 명예를 회복할 기회를 얻게 되었다. 크라우저는 라모를 바라보았다. 라모의 눈은 지극히 평온했다. 놀람이나 당황한 모습은 추호도 없었다. 크라우저는 아르나의 말이 사실임을 확인할 수 있었다. 라모 또한 크라우저의 침착한 모습을 보고 속으로 '과연 드래곤'이라고 찬사를 보냈다.

아르나가 라모를 향해 마주 걸어나왔다.

"어서 오세요, 라모 경, 그리고 카르넬리아님! 심려를 끼쳐 드렸군요."

아르나는 마치 어제 헤어졌다가 오늘 다시 만난 사람처럼 평범한 인사말을 던진다. 라모는 반가운 마음에 다가가 아르나의 손을 잡았다. 카릴의 눈이 금방 샐쭉해졌다.

"아르나! 무사하다니 다행이구려! 그동안 어찌 지냈소?"

단순한 질문이었지만 라모의 눈은 보다 많은 대답을 요구하고 있었다. 아르나가 다시 웃었다.

"라모 경! 축하해요. 그대는 벌써 일원신공을 대성했군요. 저는 여기서 좋은 친구를 사귀고 있었답니다. 인사하셨던가요? 이분은 파밀 고원의 주인인 크라우저님이세요. 당신들도 좋은 친구로 사귀기를 바래요."

라모는 아르나의 소개에 따라 다시 크라우저를 바라보았다. 크라우저 또한 라모을 주시하고 있다. 라모는 손을 내밀었다.

"반갑습니다, 크라우저님! 제가 오해를 했군요. 아르나를 그간 돌보아주셔서 감사드립니다."

라모는 세세한 사정은 알 수 없지만 아르나의 태도로 보아 결코 크라우저가 불손한 짓을 저지르지는 않았다는 걸 알았다. 그렇다면 자신도 그를 적대할 이유가 없다. 크라우저는 라모가 내민 손을 내려다보았다. 3미터의 신장인지라 고개를 숙여야 했다.

"허허! 내가 인간과 악수하게 될 줄이야… 하지만 라모 하레스! 그대는 그럴 자격이 있음을 인정하지. 나 크라우저도 그대를 친구로 받아들이겠다."

크라우저가 큰 손을 내밀어 라모의 손을 잡았다. 곧 화해의 자리가 마련되었다. 크라우저의 레어에도 각양의 인종들이 시중을 들고 있었다. 엘프가 차를 내와서는 크라우저가 소환한 탁자 위에다 내려놓았다. 카릴은 탁자에 앉아서도 아직 기분이 풀리지 않았는지 노한 눈길을 연신 크라우저에게 던졌다. 그걸 의식한 크라우저가 카릴을 달래기 위해 입을 열었다.

"카르넬리아! 그만 날 용서해 주오. 사과의 의미로 그대에게 선물을 주겠소. 이것이라면 그대도 화를 풀지 않을 도리가 없을 거요."

크라우저는 라모에게 약간의 피를 달라고 요구하였다. 라모는 별 생각 없이 손에 약간의 검기를 발해 손끝을 찢어 피를 건네주었다. 크라우저는 라모의 피에 자신의 정기를 모아 카릴의 가슴에 주입했다. 카르넬리아는 기운을 받자마자 대번 얼굴이 밝아지며 뛸 듯이 기뻐했다. 라모는 크라우저의 요구에 할 수 없이 자신의 피를 조금 주었지만 카릴이 필요 이상으로 기뻐하는 듯 보이자 의아해졌다.

"카릴! 뭘 그렇게 좋아하는 거야?"

카릴은 앞에 앉은 크라우저와 아르나를 무시한 채 라모의 목에 팔을 둘렀다. 그리고는 깊숙하게 라모의 입술에 키스하였다.

"라모! 이제 우리 아기가 생기게 됐어. 나도 해츨링을 갖고 싶었는데…… 아이, 기뻐라!"

라모는 어안이 벙벙했다. 자신의 아기라고? 그리고 해츨링이라니? 라모는 카릴과의 결합 이후 자식은 생각해 본 적이 없었다. 그리고 실감이 나지 않았다. 종족이 다른데 어떻게 둘 사이에서 자식을 볼 수 있단 말인가?

"물론 해츨링의 육신은 나와 카릴의 정기를 받고 태어날 걸세. 하지만 성격은 그대를 꼭 빼닮은 해츨링이 태어날 거야. 자신만만하고, 약간은 건방지기까지 한 그대 성격을 말일세. 혹시 자네가 여행을 좋아한다면 자식도 분명 여행을 좋아할 것이고, 자네가 술을 좋아하면 그 아이도 술을 좋아할 걸세. 또 자네가 바람기가 있다면 사상 초유의 바람둥이 해츨링이 태어날지도 모르지. 낄낄낄!"

크라우저의 말에 카릴이 좋아하다 인상을 찌푸렸다. 그리고는 앙칼지게 소리쳤다.

"크라우저님!"

크라우저의 설명에 라모는 비로소 자신의 자식을 갖게 된다는 의미를 깨달았다. 라모는 카릴의 얼굴을 바라보았다. 그러고 보니 카릴이 더욱 아름답고 고귀해 보였다. 카릴은 다시 싱글벙글해져서는 라모를 향해 속삭였다.

"라모! 난 이 길로 바로 뱅가드 숲으로 돌아가서 해츨링을 만들 거야. 그러니까 라모는 인간 세상에서 계속 일을 보다가 가끔 들러줘. 너무 기뻐서 이대로 있을 수가 없어. 라모, 나 먼저 갈게!"

크게 들뜬 카릴은 말을 마치자마자 크라우저와 아르나에게는 인사도 없이 공간을 열고 사라져 버렸다. 미처 카릴을 부를 새도 없었던 라모는 머쓱한 얼굴을 했다. 오랜만에 만난 남편을 팽개쳐 두고 가버리다니……. 아무리 마음이 넓은 라모라도 섭섭했다. 이윽고 아르나가 라모를 향해 입을 열었다.

"라모 경! 저도 당분간 인간 세상으로 내려갈 생각이 들지 않는군요. 얼마간은 이곳에서 지내고 싶어요. 라모 경께서는 부디 레아 신께서 당부하신 육사외도의 척결을 잊지 마세요."

아르나는 실상 크라우저와의 심도 깊은 대화를 통해 전생의 경허가 가졌던 경험과 정신을 새롭게 떠올리며 거듭나고 있었다. 그러자 백일정진을 하며 자신을 보다 가다듬고 싶은 열망에 사로잡혔다.

라모와 카릴이 이곳에 나타나기 전 아르나와 크라우저는 백일정진에 대해 의논하고 있었다. 크라우저는 아르나가 느닷없이 기도만을 하겠다고 하자 쉽사리 받아들이기가 어려웠다. 그리고 그 방식과 효과에 대해 들은 후 '그렇다면 나도 한번' 하고 생각하던 중이었다.

"레아 신의 두 번째 신탁은 '희생과 헌신을 부르짖는 자는 거짓된 자이니 신이 외면하리라' 하는 내용이었어요. 바로 휘페리온 교의 부활을 막는 것이었는데 라모 경께서 미리 해결을 하셨더군요. 그럼 세 번째 레아 신의 신탁을 들려주겠어요. 내용은 이래요. 소와 돼지도 자유를 그리워하니 내가 그들을 불쌍히 여기노라. 무엇을 뜻하는지 알겠어요, 라모 경?"

라모는 이미 일원신공을 대성하여 정신이 비할 데 없이 명료한 상태였다. 그래서 대번 신탁을 이해할 수 있었다.

"스펠타크!"

라모의 대답에 아르나가 웃으며 고개를 끄덕였다.

"맞아요. 노예 시장 스펠타크시예요. 라모 경의 활약을 기대하겠어요. 그곳에 가면 네 번째 신탁도 저절로 알게 될 거예요."

라모는 아르나로부터 경허 대사의 위치를 알고 싶었으나 아직 때가 아님을 알았다.

"알겠소, 아르나."

결국 라모는 아르나를 크라우저의 레어에 두고 혼자 하레스 성으로 공간 이동하였다. 하지만 모든 일이 순탄하게 풀려 마음만은 가볍기 그지없었다. 그리고 장차 자신의 성격을 이어받은 자식이 태어난다고 하니 기대감에 가슴이 부풀어 오르기까지 했다.

라모가 카릴과 아르나를 만나고 온 며칠 후 드디어 보저 황태자의 황제 즉위식이 거행되었다.

오전 10시 수호른 내의 마르스 신전에서 거행된 즉위식에는 온 나라의 귀족은 물론이고 수호른 시민과 전국 각처에서 몰려든 구경 인파로 인산인해를 이루고 있었다.

지금 보저 황태자는 예전 라모와 야스퍼가 소드 마스터의 인증을 받은 바로 그 제단 아래에 서 있었다. 그 앞에는 마르스 신전의 대신관이 황제의 신성과 의무를 일일이 강조하며 질문을 던졌다.

"마르스 신의 신성을 받은 황제로서 그대가 지켜야 할 의무는 무엇입니까?"

대신관의 질문에 상기된 얼굴을 한 보저 황태자가 입을 열어 단호한 목소리로 각오를 밝혔다. 물론 마법사가 증폭 마법으로 그 음성을 모든 시민에게 확성시켜 들려주고 있었다.

"선대로부터 이어온 영광스러운 자리를 이어받아 호른 제국의 번영과 그룬디아 대륙의 평화를 위해 노력할 것이며, 나 보저 알 세스트 카스텔베트로는 마르스 신의 신성을 받들어 황제의 홀이 손을 떠나기까지 국민을 위해 헌신 봉사할 것을 맹세합니다."

보저 황태자의 말이 끝나자 시민들은 쥐 죽은 듯 조용해져 다음의 순서를 기다렸다. 대신관이 황제의 검이라는 제뉴인 소워드를 넘기자 보저 황태자는 검을 받아 허리에 찼다. 이어 대신관이 휘황찬란한 황금과 보석으로 장식한 관을 머리에 씌워주고, 황제의 홀을 들어 건네며 입을 열었다.

"이로써 보저 알 세스트 카스텔베트로는 호른 제국의 제 25대 황제가 되었음을 마르스 신의 이름으로 선포합니다."

대신관의 선언이 끝나자마자 천지가 뒤집어지는 듯한 함성이 마스르 신전을 뒤덮었다.

"와아아아아아아아!!"

"보저 황제 만세!"

"호른 제국 만세!"

보저 황제가 황제의 홀을 번쩍 치켜들고 국민의 환호에 답했다. 열광의 환성은 그칠 생각을 않고 계속해서 울려 퍼졌다. 이로써 새로운 황제의 즉위가 끝났다.

다음날은 본격적인 논공행상이 벌어졌다. 호른 제국의 많은 귀족들은 혹시라도 자신에게 떨어질 떡고물을 기대하며 황성으로 모여들었다. 이번의 경우 나겔에게 동조한 귀족들은 무겁게는 참형을 받았고, 죄질이 가볍더라도 작위를 박탈당하고 영지를 압수당했다. 때문에 남아 돌아가는 영지가 호른 제국 영토 절반에 가까울 정도였다. 귀족 세력의 판도가 바뀌는 시점이었다.

나겔은 휠츠리 영지로 돌아간 뒤 공격해 들어온 20만의 진압군에 변변한 대항조차 못하고 일패도지해한 농가에 숨어 있다가 병사들에게 목이 잘리고 말았다. 그 와중에도 농가의 주인인 영지민이 고분고분하지 않다고 일가족을 몰살시키는 만행을 저질렀다. 병사들이 들이닥치자 혼자만 살겠다고 끝까지 따라온 가신들을 내팽개치고 도망치다가 병사들이 던진 창에 우선 등이 꿰뚫렸다. 그런 연후 병사들은 나겔의 목을 잘라 버렸다.

후환까지 말끔히 제거한 보저 황제는 황궁 대전에서 공을 세운 귀족들에게 작위를 내렸다. 우선 라모 하레스의 이름이 먼저 거명되었다. 앞 줄에 서 있던 라모가 황제의 전면으로 걸어가 한쪽 무릎을 끓었다.

"라모 하레스 백작은 나겔의 반란을 잠재우고 황제를 구원함으로써 호른 제국 역사에 길이 남을 공적을 세웠다. 이에 나 보저 알 세스트 카스텔베트로는 황제의 이름으로 라모 하레스 경을 공작으로 서훈하며 아울러 후사가 없이 돌아가신 글렌 공작의 영지인 글로스타의 영주로 임명한다."

라모는 뜻하지 않은 황제의 명에 속으로 곤혹스러움을 느꼈다. 이제 자유로운 몸으로 카릴과 대륙을 여행하고 싶었는데 또 다른 족쇄가 달리고 말았다. 엄숙한 의식의 절차가 진행되는 마당에 거부할 만한 분위기가 아니다.

"황제 폐하의 은혜에 보답하고자 신명을 다하겠습니다."

라모는 하릴없이 공작의 작위와 글로스타의 영주 직을 받고 물러났다. 그 다음은 야스퍼 핸슨이었다.

야스퍼는 역시 탁월한 공훈을 인정받아 후작의 칭호를 받았고 나겔의 영지인 휠츠리의 영주로 임명되었다. 10명의 천인장 중 스턴과 렌토는 백작의 작위와 영지를, 다른 8명은 자작의 작위와 영지를 하사받았다. 하레스의 세력이 호른 제국의 권력을 틀어잡게 되었다. 이제 하레스에서 기침을 하면 호른 제국이 몸살을 앓게 될 것이다. 호른 제국의 여타 귀족들은 두려운 눈으로 라모와 하레스의 천인장들을 바라보았다.

하레스의 수석 마법사 블레이드의 공적도 천인장들에 못지않았다. 그러나 블레이드는 공적 서훈에 대해 질겁을 했다.

"소영주님, 저는 작위나 영지 따위는 관심도 없습니다! 당장 페렛 경이 남겨주신 과제물을 검토하고 연구하는 데만도 시간이 모자랄 지경입니다. 그러니 저는 제발 빼주십시오!"

블레이드는 마법 탑에 틀어박혀 눈을 빛내며 키메라 제조를 하고 있었다. 라모도 한 번 들렀다가 고약한 냄새에 질겁하고 도망쳐 나오기까지 했다. 라모는 블레이드의 진심을 받아들이기로 하고 황제에게 공적을 알리지 않았다.

논공행상은 한나절이 지나도록 끝나지 않고 지루하게 이어졌다. 그만큼 나겔로 인한 피해가 엄청났고, 관련자가 많았다는 증거였다. 간신히 오후가 되어서야 작위 수여식이 끝나고 본격적인 축제에 들어갔다. 수호른 시내는 이미 어제 황제 즉위식이 끝난 시점부터 축제에 들어가 있었다. 축제는 앞으로 3일 밤낮 동안 펼쳐질 것이다.

저녁에는 황제의 즉위를 축하하고 그동안 공을 세운 귀족들의 노고를 치하하기 위한 대연회가 열렸다.

이 자리에는 파울 영주 부부와 라도, 헬라도 참석하였다. 카릴이 해츨링을 만든다고 사라져 아쉬웠다. 야스퍼는 약혼자인 샤넬 황녀가 직접 참석해 오자 희희낙락한 얼굴로 그녀의 곁에서 떠날 줄을 몰랐다. 라도와 헬라의 주변에는 혼기를 앞둔 귀족의 영애와 젊은 영주 또는 기사들이 둘러싸고 있었다. 혹시라도 하레스와 연을 맺게 된다면 탄탄대로를 걷게 될 것은 자명한 일이 아닌가?

라모는 늙다리 귀족들의 아부와 찬사 속에서 속으로 한숨을 쉬고 있었다.

"라모 공작님! 왜 아직 결혼하지 않으셨습니까? 혹시 마땅한 처녀가 없으시면 제 집에 한번 방문해 주십시오. 제게 딸이 둘 있는데 이제 혼기가 찼습니다. 제법 미색도 떨어지지 않고, 예의범절에도 밝아 그럭저럭 봐줄만 합니다."

"저희 영지에 한번 들러주십시오. 제 조카딸이 현명하고 아름다워 공작 전하께서도 맘에 드실 겁니다."

라모의 젊은 얼굴을 보고 이런 화제로 들볶고 있었다. 부모조차도 확실한 내용을 알지 못하는 카릴의 존재를 이들이 짐작할 리 만무다. 라모 또한 그저 머리만 끄덕이며 맞장구를 칠 뿐 시큰둥하게 서 있을 뿐이다.

"라모 공작, 여기에 계셨구려!"

라모가 돌아보니 젊은 황제였다. 라모는 급히 목례를 했다. 보저 황제의 옆에는 스턴이 동반하고 있었다. 스턴의 얼굴은 약간 굳어 상기돼 있는 듯했다.

"라모 공작! 내가 스턴 백작에게 근위 기사단장 직을 제수할 생각입니다. 그런데 스턴 백작이 과분한 자리라며 자꾸 고사하는군요. 원래는 라모 공작이나 야스퍼 후작께서 오른다면 더 바랄 나위가 없지만 두 분은 이제 바쁘실 테니 스턴 백작에게 부탁한 겁니다. 그러니 라모 공작께서 스턴 백작을 설득해 주길 바라오."

황제의 말에 라모는 스턴을 바라보았다. 이제 갓 30살을 넘긴 스턴은 소드 마스터로서의 예기가 온몸에서 흘렀다. 더군다나 남성으로서의 중후한 멋까지 풍겨나는 호남아로 성장해 있었다. 보저 황제가 스턴의 영지를 수호른 근방으로 정한 속셈을 이제야 알고 속으로 실소했다.

"스턴 백작! 폐하께서 이렇게 권하시는데 수락하는 게 어떻소?"

라모는 스턴에게 존대를 해주었다. 그도 이젠 어엿한 영주였다. 더군다나 황제 앞에서 그를 함부로 부를 수는 없었다.

"하지만… 저는 아직 더 수련을 쌓아야 합니다. 부족한 제가 어찌……. 더욱이 하사받은 영지도 돌보아야 하고……. 소영주님! 저의 고충도 이해해 주십시오."

소영주가 입에 붙은 스턴이었다. 라모는 스턴의 심정을 충분히 이해했다. 이제 초급의 소드 마스터가 되었다. 한번 경지에 오르면 그 희열을 좀체 잊을 수가 없다. 그래서 보다 높은 경지로 올라서기 위해 수련에 매진케 된다. 그리고 처음 가져 보는 영지를 직접 다스려 보고 싶은 인간적인 욕심도 들었을 터이다.

"스턴 백작! 황궁에서도 그대만 부지런하다면 얼마든지 수련할 시간은 있을 것이오. 그리고 영지는 적당한 사람을 임명해 관할하게 하고 그대가 가끔 들르면 될 것이오. 호른 제국과 황성의 안전을 위한 일이니 그대가 당분간 희생한다는 생각으로 임해주시오."

라모가 단정적으로 못을 박자 스턴도 체념한 얼굴로 고개를 숙였다. 스턴에게 있어 라모의 한마디는 황제의 명보다 더욱 중한 가치를 지녔다.

"알겠습니다. 소영주님 명을 받들겠습니다."

스턴이 승락하자 보저 황제가 기꺼운 듯 미소를 지었다.

"고맙소이다, 라모 공작! 경 덕분에 드디어 호른 제국도 소드 마스터를 근위 기사단장으로 임명할 수 있게 되었구려."

실상 질시의 눈으로 본다면 황제의 명보다 라모의 말을 중시하는 스턴의 태도에 이의를 제기한다 해도 이상할 것이 없었다. 하지만 보저 황제는 라모나 스턴의 관계를 잘 알고 있으며, 특히 라모에 대한 신뢰는 무엇으로도 흔들 수 없을 만큼 굳건했다. 그러니 이런 사소한 일 따위야 웃으며 넘어갈 수가 있었던 것이다.

스턴도 라모로 인해 마음을 굳히자 그제야 무거운 마음을 털어버리고 홀가분한 표정을 지었다. 이렇게 해서 스턴이 블랙호크의 근위 기사단장으로 취임하게 되었다.

12장
소와 돼지도 자유를 그리워하니

소와 돼지도 자유를 그리워하니

호른 제국에서 수천 킬로미터나 떨어져 있고, 도란 제국의 수도에서도 족히 1천 킬로미터는 떨어진 남쪽 변방을 라모는 걷고 있었다. 이곳은 그룬디아 대륙 전체의 3분의 1이나 차지하는 광활한 미개척지의 초입이었다. 바로 엘프와 드워프, 수인족을 비롯한 다양한 인종과 특이한 몬스터들의 서식처였다. 대륙 초기 인간들의 수가 그리 많지 않았을 때는 그룬디아 대륙의 절반이 인간의 손길을 거부하는 밀림에 다름 아니었다. 그러다 점차 인간들이 수가 불어나면서 밀림은 훼손되고, 인간 외의 종족들은 더욱 깊은 곳으로 밀려나게 되었다. 하지만 아직도 이 종족의 신비는 이 광대한 지역을 장악하고 있었다.

라모는 지금 상념에 잠긴 표정으로 숲길을 걷고 있었다. 마법진을 통해 노예 시장으로 악명을 떨치는 스펠타크 인근으로 이동해 왔다. 스펠타크는 미개척지로 들어가는 마지막 도시라고 할 수 있었다. 라모의 뒤에는 동생 라도와 세 명의 평민 기사, 그리고 라모의 전속 마법사라고 할 수 있는 페넬이 희희덕거리며 따라오고 있었다. 그리고 그 뒤에 5명의 1만 병사를 책임진 부대장인 글로스타의 기사들이 동행 중이다.

라모는 글로스타의 영주가 된 후 예전 부단장이었던 피야트를 마하라자 기사단장으로 임명했다. 그리고 명망이 있는 현자를 초빙해 글로스타의 임시 영주로 삼아 살림을 맡겼다. 글로스타는 정규 병력만 5만이었다. 자코 왕국과의 전쟁에서 입었던 피해도 보상을 받아 다 복구했고, 병사도 새롭게 모집해 편제를 마친 상태였다. 글로스타의 부대장이면 하레스의 기사단장급이었다. 휘하 병사가 1만 명에 이른다.

라모는 이제 하레스만의 소영주가 아니었다. 글로스타의 영주가 되었으니 하레스와 차별을 둘 수는 없었다. 하지만 이제 라모는 더 이상 기사들에게 일원신공을 전수하지 않기로 결심했다. 사실 스턴과 렌토를 비롯한 이전의 천인장들은 모두 소드 마스터가 됨으로써 이 세계의 인물들로는 비할 바 없이 강력한 존재가 되었다. 그런 인물들을 계속 양산해 낼 수는 없었다. 하늘의 이치까지 따지지 않더라도 나라 간의 균형이 무너지면 언젠가는 참극이 빚어질 우려가 있다. 라모의 살아생전에는 함부로 준동할 수 없겠지만 사후 무슨 일이 벌어질지 알 수 없다. 때문에 라모는 더 이상 무공을 가르치지 않을 심산이었다.

이제 라모의 가르침을 받은 라도가 유일하게 남은 제자인 셈이었다. 글로스타의 기사들과 새롭게 천인장에 오른 하레스의 기사들이 섭섭한 눈치였지만 라모는 모르는 체 외면했다. 이제 기사들은 스스로의 노력과 힘으로 자신을 탁마해야만 할 것이다.

글로스타에서 영주로서의 업무를 보는 동안 라모는 라도를 초빙했다. 라모는 얼마 전 라도와 평민 기사들에게 내준 과제물의 해답을 들을 수 있었다. 자기들 딴에는 매우 열심히 뛰어다니며 자료를 수집하고 머리를 짜내 보고서를 작성해 왔다. 보고서를 읽은 라모는 꽤 흡족했다. 나름대로 영주와 기사의 의무에 대한 요체를 깨닫고 있는 듯 보였다. 그럼에도 불구하고 라모는 보고서가 너무 보편적이고 관념적이어서 조금은 마음에 거슬렸다. 이유는 라도와 평민 기사들의 일천한 경험 때문임을 한눈에 알아볼 수 있었다.

발생 문제에 대해 말하기는 쉽다. 하지만 종종 실제로 부딪쳐 해답을 찾아내려면 어려움을 겪기가 다반사다. 유종의 미를 거두기까지는 변수도 많고 장해도 적지 않다. 그래서 평범한 사람들은 수많은 시행착오 끝에 자기만의 방식을 찾아낸다. 그사이에 수많은 노동과 자본이 허비되고 세월은 덧없이 흐른다.

결국 완벽한 자질을 갖추고 나면 어느새 일할 수 있는 시간은 턱없이 모자라기 일쑤다. 라모는 라도와 평민 기사들이 책임있는 자리에 오르기 전 합당한 자질을 길러주기로 했다. 사람을 단련시키는 데는 시련과 역경만큼 좋은 약이 없다. 뼈저린 좌절과 실패는 세월이 흘러도 잊혀지지 않고 그 사람을 채찍질하는 자양분이 될 것이다. 그래서 이번 노예 시장 건에 라도와 평민 기사들을 동행했다. 더불어 만인장이라 할 수 있는 글로스타의 부대장 5명도 데려왔다. 라모는 이들을 어떻게 하면 단련시킬 수 있을까 고심하고 있었다. 하지만 라도를 비롯한 다른 기사들은 마치 소풍이라도 나온 듯 즐거운 얼굴들이었다. 초인이자 그룬디아 대륙 최강의 마검사인 라모와 동행 중이니 어려운 일이 생길 턱이 없다는 안도감을 갖고 있었다.

"어떻게 도란 제국 영토에 노예 시장이 설 수 있는 거지요? 평소 뻐기기 좋아하는 도란 제국에서 자국 내에 이런 불명예스러운 장소를 묵과할 리 없을 텐데요?"

글레이브가 이렇게 묻자 제법 식견이 있는 페넬이 아는 체를 한다.

"그건 스펠타크의 영주가 황족이기 때문일세. 현 영주도 황제와 아주 친밀하다고 하더군. 그러니 거칠 것이 없지."

페넬의 말이 맞았다. 스펠타크는 원래 자유 무역 도시였다. 아울러 환락과 유흥의 도시로 소문난 곳이었다. 동쪽으로는 항구 도시 포트루이스가 있어 아조레스 대륙에서 수입한 무역품이 통과하는 중간 거점이기도 했다.

200년 전 도란 제국에서 이 땅을 점령한 후 황족 한 명이 이곳을 영지로 삼았다. 처음엔 중계 무역을 시작해 착실하게 도시의 기반을 마련했다. 그러나 후대로 내려갈수록 변질되기 시작했다. 특히 전대 영주는 환락을 즐겼고 방탕하기 이를 데 없다고 소문났다. 영주가 나태해지자 각지에서 이권을 노린 협잡꾼들이 몰려들었다.

상인들도 관리를 돈으로 매수하고 은밀히 노예 매매를 활성화시켰다. 주변 영주들은 이런 스펠타크를 못마땅한 눈으로 바라볼 뿐 제재를 가할 수는 없었다. 황제와 인척 관계인 영주를 누가 핍박할 수 있단 말인가.

"그럼 우리가 스펠타크를 박살 내면 도란 제국의 황제가 뒤집어지는 것 아닙니까? 자칫하면 도란 제국과 전쟁이 날 수도 있지 않습니까?"

글레이브가 재차 질문을 던지자 페넬은 안심하라는 듯 라모를 바라보았다.

"무슨 걱정인가? 지옥영주께서 나서셨는데 감히 누가 막을 수 있단 말인가?"

라모는 페넬이 자신을 칭찬하자 씁쓸한 미소를 지으며 돌아섰다.

"라도! 그리고 피야트 기사단장!"

라모가 부르자 두 사람이 즉시 뛰어왔다.

"나와 페넬은 여기서 빅투 단장을 만나 스펠타크의 영주를 방문하기로 했다. 일단 그대들이 먼저 노예 시장을 급습해 노예상들을 모조리 잡아들여라. 반항하는 자는 즉결 처분도 허락하겠다. 명심할 것은 노예들을 한 명도 다치게 하지 말고 모두 구출해야 한다는 것이다. 즉시 떠나라."

라모의 명령에 라도와 피야트는 즉시 우렁차게 복명했다.

"알겠습니다!"

하지만 돌아서는 두 사람의 얼굴에는 곤혹스러움이 가득했다. 진행이 이런 식으로 풀릴 줄은 몰랐다는 표정들이다. 스펠타크 시를 급습하겠다는 계획은 이미 들은 바 있다. 물론 라모가 모든 것을 계획하고 자신들은 수족으로 충실하게 명령을 수행하면 된다고 생각했다. 그런데 라모가 내린 명령은 너무나 간단했다. 말인즉, 자신들만으로 스펠타크에서 자행되는 노예 매매 조직을 일망타진하라는 것이었다. 그물을 치자면 그물꾼과 몰이꾼으로 나누어야 하고 범위도 정해야 하며 시간도 입을 맞추어야 한다. 일을 완벽하게 처리하자면 지금 인원으로는 턱도 없어 보인다. 자신들이 중급과 상급의 그래듀에이트들이었지만 수많은 변수들을 어떻게 다 막을 수 있단 말인가.

라도와 피야트는 서로를 돌아보았다. 그리고 암중으로 라모의 의중을 짐작했다. 이것은 자신들을 시험하는 것이다. 라도와 평민 기사들은 장차 하레스를 맡을 만한 소양이 있는지 확인하는 작업이며, 피야트를 비롯한 글로스타의 부대장들은 병력을 지휘할 자질이 있는지 검증을 하겠다는 복안임이 분명했다. 그제야 9명의 기사들은 이번 일이 자신들이 생각했던 만큼 만만하게 끝나지 않을 것을 짐작하곤 긴장하기 시작했다. 이번 시험을 무사히 통과해야 한다는 경종이 머리 속에서 울려대기 시작했다. 확고하게 지금의 자리를 보전하기 위해, 또 앞으로 자신들의 장래를 위해 스펠타크의 노예 시장은 기회이자 시련이었다. 그렇게 마음을 다잡은 라도와 피야트를 포함한 9명의 기사들은 일단 라모를 떠나 멀리 보이기 시작하는 스펠타크 시를 향해 보무도 당당하게 떠나갔다.

떠나가는 기사들을 바라보곤 라모는 싱긋 웃으며 페넬에게 입을 열었다.

"페넬, 자네는 이곳에서 빅투를 소환하여 바로 스펠타크 성으로 가 대기하게. 영주가 고분고분하면 실상이나 알아보고, 그렇지 않고 노예 시장에 직접적으로 관련이 돼 있다면 즉시 포박하게. 빅투 단장과 함께라면 어려운 일은 없을 거야."

페넬은 라모의 의중을 짐작했다. 물론 페넬은 벌써 7써클의 마스터가 돼 있었다. 황궁의 수석 마법사만 아니라면 이런 지방 영지의 마법사 따위는 두려울 것이 없다. 빅투 단장과도 이미 얘기가 돼 있었다.

"공작 전하께서는 그럼 저들을 따라가실 작정입니까?"

페넬은 스펠타크를 향해 걷고 있는 기사들을 가리켰다. 라모는 페넬의 어깨를 가볍게 두드렸다.

"라도는 내 동생이야. 형으로서 당연히 지켜줘야지. 그리고 시험을 치르자면 시험관이 있어야 하는 것 아닌가? 그럼 나중에 보세."

라모가 순식간에 공간 이동으로 사라져 버렸다. 페넬은 홀로 남게 되자 괜스레 으스스한 기분이 느껴졌다. 페넬은 곧 수정구를 꺼내 도란 제국의 빅투 단장을 호출하기 시작했다.

라도가 생전 처음 와보는 도시인 스펠타크는 정나미가 떨어졌다. 용병들이 득시글거렸고, 수상할 정도로 칸막이를 한 마차들이 수도 없이 오갔다. 여자와 아이들이 거의 보이지 않아서인지 도시는 삭막했다. 멀리 언덕 위에 커다란 고성이 도시를 내려다보고 있는 광경도 마음에 들지 않았다. 성은 무엇으로 지었는지 검은색 일색이다.

라도와 피야트는 기사들을 대동하고 시내의 한 술집으로 들어갔다. 일단 구체적인 계획을 짜기로 했다. 탁자 두 개를 붙여 둘러앉은 후 맥주를 시켰다. 술집 안은 대낮임에도 불구하고 용병들로 짐작되는 사람들로 북적거렸다.

30여 분간의 논의 끝에 결론이 났다.

"일단 라도님께서 지휘를 맡기로 하고 저희들이 이곳의 동정과 정보를 알아오겠습니다. 그동안 라도님께서는 이곳에서 정보를 취합해 주시기 바랍니다."

피야트를 비롯한 글로스타의 부대장들은 라도가 장차 하레스 영주의 위에 오를 것임을 알고 있었다. 그래서 정중하게 예우하고 있었다. 라도는 홀로 남아 있기 싫었지만 평민 기사들까지 나서서 만류하자 다시 자리에 앉고 말았다. 결국 라도만 남고 나머지 기사들은 술집을 나서 흩어져 갔다. 라도는 맥주잔을 기울이며 노예 시장의 약점이 무엇인가를 숙고하였다. 그때 술집 밖에서 한 여행자가 서성거리고 있었다. 라도는 그 여행자가 매우 젊은 여자라는 걸 창문을 통해 볼 수 있었다.

여행자 아헬은 난감했다. 방년 18세의 처녀이며, 여행자이며, 3써클의 마스터인 자신이 이런 곤란한 지경에 이를 줄은 몰랐다.

목적지인 가마라 산은 아직 3일의 여정을 남겨놓고 있다. 그런데 벌써 여비가 다 떨어지고 말았다. 천하절경을 구경하고 싶어 몰래 집에서 빠져나와 장장 한 달간이나 이국의 풍물을 구경할 때는 좋았다. 그렇다고 여비를 벌기 위해 스펠타크에서 얼쩡거리기는 싫었다.

아헬은 도시를 가로지르는 대로변에 서서 주머니를 털어보았다. 먼지만 펄펄 날린다. 오가는 용병들과 음침해 보이는 사내들이 미모의 그녀를 보며 낄낄거렸다. 절로 기분이 나빠진다.

아헬은 주변에 보이는 한 음식점의 문을 열고 무작정 안으로 들어섰다. 그리고는 식당 안을 두리번거렸다. 아헬은 창가에 앉은 한 젊은이를 주목했다. 이곳 용병들과는 다른 따뜻한 분위기가 흐른다. 청발에 미남이었다. 잘하면 한 건 하기에는 안성맞춤의 인물로 보였다.

"좋았어. 오늘의 호구는 저자다."

아헬은 청년의 식탁으로 다가가 양해도 구하지 않고 맞은편에 털썩 주저앉았다. 청년의 얼굴이 아헬에게로 돌아왔다. 아헬은 그제야 청년이 이제 20살도 안 돼 보이는 애송이라는 걸 알았다. 정면으로 보니 인상도 꽤 좋았다. 절로 호감이 간다. 특히 청년의 푸른 눈은 무어라 말하기 어려운 다양한 감정을 자아내게 했다. 앞에 앉아 있자니 자신의 속이 모두 벗겨지는 기분까지 든다. 아헬 평생에 이처럼 특이한 남자는 처음이었다. 바로 일원신공의 효능이었다. 진기가 겉으로 드러나면 평범한 사람은 위압감을 받게 된다. 라도는 벌써 검기를 발하는 상급의 그래듀에이트인 것이다.

하지만 아헬도 보통내기는 아니었다. 사람에게, 특히 남자에게는 항상 자신만만한 그녀였다. 아헬은 대뜸 등에 멘 가방을 풀어 스크롤 하나를 꺼내 탁자 위에 올려놓았다.

"5실버!"

손가락 5개를 펴 보이며 아헬은 당당하게 외쳤다. 라도는 처음엔 어리둥절한 표정이었으나 스크롤을 보고 아헬의 의도를 짐작했다. 라도는 피식 웃었다. 재미있는 아가씨라는 생각이 들었다.

"50쿠퍼!"

라도의 대꾸에 아헬의 얼굴이 달아올랐다. 평범한 남자라면 느닷없이 합석한 미녀를 보며 반가운 얼굴을 할 것이다. 이어 스크롤을 내보이며 돈을 요구하면 의외의 상황에 당황한다. 한데 눈앞의 청년은 조금도 놀라지 않았으며 아헬의 요구를 정확히 이해한다. 더군다나 가격을 엄청나게 후려치니 속으로 약이 바짝 올랐다.

이제 3써클에 불과한 아헬이 만든 스크롤은 기껏 1분간의 환영을 보여주는 아이템이었다. 하지만 아헬은 이를 위해 2시간가량 심력을 소모했고, 1시간이나 땀을 뻘뻘 흘려가며 마력을 부여했다. 심혈을 기울여 만든 노력의 결정체를 이토록 깎아내릴 수가 있는가? 정당한 가격은 곧 마법사 아헬의 자존심이었다.

"6실버!"

아헬은 뜨거운 콧김을 내뱉곤 손가락을 세우며 청년을 노려보았다. 힐 라이팅 마법으로 작은 빛을 소환했다. 빛이 앞으로 뻗어 나가 청년의 얼굴을 한 바퀴 돌고는 다시 아헬의 손가락으로 되돌아왔다. 일종의 무력 시위였다.

'이 자식아! 이제 어떻게 할 테냐? 헛소리를 하면 당장 묵사발을 내줄 테다.'

이런 의도가 아헬의 간단한 마법에 숨어 있다.

청년은 다시 빙긋 웃더니 팔을 뻗어 아헬의 앞에 놓인 스크롤을 집어갔다. 그리고는 말릴 사이도 없이 스크롤을 찢어버렸다. 식당 안에 빛이 번쩍하더니 푸른 파도가 넘실거리는 풍경이 펼쳐졌다.

"와아!"

느닷없는 구경거리에 식당 안 손님들이 일제히 탄성을 질렀다. 비록 색채가 흑백에 가깝고 형체가 그다지 또렷하지 않았지만 알아볼 수는 있었다. 3써클에 불과한 아헬의 한계였다. 그러나 그것만으로도 일반인들로서는 좀체 보기 어려운 마법이었다. 아헬은 금액의 약조도 없이 스크롤을 찢어버린 청년을 용서할 수 없었다.

"10실버!"

손으로 마력을 모아 파이어 볼을 준비했다. 위력을 조종해 상처는 입지 않더라도 머리카락은 홀랑 태워 버릴 정도의 열기면 청년도 자신의 요구를 납득하지 않을 수 없으리라 믿었다. 라도는 그런 아헬이 귀엽다는 듯 부드러운 미소를 짓고는 입을 열었다.

"오늘 오후 이곳 리온 광장에서 노예 시장이 열린다고 합디다. 그대가 나와 함께 동행한다면 10골드를 주겠소. 이건 선불이요. 일이 끝나면 나머지를 주겠소. 혹시 거절한다면 그건 그냥 스크롤 값으로 그대가 가지시오."

청년은 허리춤에서 금화 한 개를 꺼내 탁자 위에 올려놓았다. 아헬은 금화와 청년을 번갈아 바라보았다. 자신이 부른 10실버도 스크롤 값으로는 과한 금액이었다. 밀 10포대가 뉘 집 강아지 이름이겠는가. 그런데 청년은 대담하게 1골드를 내놓는다. 10골드 아니라 1골드만 있어도 자신이 계획한 여행을 수월하게, 아니, 쾌적하게 할 수 있는 거금이었다. 그러나 아헬은 인상을 찌푸렸다. 소문으로만 듣던 노예 매매 시장 따위는 구역질이 날 뿐이다. 추호라도 가고 싶지 않은 곳이었다. 아헬은 금화를 냉큼 집어 올렸다.

"미안하지만 거절하겠어요. 그런 곳엔 당신 혼자나 가요. 보기보다 질이 안 좋은 자였군. 노예 매매라…… 나쁜 놈들."

아헬은 라도에게 하는 말인지 노예 매매상들에게 하는 말인지 모를 욕설을 내뱉었다. 라도는 아랑곳하지 않고 다시 빙긋 웃으며 자리에서 일어났다. 그리고는 식당 안 모든 사람들에게 들릴 정도의 또렷한 목소리로 말했다.

"나는 한번 내뱉은 말은 거두어들이지 않소. 이제 1골드는 아가씨 것이오. 유감이지만 할 수 없군. 하지만 멀지 않아 아가씨가 내 부탁을 들어줄 것 같은 기분이 드는구려."

마지막 말은 아헬에게만 들릴 정도로 작게 말한 후 청년은 휘적휘적 걸어 식당 밖으로 나가 버렸다. 직후 아헬은 식당 안이 괴괴해지며 모든 사람의 눈이 자신을 쳐다보고 있는 것을 발견했다. 그제야 아헬은 청년의 의도를 짐작하고는 속으로 욕설을 퍼부었다.

'잘 걷다가 말똥에 엎어질 나쁜 놈!'

식당 안의 모든 사람이 식탁 위에 놓인 황금을 보며 군침을 흘리고 있었다. 더욱이 용병으로 보이는 사내 두 명이 구석에서 일어나는 모습을 보고는 더욱 견디기가 힘들었다. 얼른 오른손 위에 파이어 볼을 불러 일으켰다.

"그 자리에 가만히 있어요!"

아헬은 용병에게 소리쳤다. 용병들이 흠칫 발을 멈췄다. 파이어 볼을 바라보는 용병들의 눈에 두려움보다는 가소로움이 먼저 떠올랐다. 설마 하니 저걸 던지기야 하겠는가 하는 자신감이었다. 마법으로 사람을 상하게 하고 기물을 파손하면 더 큰 벌을 받는 것이 이 나라 법이었다. 더군다나 직격당하지만 않는다면 그다지 두려운 마법도 아니었다. 용병들 옆으로 다시 네 명의 사내들이 일어나 합류했다.

"이봐, 아가씨! 같이 나눠 쓰자구. 나는 딱 1골드면 돼. 더 이상은 필요없다구."

다 달라는 소리였다. 손바닥만한 크기에 두께도 2센티미터나 되는 묵직한 금화였다. 1골드면 100실버이니 탐이 나지 않을 수 없었을 것이다. 유들유들하게 생긴 용병이 앞으로 다가오자 아헬은 뒤로 주춤주춤 물러났다. 만약 자신이 이곳에서 파이어 볼을 던져 자칫 대형 화재라도 나면 그 또한 큰일이었다. 아헬의 등으로 식은땀이 흘렀다. 아헬은 파이어 볼의 마나를 끊고는 뒤돌아 냅다 도망쳤다. 식당 문을 와락 열고 뛰쳐나오자 이제는 10여 명의 인물들이 우르르 쫓아 나왔다.

"잡아!!"

아헬은 뛰어나오자마자 길 건너편에 서서 자신을 보고 웃고 있는 청년을 발견했다. 코에서 불이 토해져 나올 만큼 성질이 났지만 당장 발등에 떨어진 불이 급했다. 아헬은 청년을 향해 뛰었다. 금방이라도 용병들에게 등덜미를 낚아채질 듯한 긴장으로 온몸이 오그라드는 듯했다. 다행히 아헬은 잡히지 않고 청년의 등 뒤로 숨을 수 있었다. 갑자기 뜀박질을 하느라 숨이 턱 끝까지 찼다.

"헉헉! 조, 좋아요. 당신의 제안을 받겠어요. 그러니… 저놈들을 물리쳐 줘요."

아헬은 일단 늑대를 피하기 위해 여우 뒤에 숨기로 했다. 라도가 뒤돌아보며 빙그레 미소를 지었다.

"늦지 않게 결단을 내려서 다행이오."

그러는 사이 용병들이 두 사람을 포위했다.

"이거 아까 그 햇병아리 기사 분 아니신가? 잘됐군. 흐흐흐! 오늘 한 몫 벌어보자구."

치안이 엉망인 도시였다. 감히 백주대로에서 강도질을 하는 데도 지나는 사람들은 나 몰라라 하며 피해 갈 뿐 병사들은 보이지 않았다.

"쓰레기 같은 놈들!"

라도가 낮게 부르짖었다. 분명 낮은 일갈이었는데도 불구하고 둘러싼 10여 명의 용병들은 마치 갈쿠리로 심장이 긁히는 듯 거북해졌다. 미숙하나마 라모를 흉내 낸 목소리에 진기를 담아본 것이다. 라도는 허리에 걸린 바이올레이드를 빼 들었다. 이미 바이올레이드는 라모의 허락을 받아 정식으로 라도의 검이 된 지 오래였다. 라도가 검을 빼 들자 용병들도 일제히 검을 빼 들었다. 갑작기 대로변에 흉흉한 살기가 흘렀다.

"꼴에 기사랍시고 한번 해보겠다는 거냐?"

용병의 험한 말에 분기가 솟은 라도는 즉각 검을 휘두르며 뛰어들었다. 용병들이 마주 검을 휘둘러 왔다. 하지만 라도는 나겔의 반란 시대를 맞으면서 비록 졸업하지는 못했지만 기사 아카데미 출신이었다. 더욱이 평민 검사들과 수많은 대련을 통해 검술을 단련한 상급의 그래듀에이트였다. 용병들은 상대가 아니었다. 바이올레이드에 부딪치는 검들이 삭둑 잘려져 나가며 비명이 터져 나왔다.

"으악! 내 팔!"

라도가 칼등으로 용병들의 어깨와 팔, 검을 잡은 손을 후려치며 순식간에 상황이 종료되고 말았다. 그래듀에이트의 재빠른 몸놀림을 도저히 용병들은 따라잡을 수가 없었다. 검을 드는 순간 팔이나 손에 무서운 통증이 느껴지며 절로 펄쩍 뛰게 된다.

"두고 보자, 이놈! 감히 스펠타크에서 브루델 용병대를 건드려?"

용병들은 손과 팔을 감싸고 도망치면서도 라도를 향해 큰소리를 쳤다. 멀리서 이 광경을 지켜보던 라모는 속으로 혀를 찼다. 초장부터 일이 꼬이고 있었다. 차라리 모조리 죽여 입을 막는 것이 나았다. 하지만 라도는 그런 강골이 아니었다. 성품으로 보자면 형제 간인 라모보다는 리코에 가까웠다. 덕분에 은밀해야 할 잠행이 이제 공공연한 사태로 확대될 것은 불을 보듯 뻔하다. 역시 경험 미숙이었다. 정작 중요한 요점을 라도는 간과하고 있는 것이다.

용병들을 물리치고 난 후 라도와 아헬은 다시 식당 겸 술집으로 들어가 정식으로 인사를 나누었다.

"나는 호른 제국의 라도 하레스라고 합니다."

호른 제국에서 여기까지 노예를 사러 왔단 말인가? 아헬은 라도가 도무지 맘에 들지 않았다. 더군다나 차림새를 보아하니 기사가 아닌가. 하지만 자신을 도와주었으니 아헬도 이름 정도는 가르쳐 주어도 무방하겠거니 생각했다.

"아헬 오스테르예요. 단순한 여행자예요."

라도는 아헬을 유심히 바라보았다. 넓은 이마를 중심으로 흑갈색의 머리카락이 탐스럽게 흘러내린 모습이 매력적이다. 이마 아래로는 흰자위가 많이 보이는 큰 눈 하며 가지런한 치아가 상큼해 전체적인 분위기가 꽤 이지적이다.

"여행자라면 어디로 갈 예정입니까?"

성이 달린 것으로 보아 귀족이 분명했다. 아직 세상 물정 모를 어린 아가씨가 홀로 여행을 나섰다는 건 그만큼 진취적이고 모험심이 강한 성격이라는 증거였다. 앞서의 경험으로도 당돌한 면이 있는 아가씨였다. 라도는 자연 아헬에게 흥미를 느꼈다.

"가마라 산이요."

라도와 달리 아헬은 시큰둥하게 대답했다. 아헬은 라도가 노예상이거나 그에 버금가는 인물로 오해하고는 처음의 좋았던 인상이 일그러져 있는 상태였다. 라도는 그저 그러려니 넘어갔지만 가마라 산이 미개척지인 남쪽 방면으로 3일을 더 걸어야 하는 장소라는 걸 알았다면 분명 만류했을 것이다. 가마라 산의 풍경은 한번 가본 사람은 그 장엄한 자태에 절로 감탄사를 내뱉을 만큼 뛰어났다. 그러나 그곳의 위치는 몬스터와 이종족이 자주 출몰하고, 전연 치안을 믿을 수 없는 지역이었다. 그래서 뛰어난 경관에도 불구하고 여행자는 매우 드문 실정이었다.

두 사람이 대화를 나누는 동안 술집 안이 술렁거렸다. 술을 마시던 용병들이 라도와 헬라를 바라보며 자신들끼리 귓속말을 나눈다. 창밖으로 용병들이 대로를 뛰어다니는 모습이 보였다. 술집뿐만 아니라 도시 전체가 술렁이고 있었다. 그리고 얼마 후 라도는 술집을 중심으로 대로변을 가득 채우며 달려오는 용병들의 무리를 발견하고 가볍게 안색이 변했다.

달려온 용병들은 거의 1백 명에 달했는데 그중의 한 인물이 앞으로 나섰다. 키가 작달막했지만 허리가 굵고 팔뚝이 여자의 허벅지만했다. 힘깨나 쓰는 인물로 보였다.

"우리 브루델 용병대에 도전한 자가 누구냐? 당장 나와라!"

몸집은 작은 자가 목소리 하나는 쩌렁쩌렁 울린다. 라도는 난감해졌다. 그제야 라도는 자신이 문제를 일으켜 노예 시장 전체를 경동시켰음을 깨달았다.

"싸움귀신 쿠로!"

식당 안에 있던 용병들이 창문을 통해 확인하며 소리쳤다. 그리고는 라도와 아헬을 안됐다는 눈으로 바라보았다.

"당신은 여기에 있으시오. 내가 해결하겠소."

라도는 아헬에게 남아 있을 것을 당부하고 술집 문을 열고 나갔다. 쿠로는 장신의 청발 사내가 예기를 흘리며 나서자 눈에 불을 켰다. 대번 허리에 걸린 소드 브레이커를 빼 들었다.

힘을 바탕으로 시전하는 톱니검이었다. 벰과 동시에 살을 뭉턱 뜯어 놓는 잔인한 검이다. 또 강도가 낮은 검이라면 한 번만 부딪쳐도 이가 다 나가고 말 것이다.

"네놈이 우리 용병대원들에게 행패를 부린 놈이냐? 감히 스펠타크에서 브루델 용병대에게 도전하다니! 간이 부은 놈이구나!"

라도는 머리를 재빨리 굴렸다. 여기서는 다만 용병들과의 감정 싸움으로 포장해야 한다고 생각했다. 자신들의 의도가 들통나면 라모가 지시한 명령을 수행하는 건 거의 불가능하다.

"너희들은 용병이 아니라 도적이냐? 왜 백주대로에서 남의 재물을 강탈하는 거냐? 그래서 내가 약간의 교훈을 내렸다. 그래, 그게 잘못됐단 말이냐?"

라도의 말에 쿠로가 흠칫하더니 서서히 고개를 돌렸다. 그리고는 한 명의 용병을 노려보며 진한 살기를 흘려냈다.

"너! 이리로 나와! 제 놈들이 잘못해 놓고 감히 날 속여?"

지적당한 용병의 안색이 핼쑥해지며 주춤거리자 뒤에 서 있던 다른 용병들이 등을 밀어버렸다. 지적당한 용병이 균형을 잃고 앞으로 쓰러질 듯 쿠로에게 다가갔다. 그 순간 쿠로가 브레이커를 들어 용병의 목을 단번에 날려 버렸다. 용병의 목이 땅에 뚝 떨어졌다. 브레이커의 위력을 말해 주듯 목 주위가 너덜너덜하다. 쿠로는 비명조차 지르지 못하고 죽은 용병의 몸 위에 침을 한차례 뱉어준 후 라도를 바라보았다.

"이쪽에서 잘못했더라도 이제 응분의 대가를 받았다. 그러나 감히 스펠타크에서 소란을 피웠으며 우리 브루델 용병대에 대항한 죄로 너 또한 벌을 받아야 한다. 이쪽의 잘못이 큰 만큼 팔 한쪽만 받겠다. 썩 팔을 내밀어라."

쿠로가 브레이커를 양손으로 잡으며 라도를 재촉했다.

라도는 자신에게 당한 용병들이 쿠로에게 가 거짓말로 보고했음을 알았다. 쿠로는 나름대로 판단의 잣대가 분명한 자로 보였다. 하지만 쿠로의 혈기 가득한 눈을 보고 이미 대화로 해결할 방도가 없다는 걸 짐작했다. 그렇다고 팔을 내줄 수도 없는 일이었다. 라도 또한 바이올레이드를 빼 들었다.

미스릴 제의 은색 광택을 내는 바스터드 소드를 보자 쿠로는 비로소 라도가 보통의 기사가 아니라는 걸 인식하고 신분이 궁금해졌다. 하지만 지금은 싸울 때지 대화할 시기는 아니었다. 라도가 검을 빼 들면서 쿠로의 전의을 촉구했다.

"귀족 나부랭이였군. 나는 귀족이 싫어."

혼자 중얼거리던 쿠로는 갑자기 '죽어라' 하고 외치며 브레이커를 들어 라도의 머리를 향해 휘둘렀다. 라도는 뒤로 한 걸음 물러서며 가볍게 피한 다음 아까와 마찬가지로 칼등으로 쿠로를 제압하고자 했다. 쿠로가 브레이커를 들어 미스릴 검을 쳐냈다.

챙!

검이 붙었다 떨어졌다. 그리고 두 사람은 동시에 놀랐다. 서로 한 치도 밀리지 않아 상대의 힘이 대단하다는 걸 느꼈다. 라도야 일원신공을 어릴 적부터 꾸준히 연마해 와 절로 힘이 붙었지만 쿠로는 천부적인 신력의 소유자였다. 키는 작아도 온몸이 근육으로 뭉쳐진 듯 매우 거칠고 다부졌다. 두 사람은 다시 검을 휘두르며 격돌했다. 라도는 전통의 검술대로 베고, 찌르고, 막고, 흘리며 기예를 뽐냈다. 쿠로는 교본에도 없는 마구잡이식 검법으로 상대해 왔다. 바로 실전 검법이었다. 하지만 타격의 정확성과 허점을 노리는 예리함은 라도에 비해 조금도 뒤떨어지지 않았다. 라도에게 허점이 보이면 온몸을 날려 찔러왔으며, 라도가 비껴 막으면서 균형 잃은 상대를 찾으면 쿠로는 땅을 뒹굴며 몸을 피하길 주저하지 않았다.

처음엔 쿠로의 변칙적인 공격에 라도가 당황해 막상막하의 접전이 이루어졌다. 어느 정도 쿠로의 실전 검술을 체험하자 라도는 곧 익숙해졌다. 마보를 취하고 어떤 방향으로든 공격과 방어가 가능한 오랜 검술의 교본을 쿠로가 감당하기는 힘들었다. 라도가 세차게 공격을 시작했고 쿠로는 방어에만 급급해졌다. 더욱이 브레이커의 장점인 톱니에도 라도의 바이올레이드는 멀쩡했다. 오히려 브레이커의 톱니 몇 개가 충격에 부러져 나갔다. 그러자 쿠로가 뒤로 몇 걸음 물러났다. 쿠로는 자신의 검을 한번 살펴보고 다시 라도의 앳된 얼굴을 바라보았다.

"햇병아리 기사치고는 제법이구나. 이제부터 내 실력을 발휘하겠다. 한번 막아봐라."

쿠로가 검을 번쩍 들더니 라도를 향해 달려왔다. 라도는 바이올레이드를 중단으로 들고 조금도 두려운 기색 없이 쿠로의 브레이커를 바라보았다. 그리고 쿠로의 힘을 감안해 진기를 끌어올렸다. 그런데 쿠로는 라도의 지척에 다다르자 슬라이딩하듯 땅 아래로 몸을 던지며 라도에게 밀려왔다. 이런 황당한 공격을 처음 받아본 라도는 당황했다. 쿠로의 브레이커가 라도의 발목을 노리고 휘둘러지자 라도는 잰걸음으로 뒷걸음질치지 않을 수 없었다. 그러자 쿠로는 얼른 일어나 앉으며 펄쩍 뛰어 라도의 배꼽 부분을 찔러왔다. 라도가 급히 뒤로 후퇴하자 쿠로는 다시 슬라이딩하며 라도의 발목을 노렸다.

쿠로의 진격이 놀랍도록 빨라 라도는 두어 번 뒤로 피하며 서두르다 그만 균형을 잃어 넘어지고 말았다. 그러자 쿠로는 다시 개구리처럼 펄쩍 뛰어오르며 브레이커를 들어 라도의 사타구니를 향해 내려쳤다. 기사도를 가진 라도로서는 상상할 수도 없는 치졸한 공격이었다. 라도는 넘어진 상태에서 검을 내밀어 쿠로의 브레이커를 받았다.

챙—

불안정한 자세로 인해 라도는 검에 진기를 제대로 싣지 못해 거센 충격이 팔로 전해지며 하마터면 검을 놓칠 뻔했다. 라도는 급히 일어서려 했다. 하지만 이미 쿠로는 다시 라도의 가슴을 향해 브레이커를 찔러왔다. 슬라이딩했다가 앉고 일어서는 동작이 비할 수 없이 빨라 라도는 정신을 차릴 수가 없었다.

구경꾼 사이에 숨어 이 광경을 지켜보던 라모는 동생이 위험에 처하자 얼른 강력한 살기를 쿠로의 뒤통수로 쏘아보냈다. 검을 찔러가던 쿠로는 갑자기 머리가 서늘해지자 얼른 고개를 숙이며 뒤돌아섰다. 라모가 작정하고 쏘아낸 살기를 무시할 수 있는 인간은 없었다. 쿠로 또한 예외는 아니었다. 고수들 간의 대결은 찰나의 순간에 승패가 결정난다. 그런데 쿠로는 찔러가던 검을 거두었을 뿐만 아니라 몸을 돌리기까지 했으니 곧바로 파탄이 찾아왔다.

라도가 방어하던 검을 들어 그대로 쿠로의 목을 날려 버렸다. 쿠로의 목이 땅에 떨어지며 억울한 듯 작달막한 키의 육신이 한참을 서 있다가 결국 앞으로 고꾸라졌다.

당연히 쿠로의 승리를 점치며 구경만 하던 용병들이 대경실색했다.

"쿠, 쿠로님이 죽었다!"

"저놈을 죽여!"

1백 명의 성난 용병들이 검을 치켜들고 일제히 라도에게 쇄도해 들어왔다. 라도가 또다시 정신없이 검을 휘두르며 용병들의 무기를 막아냈다. 라모는 속으로 혀를 차면서도 결정적인 순간이 아니면 나서지 않을 생각이었다. 마침 노예 시장의 실태를 파악하러 나갔던 세 명의 평민 기사들이 돌아오다 이 광경을 목격했다.

"라도님! 조금만 더 힘내세요!"

평민 기사들이 달려오며 검을 빼 들더니 용병들 사이로 파고들어 휘둘렀다.

"으악!"

비명이 연신 터져 나오고 선혈이 낭자해지며 아수라장이 되었다. 평민 기사들이 합류하면서 조금 숨을 돌렸지만 그래도 여전히 비세가 역력했다. 그러다 글로스타의 기사들 5명이 달려오면서 전세가 역전되기 시작했다. 용병들이 그래듀에이트에 이른 기사들을 당할 재간이 없었다. 더군다나 지휘 대장이라 할 수 있는 쿠로가 이미 죽고 없어 용병들은 금방 사기가 꺾이고 말았다.

"두고 보자, 이놈들!"

살아남은 용병 50여 명이 뒤로 물러나다 몸을 돌려 달아났다. 그제야 혈전에서 벗어난 라도는 주변을 둘러보고는 안색이 창백해졌다. 끊어진 팔다리가 널려 있고 내장을 쏟아낸 용병도 보인다. 이런 지옥도를 자신의 손으로 연출하자 라도는 그만 망연자실해졌다. 끝까지 지켜보던 라모는 너무 과중한 업무를 라도에게 부여한 것은 아닌가 짐짓 염려스러워졌다. 하지만 라도의 연약한 마음은 이런 시련을 통해서 보다 단련될 것이라 믿었다.

쿠로의 죽음은 한 시간도 안 돼 스펠타크 시 외곽에 위치한 용병 부대로 전해졌다.

'베너머스 스네이크(독사)'로 명성을 떨치는 중인 포울센은 지금 용병들이 검술 훈련을 하고 있는 연무장을 바라보고 있었다. 무두질이 잘된 가죽 상의는 허리 아래로 늘어져 있었는데, 폭이 넓은 허리띠로 바짝 조여 맨 모습이 만약 움직인다면 날렵한 동작을 상상하게 만든다. 넓은 허리띠에 죽 돌아가며 꽂힌 금속으로 된 편린들이 햇빛에 반짝인다. 포울센은 대련을 구경하다가 뒤로 누군가 접근하는 기척을 눈치채고 얼른 뒤돌아보았다. 동물적인 감각이었다.

포울센의 뒤로 다가오던 사람은 브루델 용병대의 총대장 이케로스였다. 큰 키에 시미터를 양 옆으로 각각 하나씩 허리춤에 차고 있다. 바로 쌍검의 달인이라 불리는 스펠타크 최강의 용병이 이 사람이었다.

"포울센! 둘째가 죽었다!"

이케로스의 말에 포울센의 안색은 청천하늘에 날벼락이 떨어진 듯 순식간에 흙빛으로 변했다.

"큰형님! 설마… 농담이시죠?"

포울센은 한 가닥 희망을 가지고 침통 그 자체인 이케로스의 얼굴을 바라보았다. 이케로스는 고개를 저었다.

"나도 사실이 아니었으면 좋겠다. 쿠로가 죽다니……. 하지만 사실이다. 휘하 용병 10여 명이 달려와 보고한 내용이다. 감히 스펠타크 시에서 쿠로를 죽여? 내 이 기사 놈을 갈갈이 찢어 죽이겠다!"

이케로스의 눈에서 살기가 줄기줄기 흘러나왔다. 분노를 이기다 못해 시미터를 쥔 오른손이 부들부들 떨렸다.

"기사라니요? 그럼 사고가 아니라 살해당하셨다는 겁니까?! 그럴 수가……. 쿠로 형님이 어떤 분인데 기사 따위에게 당한단 말입니까?"

포울센이 도저히 믿지 못하겠다는 표정을 지었다. 누구보다도 강한, 사선을 넘나드는 수많은 실전의 명수가 바로 쿠로였다. 힘 또한 장사여서 아무리 기사라 하여도 쉽사리 당할 쿠로가 아니었다. 그러나 이케로스의 침통한 얼굴과 떨리는 손은 쿠로의 죽음을 알리는 명백한 암시에 다름 아니다. 포울센은 곧 이케로스를 외면하고 돌아섰다.

"모두 집합! 한 명의 열외도 허용하지 않겠다. 빨리 전원 집합!!"

포울센이 대련하고 있던 용병들을 향해 목이 터져라 소리쳤다. 그러자 용병들은 무슨 일인가 싶어 대련을 하다 말고 검을 맞댄 채 의아한 얼굴로 포울센을 바라보았다. 쿠로의 죽음으로 촉발된 미친 듯한 분노가 용병들의 어병한 모습에 터져 버리고 말았다. 포울센의 오른손이 허리춤을 스치는가 싶더니 앞으로 힘차게 휘둘렀다.

"으악!"

대련을 하던 용병 중 중간의 한 명이 어깨를 거머쥐며 빙글 뒤로 돌아 쓰러졌다. 쓰러진 용병의 어깨에서 피가 솟구쳤다. 포울센은 블랙암의 대가였다. 허리띠에 돌아가며 꽂혀 있는 금속은 모두 손바닥 길이만한 단도였다. 물고기를 닮은 형체의 블랙암이 보이지 않는 속도로 날아가 용병의 어깨를 꿰뚫은 것이다. 베너머스 스네이크라는 별명도 상대의 목이나 이마만을 전문으로 노려 단 한 번의 실수도 하지 않은 덕분에 생겨났다. 냉혹한 성품의 포울센은 좀체 싸우지 않지만 싸웠다 하면 반드시 상대의 목숨을 빼앗았다. 포용력이 있는 이케로스와는 매우 대조적이었다.

이케로스는 싸우더라도 대부분 굴복시켜 자신의 수하로 받아들이는 성품이었다.

"빨리 움직여! 이번에도 꾸물거리면 이마에다 박아주겠다!"

포울센이 다시 악을 쓰자 용병들이 그제야 꽁지에 불붙은 사람들마냥 사방으로 뛰며 집합 신호를 외쳤다. 10여 분 만에 용병 부대의 연무장에는 1천 명에 달하는 용병들이 모여들었다.

"모두 물구나무를 서라. 실시!"

라모는 지금 약간 화난 표정으로 라도를 포함한 기사들에게 소리쳤다. 식당 안에는 라모 일행과 아헬만 남아 있을 뿐 다른 사람은 보이지 않는다. 이는 다시 나타난 라모가 식당 안의 손님들을 반강제적으로 쫓아낸 후 일장 훈시를 하기 위해서였다.

기사들이 일제히 물구나무를 섰다. 경장의 메일이 철그덕거렸다. 그래듀에이트란 적어도 자신의 신체적 움직임을 거의 완벽에 가깝게 제어하는 존재다. 물구나무 정도를 서지 못한다면 기사 자격이 없다.

"한 손을 뗀다. 실시!"

기사들이 일제히 한 손을 바닥에서 떼어내 허리 뒤로 돌렸다. 모두 한 팔로 굳건히 거꾸로 선다. 라모는 아무런 말도 없이 10분간을 앞뒤로 왔다 갔다 한다. 기사들의 이마에서 땀이 흘러 바닥으로 뚝뚝 떨어졌다. 그래듀에이트의 경지란 뛰어난 체력과 균형 감각을 가진 존재일 뿐 초인은 결코 아니었다. 양팔도 아닌 한 팔로만 모든 체중을 버티기란 아무래도 무리였다.

드디어 10분이 넘어가자 끙끙 앓는 소리를 뱉어내는 기사도 나오기 시작했다. 라모는 그제야 오가던 발을 멈추고 입을 열었다.

"너희들은 처음부터 여러 가지 잘못을 저질렀다. 그래서 너희들을 도무지 믿지 못하게 되었다. 일 처리는 합리적이지도 못했고, 주도면밀한 점을 전혀 찾아볼 수 없었다. 만약 영지와 기사단에 큰일이 생긴다면 도대체 어떻게 처리할는지…… 안 봐도 훤하다. 무계획적이고 주먹구구식으로 사건을 대할 것이 아닌가. 한 단체의 지도자가 무능하면 그것은 재앙에 다름 아니다. 너희 하나의 목숨으로는 감당할 수 없는 사태가 벌어진다. 너희는 수많은 생명을 책임진 자로서 남보다 보다 깊이 있는 사고를 할 줄 알아야 하고, 책임있는 자세를 취해야 한다. 여기서 지도자의 책임이란 최선의 노력을 경주하는 것이 아니다. 최고의 결과를 도출하는 것이야말로 지도자의 덕목이다."

라모의 설명을 기사들은 머리에 새겨 넣으려 애썼다. 그러나 한 팔로 체중을 유지하는 데만도 벅찰 지경이었다. 그러니 라모의 말이 머리에 잘 들어오지 않는다.

"피야트 단장! 그대의 실수가 무엇인지 알겠나?"

벌을 서던 피야트도 그것이 의문이었다. 자신들이 무슨 실수를 저질렀는가? 아무리 궁리해도 뾰족한 해답을 찾을 수 없었다. 다만 뒤에 남은 라도가 무언가 잘못했으려니 추측할 뿐이었다. 그래서 솔직히 대답할 수밖에 없었다.

"잘 모르겠습니다."

라모가 피야트 앞으로 걸어가 우뚝 섰다.

"그대와 라도 중 누가 이번의 리더가 되어야 한다고 생각하나? 이제 20살도 안 된 햇병아리와 산전수전 다 겪은 노련한 기사인 그대 중 과연 누가 리더로서 합당한가? 그대는 라도가 장차 하레스의 영주가 될 거라 생각하고 예우의 차원에서 라도를 리더로 선정한 것인가? 그럼 이제 갓난아이인 황태자가 온다면 그를 리더로 정할 텐가?"

피야트는 그제야 자신의 과오를 깨달았다.

"임무를 완수하기 위해서는 황제가 와도 무시할 줄 알아야 한다. 직책과 권위에 밀려 본인의 의무를 저버린다면 임무 또한 날아가 버린다. 본래의 목적을 달성하기 위해서는 남이 비겁하다고 손가락질하더라도 감수할 줄 알아야 한다. 또 교활한 계책도 필요한 법이다. 일을 추진해 나가는 데 있어 중요도에 대한 분별과 냉철함이 그대에게는 부족했다. 오늘의 일을 거울 삼아 다시는 그런 실수를 되풀이하지 마라."

피야트는 기사단장의 임무가 새삼 마음속에 다가왔다. 그냥 전승돼 내려오는 단장의 의무만 생각해서는 라모의 의도를 도저히 채워줄 수 없다는 사실을 기억해야만 했다.

"끙… 끄응! 자, 잘 알겠습니다."

기사들 가운데 가장 강한 피야트도 한 팔로 버티는 시간이 15분여를 넘어가자 절로 신음성이 흘러나왔다. 라모는 다시 발걸음을 옮겨 라도의 앞으로 걸어가 섰다. 라도는 진기를 운용하지 못하고 순수한 체력만으로 버티고 있는 중이었다. 벌받는 와중에 진기를 운용하면 형이 용납하지 않을 것을 알았기 때문이다. 그래서 기사들 가운데 가장 힘든 사람이 라도였다. 진기를 운용하지 않는다면 라도가 가장 체력이 처졌다. 라도의 얼굴은 힘들다 못해 하얗게 변해가고 있었다.

"라도! 너는 두 가지 잘못을 저질렀다. 그것이 무엇인지 아느냐?"

다행히 라도는 자신의 잘못을 인식하고 있었다. 노예 시장을 경동시켰다는 치명적인 실수를 했다. 하지만 또 한 가지는 무엇인지 알지 못했다.

"나, 난……."

너무나 힘들어 말을 잇기가 힘들었다. 그때 한 켠에 서서 그 모습을 지켜보던 아헬이 앞으로 나섰다.

"그만 하세요. 이 사람들이 도대체 무슨 잘못을 했다고 이런 심한 벌을 주는 거예요?"

아헬이 앙칼지게 항의하고 나섰다. 아헬은 처음 라도가 노예 상인인 줄 오해했었지만, 그 후의 진행 상황을 보니 자신이 잘못 생각했음을 알았다. 그래서 라도에게 미안한 마음이 들었다. 또 이번 일에는 자신도 전연 상관이 없다고 할 수 없는 입장이었다. 그래서 라도를 비호해주려는 마음이 들었다. 아헬이 나서자 라모가 고개를 돌려 쳐다보았다. 라모의 신광 어린 눈을 보자 아헬은 속으로 흠칫했다.

아헬은 이미 라모의 기세에 약간 주눅 들어 있는 상태였다. 이런 사내도 있을 수 있다는 걸 알았다. 처음 나타나면서부터 라모는 주변을 압도했다. 거침없는 행동과 말에 아무도 거역하지 못했다. 식당 주인을 채근해 손님들을 모조리 몰아낼 때부터 라모의 기세는 압권이었다. 불만스런 표정을 지으며 항의하던 용병들도 라모가 한번 노려보자 꼬리를 내리곤 슬금슬금 도망갔고, 용병들을 상대로 무서운 검술을 뽐내던 기사들이 라모의 한마디에 허수아비처럼 움직인다. 바로 세상이 라모를 중심으로 움직이는 듯 보였던 것이다.

라모는 아헬을 무시했다. 고개를 다시 라도에게 돌려 재차 입을 열었다.

"첫 번째 실수는 말하지 않아도 알 테고, 두 번째 실수는 저 여자에게 관심을 표한 일이다. 라도! 오늘부터 명심해라. 여자를 조심해라. 여자는 남자의 냉철한 마음을 방해하는 요물이다. 너의 동료가 될 자질과 책임을 공유하지 않는 여자는 임무 도중 절대 끼워 넣지 마라."

라도는 그제야 일이 어그러진 자신의 잘못을 알고는 부끄러워졌다. 하지만 아헬의 입장에서는 황당한 말이었다.

"이봐요, 무슨 헛소리를 하는 거예요?"

아헬은 라모가 보통 신분의 인물이 아닌 것을 짐작했다. 하지만 자신이 모욕당했다고 생각하자 도저히 들어넘길 수가 없었다. 라모는 여전히 아헬을 무시했다.

"그만. 모두 일어나라."

라모의 명령에 기사들이 그제야 일제히 일어섰다. 라도와 평민 기사들이 하얗게 질린 얼굴로 잠시 비틀거렸다. 피야트를 비롯한 글로스타의 부대장들도 땀으로 범벅이 된 얼굴들이다. 라모는 그런 기사들의 옷차림을 죽 둘러보다 다시 한 번 혀를 찼다.

"꼴들 좋다. 나는 기사요 하고 아예 큰 소리로 떠들고 다니는 게 낫겠다. 너희들은 아직까지 이번 임무의 은밀한 속성을 이해하지 못하는 건가? 당장 가서 너희 경장갑옷을 가릴 만한 겉옷을 구해와!"

라모의 명령에 평민 기사들이 그제야 조금 회복된 얼굴로 급히 식당 밖으로 옷을 구하러 뛰어나갔다.

"이봐요, 당신! 뭐가 그렇게 잘났어요? 사람 말이 말 같지 않아요?"

아헬은 그리 나이 먹어 보이지 않는 라모가 계속해서 자신을 무시하자 성질이 날 대로 났다. 라도와 피야트는 그런 아헬을 보며 속으로 감탄성을 터뜨렸다. 라모의 앞에 선 사람은 보통 기세에 눌려 말 한마디 제대로 뱉어내지 못한다. 그런데 아헬은 멀쩡할 뿐만 아니라 오히려 라모를 향해 성질까지 부리지 않는가.

"이 녀석은 뭐야? 왜 자꾸 시끄럽게 떠드는 거야?"

라모는 아헬을 바라보며 일갈한 후 기사들을 향해 손을 휘저었다. 즉, 이 자리에서 쫓아내라는 동작이었다. 기사들이 아헬에게 다가가 팔을 잡았다. 아헬의 안색이 새파랗게 질렀다. 이런 모욕은 난생처음이었다. 사실 아헬은 도란 제국 안드라데 백작가의 영애였다. 미모와 마법에 대한 재능, 유서 깊은 가문의 권위로 인해 세상의 남자를 발 아래로 내려다보곤 했다. 비록 지금은 시녀 한 명 없이 몰래 가출해 세상을 유람하고 있으나 도도한 성격이 어디로 사라질 리 만무다.

"아가씨, 나가시오!"

기사 한 명이 팔을 잡아끌 때야 아헬은 라모에게 직접적으로 대항해 봤자 이득이 없다는 걸 느꼈다. 여자의 무서움을 라모에게 알려줄 의무를 느낀다. 무슨 일을 꾸미는지는 몰라도 따라가서 훼방 놓을 작정이었다. 아헬은 이제 겨우 안색이 돌아오며 몸을 추스르고 있는 라도를 향해 입을 열었다.

"이것 봐요, 함께 노예 시장에 동반하면 10골드를 준다고 했죠? 좋아요. 가겠어요."

팔을 끌던 기사가 주춤거렸고, 라도는 다시 안색이 창백해졌다. 반장난으로 한마디 한 게 일이 커지고 있다.

"저, 그게… 죄송하오, 아가씨! 내가 경솔했소. 없었던 일로 해주시오."

라도는 라모의 안색을 살피며 아헬에게 애원의 눈길을 던졌다. 하지만 아헬은 막무가내였다.

"흥! 기사가 한 입으로 다른 말을 하기예요? 나는 그럴 수 없어요. 약속대로 따라가겠어요."

아헬은 라도에게 말을 건네며 곁눈질로 라모를 살폈다. 라도는 안절부절못하며 어쩔 줄 몰라 한다. 형이 부과한 임무를 초장부터 그르친 데다 엉뚱한 혹까지 딸리게 생겼으니 면목이 없다. 라모는 라도와 아헬을 한 번씩 번갈아 바라보더니 무슨 생각이 들었는지 고개를 끄덕였다.

"좋아! 약속을 했으면 지켜야지. 하지만 명심해라. 여자라고 사정을 봐주진 않겠다. 일단 우리의 일원이 된 이상 책임을 다해라. 라도, 우리 임무를 설명해 줘라!"

이미 시간이 흘러 노예 시장의 경매가 곧 열릴 때였다. 기사들은 평민 기사들이 싸온 풍성한 겉옷으로 검과 경장갑옷을 가리고 라모를 따라 노예 시장으로 향하였다. 라도는 아헬과 함께 뒤따르며 자신들이 스펠타크에 온 사정을 설명했다.

"노예 시장을 완전히 해체해 버리겠다고요?"

설명을 듣고 난 아헬은 앞서 가는 라모와 기사들을 바라보며 눈이 휘둥그레졌다. 자신까지 포함해 총인원은 11명에 불과했다. 겨우 이 인원으로 스펠타크의 노예 시장을 어찌 토벌한단 말인가? 제대로 알곡과 쭉정이를 구분하자면 병사 1만 명은 동원해야 할 것이다. 그런데 달랑 11명으로 기적을 이루겠다고 나섰으니 입이 벌어질 수밖에 없다.

그러나 놀랐던 얼굴도 잠시, 아헬은 곧 흥미진진한 얼굴을 한다. 어릴 적부터 꿈꾸던 일이 현실에서 벌어지고 있다. 마법을 배우던 어린 시절부터 공상이 많았던 아헬이다.

바로 자신이 바라던 영웅 서사시가 곧 펼쳐지리라. 가마라 산을 여행하겠다는 목적도 중요했지만, 마음 깊은 곳으로부터는 오래전 신화와 전설에 나오는 영웅의 이야기를 흠모하던 아헬이었다. 정의를 바로 세우고 민중을 구원하는 영웅의 활약을 지켜보고 직접 동참한다니 이 얼마나 가슴 두근거리는 사건인가? 그래서 아헬은 필연적으로 따라다니는 생명의 위협 따위는 도외시한 채 흥미로운 얼굴로 열심히 일행을 따라 걸었다.

라도는 아헬의 표정을 보고 이렇게 대담한 여자도 있구나 하며 감탄했다. 발랄하고 당찰 뿐만 아니라 여자로서는 드물게 매우 용감한 성격임이 분명하다고 생각했다. 그러자 자꾸 아헬의 모습을 훔쳐보게 된다.

노예 매매가 벌어지는 리온 광장은 뜻밖에도 스펠타크 시 중심가에 위치해 있었다. 큰 석조 건물을 필두로 원형의 공터가 마련돼 있다. 광장의 주변을 죽 둘러가며 용병으로 보이는 인물들이 에워싸고 있다. 그 인원만 해도 대략 1천 명 선에 육박했다. 바로 부르델 용병대였다. 스펠타크 노예 시장의 무력 단체였다. 그 절반이 지금 이곳에서 경매장을 경비하고 있는 셈이다.

리온 광장 입구는 용병들이 늘어서서 문을 만들고 있다.

"영주님! 경매 시장에 들어갈 수 있는 자격은 100골드 이상 소지자입니다. 동반 인원은 두 명입니다."

피야트가 라모에게 다가와 귓속말로 전한다.

"그럼 나와 라도, 그리고 저 여자를 데리고 들어가겠다. 피야트 단장, 그대는 나머지 기사들을 이끌고 노예 감옥을 확보해라."

라모의 지시에 피야트가 나머지 기사들을 대동하고 광장을 우회하기 시작했다. 노예 감옥은 바로 석조 건물이었다. 피야트는 건물 후면에서 기습할 작정이었다. 라모는 곧 라도와 아헬을 대동하고 리온 광장으로 입장했다. 검문은 소지한 금액이 100골드를 초과하는지만 확인하는 데 그쳤다. 검을 가지고 입장해도 상관하지 않았다. 무력충돌 따위는 걱정하지도 않는 눈치다. 노예상들이 그만큼 부르델 용병대를 신뢰한다는 증거였다. 아울러 이곳이 시장으로 치자면 도매 시장이란 걸 짐작할 수 있게 한다. 노예상들은 이곳에서 노예를 확보해 그룬디아 전역으로 팔아치우는 게 분명했다.

광장 안으로 진입하자 라모는 석조 건물 앞으로 두 개의 동상이 서 있는 걸 발견했다. 오른쪽은 말을 타고 밧줄을 든 용병 차림의 사내였고 왼쪽은 옹기종기 모여 있는 노예들을 형상화했다. 그리고 그 동상 사이로 30여 명의 남자들이 의자에 앉아 잡담을 나누고 있는 모습이 보였다. 바로 오늘 노예 경매의 판매자들이었다. 라모가 들어온 쪽, 그러니까 판매자들의 반대 편으로는 200여 명의 구매자들이 앉아 있다. 그리고 그 뒤로 수행해 온 호위병이나 비서들로 보이는 인물들이 다수 서서 구경하고 있다.

판매자와 구매자 사이에는 가로 세로 10미터는 되고 높이는 1미터가량의 단이 설치돼 있었다. 바로 노예를 진열해 놓을 판매대인 셈이다.

잠시 후 석조 건물 사이로 온몸을 결박 지은 노예들이 줄줄이 나와 판매대 위로 올라오기 시작했다. 대부분 젊은 여자들이었다. 거의 1백 명가량이 한꺼번에 올라오자 단이 꽉 차고 만다. 잠시 후 간사해 보이는 중년인이 마법사를 대동하고 단상으로 올라왔다.

"지금부터 노예 매매를 시작하겠습니다. 절차는 다들 잘 아시리라 보고 바로 시작하겠습니다."

옆에서 마법사가 증폭 마법으로 목소리를 확장시켜 준다. 경매는 일사천리로 진행되었다. 노예 하나를 앞에 내세우면 구매자들이 일제히 손을 들고 손가락을 편다. 손가락 하나를 펴면 1골드라는 소리였다. 사회자는 손가락을 제일 많이 편 사람을 지적한다.

"2골드 나왔습니다. 더 부르실 분 없습니까?"

그렇게 한 번 확인한다. 그럼 미처 결정하지 못한 사람은 재차 도전해 다시 손을 들고 손가락을 원하는 수만큼 편다. 하지만 세 번째까지 가는 경우는 거의 없었다. 아니, 두 번째도 드물다. 이곳에 모인 노예상들은 전부 베테랑이어서 처음 경쟁에서 거의 결판이 나는 경우가 대부분이다.

노예상들로만 보면 매우 활기 차고 생명력이 넘친다. 하지만 노예로 팔려 나온 여자들은 판매자들이 포장을 위해 마련한 좋은 옷들을 입고 있었지만 활력을 잃고 있다. 생에 대한 체념과 절망으로 안색이 무미건조하기 그지없다.

이렇게 분위기가 무르익고 있을 때 리온 광장을 향해 뻗은 대로를 따라 일단의 기마대가 달려오고 있었다. 바로 라모가 안배한 복안이었다. 빅투를 소환하고 페넬을 영주가 거주하는 성으로 보낸 이유이기도 했다. 그리고 다른 사람은 전혀 듣지 못했지만 라모는 예민한 귀로 석조 건물 안에서 울려 퍼지는 검 부딪는 음향과 비명 소리를 들을 수 있었다. 피야트가 노예 감옥을 습격하는 소리였다. 라모는 비로소 행동할 시기가 되었음을 알고 몸을 일으켰다.

달려오는 기마 병사들은 스펠타크 영주 휘하의 기사단이었다. 역시 예상대로였다. 스펠타크의 영주가 노예 시장에 은밀히 가입했든 그렇지 않든 현 상황에서는 발을 뺄 수밖에 없었다.

왜냐하면 이미 라모가 빅투를 통해 도란 제국 황제를 설득해 노예 시장 토벌령에 대한 전권을 위임받아 놓고 있었던 때문이다. 도란 제국 황제야 빅투에게 전교를 내렸지만, 빅투는 다시 라모에게 일임했으니 라모가 실적적인 이곳의 책임자나 마찬가지였다.

황제의 지엄한 명령은 지상 과제다. 아무리 황족이라 하더라도 황제의 명을 거역하고서는 도란 제국에서 살아갈 수 없다.

라모는 달려오는 기사단의 선두에 빅투와 페넬이 말을 타고 달려오는 모습을 보았다. 기병은 모두 1천 기가 넘어 보였다.

"페넬! 우선 주변의 용병들부터 처리해라!"

라모는 전음을 날려 페넬에게 이후의 행동 지침을 간략하게 내렸다. 페넬이 마상에서 빅투에게 말을 건네는 모습이 보였고, 곧 기병들이 두 갈래로 갈라지며 리온 광장 전체를 포위하기 시작했다. 기병들이 크게 원을 그리며 포위해 오자 용병들은 당황했다. 평소 긴밀한 협조 체제를 유지해 오던 병사들이었다. 때문에 대항해야 할지 말아야 할지 갈피를 잡지 못하고 우물거렸다. 반대로 병사들은 이곳으로 출발하면서 빅투로부터 위협을 받았다.

"스펠타크는 도란 제국의 수치다. 고로 너희들 또한 도란 제국 병사들의 수치다. 명예를 회복하고 싶으면 너희의 손으로 노예 시장을 토벌해라. 황제께서도 지켜보고 계시다. 부디 최선을 다해 오명을 벗어라."

스펠타크의 기사들과 병사들은 그렇지 않아도 부끄러워하던 차에 황제까지 거론하자 이번 일이 단순하게 끝나지 않을 것을 알았다. 적어도 노예 시장 토벌에 이어 권력 이동까지 이루어질 것을 알았다. 때문에 자신들이 살아남을 길은 이번에 공을 세워 두각을 나타내는 수밖에 없다는 걸 짐작했다.

"이거 뭐야?"

"병사들이 왜 우리를 잡으려는 거지?"

노예상들과 호위 용병들은 병사들이 접근해 오자 어찌해야 할지 몰라 망설였다. 일부는 검을 빼 들고 병사들에게 대항하는 자들도 나왔다. 여기저기서 검 부딪는 소리가 들리며 소란스러워졌다. 그러나 다수의 용병들은 검조차 빼 들지 않고 순순히 병사들에게 잡혀주었다.

그렇게 일이 진행되어 나가자 라모는 라도와 아헬에게 명령을 내렸다.

"라도! 그리고 아헬이라고 했던가? 너희 둘은 저기 보이는 노예상들을 모조리 포박해라. 반항하는 자는 목을 베어도 좋다."

라모는 단상 뒤에 거만하게 앉아 있는 30여 명의 노예상들을 가리켰다. 아헬은 자신까지 부하 대하듯 하자 라모를 흘겨보았으나 반박하지는 않았다. 라도와 아헬은 판매자인 노예상들을 향해 달려갔다. 그제야 라모는 노예 구매를 위해 그룬디아 대륙 전역에서 몰려든 노예 거간꾼들을 향해 돌아섰다. 그리고 목소리에 진기를 담아 외쳤다.

"그 자리에 얌전히 앉아 있어라. 움직이는 놈은 바로 지옥으로 보내주겠다."

그러나 노예상과 수행원의 숫자는 무려 600여 명에 이르렀다. 돌아가는 사태를 보아하니 이곳에 남아 있어봤자 좋은 꼴을 바랄 수는 없어 보였다. 노예상들은 일제히 자리를 박차고 일어나 수행원들을 찾았다. 라모를 완전히 무시한 처사였다.

하지만 곧바로 라모의 징계가 이루어졌다. 라모는 왼손을 들어 노예상들과 그들의 수행원을 향해 흔들었다. 라모의 소매 안에서 블랙암이 쏟아져 날아갔다.

"으악!"

"내 다리!"

노예상들의 전열이 우르르 무너졌다. 바로 블랙암이 그들의 다리 관절에 위치한 주요 혈도를 적중시킨 때문이었다. 혈도의 제압은 다리를 마비시켜 운신을 어렵게 할 뿐 아니라 무서운 통증을 유발시켰다. 그러나 노예상들은 상황을 제대로 이해하지 못했다. 라모의 엄포와 무력시위에도 불구하고 다투어 도망가기 시작했다. 우리에 갇혔던 가축이 본격적으로 탈출을 시도하는 형국이었다. 라모는 앞으로 걸어나갔다. 이제 말로 중단시킬 사태가 아님을 깨달았다. 라모는 왼손을 연신 흔들며 노예상들 사이를 누볐다.

"아이고!"

블랙암에 적중된 노예상들은 예외없이 비명을 지르며 제자리에 주저앉았다. 호위 무사들로 보이는 수행원들은 허리에 걸린 검을 빼 들어 라모에게 대항하고자 했으나 예외가 될 수 없었다. 라모의 블랙암이 가리지 않고 날아가 수행원들의 다리 관절에 적중되자 검을 떨어뜨리며 비명을 질러댔다. 리온 광장 중앙이 워낙 소란스러워지자 대치 중이던 용병과 병사들까지 돌아볼 정도였다.

상황은 거의 종국을 향해 치닫고 있었다. 라도와 아헬도 실력을 발휘해 가고 있었다. 라도는 바이올레이드의 칼등으로 목을 내려쳐 기절시켰다. 아헬은 파이어 볼과 아이스에로우를 적절히 배분해 도망가는 노예상들을 향해 날렸다. 덕분에 아헬에게 걸린 노예상들은 등에 구멍이 뚫리거나 심한 화상을 당하였다. 아헬은 생전 처음 마법으로 사람을 상해하자 스스로 놀라 안색이 창백해진 상태였다. 그때 다시 후면에서 함성이 들렸다.

"와!"

라모가 뒤돌아보니 또 다른 용병 1천 명가량이 달려오고 있었다. 특히 그들 가운데 선두의 인물 두 명이 돋보였다.

"부르델 용병대는 들어라! 순순히 잡혀주지 말고 대항해라. 살아남기 위해 검을 들어라!"

선두의 두 인물 중 시미터 두 자루를 양손에 들고 있는 자가 고함을 질렀다. 그러자 병사들에게 제압돼 가던 용병들 대다수가 반항하기 시작했다. 잡힌 자들은 몸부림쳤고, 아직 잡히지 않은 자들은 검을 빼 들며 본격적으로 대항하기 시작했다. 그것이 살상을 자제하고 포박 위주로 나가던 병사들을 자극했다.

"죽어라!"

누군가가 외치며 검을 들어 용병의 머리를 내려쳤다. 검을 맞은 용병은 대번 머리가 쪼개지며 붉은 선혈을 뿜어냈다. 이것이 도화선이 되었다. 용병들과 병사들 간에 선혈이 난무하는 혈전이 벌어졌다. 지켜보던 라모는 가슴속에서 불끈 분노가 솟구쳤다. 새로이 나타난 용병들로 인해 별다른 상해 없이도 끝날 이번 사태가 대 혈겁으로 이어지고 있었기 때문이다.

막상 접전이 벌어지자 병사들을 이끌고 나타난 빅투와 7써클의 마법사 페넬의 활약이 돋보였다. 빅투는 검강을 발해 용병들 사이를 누볐고, 페넬은 실드를 친 상태에서 순간적으로 마법을 선보였다. 페넬을 중심으로 사방이 움푹 파이며 달려들던 용병이 무더기로 쓰러졌다. 라모 또한 지켜보고 있을 수만은 없었다. 신법을 발해 달려가서는 용병들 사이로 파고들었다. 라모는 다만 금나술을 이용해 팔다리를 꺾어 용병들의 무력을 무력화시켰다. 그러던 중 라모는 용병대장으로 보이는 두 명의 인물과 맞부딪쳤다. 바로 쌍검의 달인 이케로스와 블랙암의 대가 포울센이었다.

"이놈!"

포울센은 라모를 발견하자 대뜸 블랙암을 던졌다. 또 이케로스는 쌍검을 휘두르며 달려들었다. 라모는 미간을 향해 날아오는 블랙암을 낚아챘다. 라모의 왼손 검지와 중지 사이에 블랙암이 하나 걸려 있다. 은빛으로 반짝이는 물고기 형의 비수다. 번데기 앞에서 주름을 잡아도 유분수지⋯⋯. 라모는 속으로 절로 코웃음이 나왔다. 라모가 바로 블랙암을 되갚아주려는 찰나 시미터 두 자루가 라모를 노리고 달려들었다.

챙—

라모는 손가락 두 개로 포울센의 블랙암을 들어 시미터를 연속해서 가로막았다. 이케로스는 자신의 시미터를 막은 물건이 블랙암이라는 걸 알자 기가 막혔다. 이케로스의 실력은 기사로 치자면 상급의 그래듀에이트였다. 검기를 발하는 자신의 검을 손바닥만한 블랙암으로, 그것도 손가락에 낀 상태로 막아내다니⋯⋯. 상대의 실력을 믿을 수 없을 지경이었다.

라모가 물고기 형의 블랙암을 들고 이케로스에게 달려들었다. 이케로스의 쌍검 또한 눈부시게 휘저어졌다. 웬만한 기사라면 상대할 수 없으리만큼 현란한 검술이었다. 하지만 라모는 웬만한 기사가 아니었다. 라모를 만난 이케로스의 비극이었다. 라모는 이케로스가 휘두르는 시미터의 간극을 간파하고 블랙암으로 연속해 검면을 찔렀다.

챙그랑—

왼손의 시미터는 어이없게 날아가 버리고, 오른손의 시미터는 중동이 댕강 잘려 나갔다. 이어 라모는 이케로스에게 달려들며 마혈을 제압해 버렸다. 눈으로 보고도 믿을 수 없는 재빠른 동작이었다. 그것이 라모가 자랑하는 환영보임을 알 수 있을 리 만무했다. 이케로스는 마혈을 찔리는 순간 온몸이 찌릿하더니 도저히 몸을 움직일 수가 없었다. 라모가 이케로스와 상대하는 순간 포울센의 던진 블랙암 두 개가 뒤통수를 노리고 날아왔다. 라모의 신형이 빙글 돌아서며 손을 들자 블랙암 두 개가 다시 라모의 손가락 사이에 끼어들고 말았다. 블랙암을 던진 포울센이나 몸이 마비된 이케로스는 심장이 덜컥 내려앉는 충격을 맛보았다. 상대하는 자는 인간이 아니었다. 스펠타크에서 무적을 구가하던 자신들이 너무도 무기력하게 당하고 있다.

마치 미끄러지듯 상상을 초월한 속력으로 달려오는 모습과 블랙암을 방어하며 몸을 회전시키는 귀신 곡할 정도의 몸놀림이라니⋯⋯. 더군다나 블랙암으로 시미터를 퉁겨낸 쾌속성은 지금까지 어디에서도 본 적이 없는 실력이었다. 이어 포울센 또한 상대가 손가락을 들어 자신을 가리키자 허리가 마비되는 걸 느꼈다. 반항하고 자시고 할 시간도 없는 너무나 환상적인 솜씨였다.

라모는 두 사람을 제압한 연후 다시 용병들 사이로 파고들었다. 비록 동원된 병력이 용병들의 수에 미치지 못했지만 대신 라모와 빅투, 페넬의 활약이 눈부셨다. 세 사람이 지나는 자리에는 용병들이 짚더미처럼 쓰러져 갔다. 라모나 페넬이 생포에 주력한 반면 빅투에게 걸린 자들은 예외없이 목이 잘리고 심장에 구멍이 뚫렸다. 때문에 얼마 지나지 않아서 있는 용병들의 수가 눈에 띄게 줄어들며 상황이 종료됐다.

병사들은 용병들을 제압하자 석조 건물을 향해 달려갔다. 그리고 글로스타의 부대장들과 협력해 노예로 잡혀온 사람들을 구출해 광장으로 인도해 나왔다. 그 수가 무려 1천 명을 넘어서는 걸 보고 라모는 어이가 없었다. 이런 대규모 만행이 저질러지는 동안 스펠타크의 영주는 자기 잇속만을 챙겨왔을 것이 아닌가? 또한 도란 제국은 무엇을 하고 있었단 말인가? 라모는 입 안이 씁쓸해졌다.

"라모 경! 그대를 보기 부끄럽구려. 우리 도란 제국에 이런 천인공노할 노예 시장이 있음을 알면서도 여지껏 나 몰라라 했으니……. 황제께서 라모 경에게 스펠타크 영주의 생사 여탈권을 주셨소. 스펠타크 영주가 노예 시장에 개입한 정황이 명백하다면 목을 잘라도 무방하다고 하셨습니다."

병사들이 용병들을 결박 짓는 일이 마무리되자 그제야 라모에게 다가온 빅투가 고개를 숙이며 도란 제국 황제의 전언을 고한다. 도란 제국 국민의 한 사람인 빅투는 마치 자신이 노예 매매를 자행한 듯 부끄러움으로 얼굴을 붉히고 있었다.

"빅투 단장! 그렇게 말해 주니 고맙소. 그리고 황제께서 이 라모를 믿어주니 감사할 따름이오. 일단은 이곳의 상황을 마무리 지은 뒤 스펠타크 영주를 만나기로 하겠소."

라모는 병사들을 불러 이케로스와 포울센을 데려오도록 명했다. 그즈음에는 라도와 아헬을 비롯한 평민 기사와 글로스타의 부대장들도 모두 라모의 뒤에 시립해 있었다. 병사들이 곧 이케로스와 포울센을 대령했다. 혈도가 짚혀 온몸이 마비된 덕택에 병사들이 두 명씩 붙어 짐짝 나르듯 들고 왔다. 땅바닥에 패대기쳐진 두 사람의 눈은 분노로 훨훨 타올랐다.

"너희들의 눈을 보니 승복하지 못하겠다는 표정이구나. 너희는 우리가 노예 시장을 토벌한 것에 대해 불만이냐? 노예상들은 죄상을 밝힌 연후 재산을 몰수하고 목을 벨 것이다. 그 이전에 나는 너희들을 제일 먼저 참하기로 했다. 왜냐하면 너희 두 놈은 노예 시장이 유지되는 무력을 제공한 정황이 명백해 더 조사할 것도 없다. 마지막으로 남길 말은 없느냐?"

라모의 말에 몸의 마비된 탓에 고개도 들지 못한 이케로스가 눈을 치뜨며 외쳤다.

"죽는 것으로 우리를 위협할 수 없다. 이까짓 노예 시장 따위는 어떻게 되든 상관없다. 우리 부르델 용병대가 해체되는 것도 가슴 아플 것 없다. 하지만 내 동생 쿠로를 죽였으니 내가 죽어 영혼만 남는다 하더라도 반드시 복수하겠다."

라모는 이케로스의 억지에 혀를 찼다.

사실 이케로스, 쿠로, 포울센은 의형제였다. 젊은 시절 도란 제국 전역을 돌며 용병 일을 하던 세 사람은 우연히 만나 의기투합해 항상 같이 다녔다. 그러다 스펠타크에 오게 되었고, 세 사람은 합심해 전임 용병대장을 밀어내고 부르델 용병대를 장악했다. 그로부터 10년간이나 세 사람은 거칠 것 없이 살아왔다. 적어도 이곳 스펠타크에서는 영주도 무시하지 못할 절대적인 권력을 누려왔다.

세 사람은 비록 돈을 벌어들이는 데 혈안이 돼 있었고, 노예 매매 시장의 호위대를 자처하며 비난을 받아왔지만 적어도 의리 하나는 철저히 지켜왔다. 의리는 형제애로 발전했고, 흉악한 생활 속에서도 그나마 한줄기 지켜야 할 선의로 여겨왔다. 일평생의 보람이 한순간 무너졌으니 이케로스는 진정으로 쿠로의 죽음을 슬퍼했다.

라모는 그런 이케로스의 심정을 타심통으로 읽고 동정심이 일었다. 그러나 동정으로 그동안의 죄과를 덮어줄 수는 없었다.

"데려가서 목을 베어라."

포울센이 억울하다는 듯 괴성을 질렀다.

"으아아아아아아!!"

병사들이 곧 두 사람을 끌고 사라졌다. 대충 장내가 정리되자 라모는 병사들을 시켜 노예상들로부터 압수한 금화를 지불한 후 노예들을 돌려보내도록 조처했다. 노예로 잡혀온 사람들은 자신들의 손바닥 위로 올려진 금화와 포승이 풀려진 자유로운 몸을 둘러보며 감격의 눈물을 흘렸다.

"이 은혜는 죽을 때까지 잊지 않겠습니다."

대부분이 부녀자인 노예들은 라모의 발 앞에 엎드려 머리를 조아려 감사를 표한 후 각자 제 갈 길로 흩어졌다.

그 후 라모 일행은 빅투와 함께 스펠타크 성으로 향했다. 이제 몸통은 처리했으니 머리를 자를 차례였다.

"본인 또한 우리 스펠타크에서 자행되는 노예 매매를 근절시키기 위해 그동안 여러 번이나 토벌을 시도했소. 하지만 자체 병력만으로는 역부족이었소. 영명하신 황제 폐하의 이름을 욕되게 하였으니 뵐 면목이 없소."

스펠타크 성내에서 만난 코스타 영주는 입에 침도 바르지 않고 줄줄 거짓말을 늘어놓았다. 비록 얼굴에 슬픈 표정을 짓고 있었지만 적어도 이곳에 모인 사람들 가운데 진위를 모르는 사람은 없었다. 영주의 결단만 있었다면 어찌 스펠타크에서 노예 시장이 번성할 수 있단 말인가? 이는 적어도 영주가 동조하거나 묵인하지 않고는 불가능하다.

지금 40대의 영주는 근엄한 얼굴로 자신의 집무실 의자에 앉아 있었다. 그 맞은편에 라모와 빅투를 비롯한 라도와 아헬이 서서 대치하고 있었다. 글로스타의 부대장들과 평민 기사들은 지금 스펠타크 성을 발칵 뒤집어놓으며 수색을 하는 중이다. 영주가 노예상들과 손잡은 증거를 확보하기 위해서다. 물론 이미 노예상들로부터 매달 영주에게 뇌물을 받쳤다는 증언을 확보한 상태였다. 하지만 영주는 완강히 자신의 죄과를 부인했다. 자신은 추호도 그런 일을 벌이지 않았다고 강변한다. 한 나라의 황족을 증거도 없이 옭아맬 수는 없었다. 노예상들이 자신을 모함한다고 오히려 삿대질이다.

"영주께서는 상황이 이렇게 진척되었는데도 여전히 발뺌을 하겠다는 거요? 순순히 털어놓는다면 황족이라는 체면을 생각해서 정상을 참작하겠소."

라모가 으름장을 놓았지만 소용이 없었다.

"그대는 호른 제국의 인물로 알고 있다. 왜 도란 제국의 일에 간섭을 하는 것이냐? 설령 내가 죄를 지었다 하더라도 오직 한 분 황제 폐하만이 나를 벌 줄 수 있다. 주제넘게 나서지 마라."

라모는 지금까지 그의 신분을 감안해 예의로 대했으나, 지금의 말에는 분노를 참을 수 없었다. 라모는 영주에게 다가가 멱살을 거머쥐었다.

"이 더러운 영주 놈아! 내가 왜 간섭을 하느냐고? 노예로 잡아온 여인들은 그룬디아 대륙 전역에서 그들의 가족들로부터 어머니요, 누이요, 여동생이다. 넌 그룬디아 대륙의 평화를 깨고 가정을 파괴했다. 네놈이 두 번 죽어도 그 죄과를 다 갚을 수 없다. 뻔뻔스러운 놈!"

라모는 코스타 영주를 번쩍 치켜들어 집무실 한 켠으로 던져 버렸다. 영주가 바닥에 곤두박질치며 '어이쿠' 하고 비명을 질렀다. 빅투가 차마 볼 수 없었던지 고개를 돌려 외면했다. 영주는 한동안 충격에 꿈쩍도 못하고 있더니 버둥거리며 간신히 기어서 자신의 의자로 돌아가 앉았다.

사실 영주는 처음 빅투와 페넬이 방문했을 때 가능하면 죽여 입을 봉할 심산이었다. 그러나 온 사람은 도란 제국 제일의 기사로 소문난 빅투 근위 기사단장이라는 점이 맘에 걸렸다. 또 동반한 마법사 또한 예사롭지 않은 기운을 흘려 엄두가 나지 않았다. 이제 다시 라모의 신위를 보고 나니 그나마 자신이 자중하길 잘했다는 생각이 든다. 어쨌든 지금은 자신 일생의 최대 위기 상황이었다. 어떻게든 모면할 길을 찾아야 한다고 생각했다. 코스타 영주는 이제 완전히 기세가 꺾인 목소리로 입을 열었다.

"아무리 나를 핍박해 봐야 나는 죄가 없다. 죄라면 능력이 부족하여 노예 시장을 토벌하지 못한 점이다. 무능력도 죄라고 한다면 기꺼이 감수하겠다."

코스타 영주는 라모의 무력이 무서워 감히 눈을 마주치지 못하고 아래를 내려다보면서도 할 말은 또박또박 해댄다.

그때 피야트 단장이 집무실로 들어섰다. 수색을 시작한 지 두 시간이 넘어가고 있었다.

"영주님! 아직까지 별다른 단서를 발견하지 못했습니다. 모든 방을 열고 수색을 하였으며, 시종과 하녀들을 족쳐 보았지만 증거는 없었습니다."

이어 페넬이 들어왔다.

"마법이 걸린 방과 물건을 중점적으로 조사해 보았습니다. 영주 침실에서 록 마법이 걸린 밀실을 발견했는데 다만 엄청난 액수의 보석과 황금을 발견하였을 뿐입니다.”

피야트와 페넬의 보고에 라모는 미간을 찌푸렸다. 분명 증거가 있을 것이다. 보석과 황금은 증거가 될 수 없다. 라모는 혹시 하고 진기를 흘려 집무실 곳곳을 조사해 보았다. 마법의 흔적은 보이지 않았다. 그렇다면 어디에다 숨겼을까? 라모와 일행들이 고민하는 동안 아헬이 코스타 영주를 쳐다보며 고개를 갸웃거렸다. 라도가 왜 그러냐고 묻자 아헬은 갑자기 손뼉을 쳤다.

“이제 알겠어요. 영주께서 앉은 의자의 바닥을 조사해 보세요.”

아헬의 말에 코스타 영주의 안색이 노랗게 변했다. 피야트가 얼른 다가가 영주를 의자에서 끌어내렸다. 그 후 의자를 들어 올리려 하였다. 그런데 의자는 붙박이였다. 의자 다리와 바닥이 붙어 있었다. 바닥은 평범한 목재로 만들었다. 피야트가 의자를 밀어보기도 하고 옆으로 쓰러뜨리려 했지만 요지부동이다.

그때 다시 아헬이 나섰다. 아헬은 의자로 다가가 손잡이 밑을 조사하더니 교묘하게 감춰진 줄을 잡아당겼다.

찰칵—

무언가 열리는 소리가 났다. 그 후 아헬이 의자를 뒤로 밀자 젖혀지며 마룻바닥에 작은 공간이 생겨났다. 아헬은 다시 손뼉을 치며 즐거워했다.

“역시 내 예상이 맞았어.”

피야트가 작은 공간에서 책 한 권을 꺼내왔다. 코스타 영주는 책이 발견되자 신형을 비틀거리며 금방이라도 쓰러질 듯했다. 라모는 피야트로부터 책을 건네받아 펼쳐 보았다. 이름과 날짜와 금액이 일목요연하게 쓰여져 있다. 시종들과 용병들을 추궁한 결과 뇌물을 받친 노예 상들의 이름과 금액이었다. 필체 또한 분명 코스타 영주의 것이었다. 이로써 완벽한 증거를 확보하게 되었다.

"라모 경! 코스타 영주는 명색이 도란 제국의 황족이오. 여기서 즉 결 처분하기는 곤란한 점이 있소이다. 황제께서는 제게 코스타 영주를 압송해 오라는 명을 내렸소이다. 허락한다면 황성으로 데려가고 싶은 데……. 물론 노예상들은 전적으로 라모 경의 처분에 맡기겠소이다."

라모는 빅투에 말에 잠시 생각하다가 입을 열었다.

"빅투 단장! 황궁으로 코스타 영주를 압송하겠다니 나도 수락하겠 소. 하지만 저자는 반드시 죽어야 할 죄를 지었소. 부디 황제께 진상을 명백히 설명하여 응분의 대가를 내리도록 조처해 주길 바라겠소."

빅투는 라모의 단호한 눈빛과 어투를 듣고는 마음이 무거워졌다. 황 제에게로 간다면 자칫 감옥형으로 끝날 공산이 있었다. 그러나 그것을 용납할 라모가 아니었다. 자칫 호른 제국과 도란 제국의 갈등으로 비 화한다면 누가 뒷감당을 할 것인가. 빅투는 황제가 원망스러워질 지경 이다. 어떻게든 코스타의 목을 떨구어야 후환이 없다는 걸 자각했다.

라도는 대견한 눈빛으로 아헬을 바라보았다.

"어떻게 저곳에 장부가 숨겨져 있다는 걸 알았지요?"

라도는 낮게 물었지만 마침 모든 사람들이 그 점이 궁금했던지라 일 제히 눈길을 아헬에게 던졌다. 좌중의 시선을 받자 아헬은 약간 낯을 붉혔다.

"별것 아니에요. 코스타 영주가 바닥에 패대기쳐진 연후 기어서라도 의자에 앉으려 발버둥 치는 걸 보고 대충 그 의자에 무슨 사연이 있음 을 짐작했지요. 그리고… 사실 저희 아버님도 귀중품을 꼭 저렇게 숨

기시거든요."

아헬이 혀를 쏙 내밀며 결론을 말하자 모여 있던 사람들은 폭소를 터뜨렸다. 하지만 아헬의 예리한 관찰력과 추리력은 라모조차 인정하지 않을 수 없었다. 진작 영주가 의자를 벗어나지 않으려는 의도를 짐작했어야 했다.

드디어 대미를 장식하게 되었구나 하고 모두들 생각할 즈음 병사 한 명이 달려들어 와 무릎을 꿇고 보고해 왔다.

"리온 광장에 위치한 석조 건물 외곽의 지하에서 1백 명에 달하는 이종족을 발견했습니다. 엘프와 드워프가 다수였고, 수인족이 일부 포함돼 있습니다."

병사의 보고에 라도와 아헬이 두 눈을 반짝였다. 둘 다 호기심이 한창 승할 때였고, 이종족은 현재 그룬디아 대륙에서는 좀체 보기 어려웠다. 의외의 보고에 라모는 빅투에게 코스타 영주를 일임하고 일행을 데리고 다시 리온 광장으로 향했다. 광장에는 아직까지 병사들이 다수 포진해 있다. 그곳에서 라모는 다시 뜻밖의 보고를 받았다.

"용병대장 이케로스와 포울센이 탈출했습니다. 그들을 포박해 참수하려던 병사 10여 명이 시체로 발견됐습니다. 누군가 외부에서 조력자가 나타난 듯합니다."

라모는 리온 광장에서 이종족을 만나 면담을 하면서 사태가 심각함을 깨달았다.

"이 그룬디아 대륙은 인간들만이 사는 곳이 아니요. 인간들은 자신 외에는 모든 종족을 발 아래 두고 싶어합니다. 이건 신의 뜻을 거역하는 행위요."

자연과 조화를 이루며 살아가는 엘프의 항변은 이색적이라 하지 않을 수 없었다. 화를 낼 줄 모르던 종족이 지금 화를 참지 못하고 있다.

"우리를 노예로 삼아 무구를 만들고 보석을 깎게 하였소. 인간들은 그룬디아 대륙의 기생충이오. 우린 인간들과 죽기로 싸울 것이오."

작은 키의 드워프도 입에 거품을 물고 항의한다. 수인족의 상태는 더욱 비참했다. 반항하지 못하도록 손톱을 모조리 뽑아버리고, 다리의 힘줄을 잘라 버린 상태였다. 몇 안 되는 수인족은 모조리 불구가 되었다. 다만 그들은 형언할 수 없는 분노로 이빨을 드러내며 인간에 대한 적대감을 감추지 않았다.

라모는 그제야 아르나가 스펠타크에 가면 절로 네 번째 신탁을 알 수 있으리라는 장담을 떠올렸다. 바로 이종족의 영역을 보호하라는 레아 신의 뜻을 깨달았다. 또한 라모는 면담 과정에서 지금 가마라 산을 중심으로 인간 사냥꾼들이 이종족 생포에 혈안이 돼 있다는 사실을 알았다. 돈으로 따진다면 엘프나 드워프는 인간보다 몇 배의 값어치가 있었다. 라모는 자신의 임무를 상기했다. 일단은 사냥꾼들을 모조리 발본색원함과 아울러 이후로는 인간들이 이종족의 영역으로 들어가지 못하도록 단단히 조처해야겠다고 결심했다.

라모가 신탁의 이행을 떠올리는 동안 가마라 산을 중심으로 더욱 전진해 나가던 사냥꾼들은 이미 지옥을 경험하고 있었다.

가마라 산에서 50킬로미터 더 깊숙이 미개척지로 나아가던 사냥꾼 헤르만은 숲의 고요한 동정에 발을 멈추었다. 헤르만은 뒤를 따르는 동료를 향해 손을 들어 올렸다. 10명의 사냥꾼들이 일제히 발을 멈추고 제자리에 앉았다. 동료 중 한 명이 앉은걸음으로 다가왔다.

"헤르만, 무슨 일이야?"

헤르만은 울창한 숲 속을 노려보았다.

"전면에 뭔가 있어. 엘프라면 좋겠군. 이봐! 대원들을 우회시켜 포위해. 잘하면 여기서 한 건 하겠군."

헤르만은 득의의 웃음을 흘렸다. 그동안 이종족 사냥으로 쏠쏠한 재미를 보았다. 원래 용병이었던 헤르만은 일확천금을 노리고 사냥꾼이 되었다. 그의 결단은 시기적절해 이제 한 번만 더 이종족을 생포하고 나면 손을 털고 고향으로 돌아갈 예정이었다. 그동안 벌어들인 돈이 20골드에 달했다. 이 돈이면 고향에 돌아가 떵떵거리며 살 수 있을 것이다. 헤르만의 지시에 따라 사냥꾼들이 숲을 우회해 가기 시작했다. 사냥꾼들의 기본 무장은 롱 보우와 검, 밧줄이 전부였다. 거의 밑천이 안 드는 장사였다.

절반은 롱 보우에 화살을 건 상태로, 나머지 반은 검을 빼 들고 일제히 숲으로 뛰어들었다. 그러나 사냥꾼들이 발견한 건 이종족이 아니라 사람이었다.

"이놈은 뭐야?"

헤르만은 숲 속에 서 있는 존재를 바라보며 실망스런 표정으로 쳐들었던 검을 내렸다. 헤르만의 눈앞에는 보통 체격에 녹색의 머리를 한 미남이 서 있다. 귀를 보니 절대 엘프는 아니었다. 다른 사냥꾼들도 목표를 노렸던 롱 보우를 내렸다.

"크크크! 어리석은 인간들이 감히 내 영역을 침범해 분탕질을 해? 이케로스! 포울센!"

녹색의 머리가 나직히 분노의 목소리를 터뜨릴 때에야 헤르만은 눈앞의 인물이 위험한 자라는 걸 인식했다. 녹색의 머리 뒤쪽으로 두 사람이 나타나는 걸 본 헤르만은 그런 위기감이 더욱 짙어졌다. 새로 나타난 자들 중 한 명은 새것으로 보이는 시미터를 양쪽 허리에 차고 있었고, 다른 한 명은 넓은 허리띠를 죽 돌아가며 블랙암이 꽂혀 있다. 평범한 자들이 아님을 알 수 있었다. 헤르만이 사냥꾼들에게 경고성을 발하기도 전에 녹색 머리가 손을 들어 자신들을 가리켰다.

"한 놈도 남기지 말고 모조리 죽여라!"

명령이 떨어지자마자 이케로스는 시미터를 뽑아 들었고, 포울센의 손은 허리띠를 스쳤다.

"조심해!"

뒤늦게 헤르만은 급박하게 외치며 내렸던 검을 들어 올렸다. 그러나 한발 늦었다. 은빛이 눈앞에 번쩍하더니 엄청난 통증과 함께 세상이 캄캄해졌다. 포울센이 무리의 우두머리인 듯한 헤르만의 이마에 블랙암을 박아 넣었던 것이다.

"으악!"

비명이 터짐과 동시에 이케로스가 쌍 검을 들어 쳐들어 가며 먼저 롱 보우를 든 인물들부터 주살하기 시작했다. 사냥꾼들이 엉거주춤 롱 보우를 들어 막았으나 시위줄과 함께 목이 잘렸다. 이케로스의 양손에 들린 시미터가 현란한 춤을 추었다. 검을 든 사냥꾼들이 달려들었지만 이케로스의 상대가 아니었다. 사냥꾼들의 검을 왼손의 시미터로 막는 순간 오른손의 시미터가 목을 훑고 지나갔다. 동작 또한 사냥꾼들보다 훨씬 빨라 옆에서 검을 내려치면 이미 이케로스는 지나친 후다. 외곽에서 롱 보우를 들어 올리던 사냥꾼들은 오히려 포울센의 블랙암에 의해 사냥당했다. 순식간에 11명에 이르는 사냥꾼들이 전멸해 버리고 말았다.

검은 머리의 미남은 목을 베느라 온몸에 선혈을 뒤집어쓴 이케로스와 자신이 던진 블랙암을 회수하는 포울센을 보며 나직히 읊조렸다.

"이곳에 들어온 자들은 한 놈도 살려두지 않을 테다. 감히 나 제네모스가 1,000년간 휴면하는 동안 인간들이 날뛰다니… 이것들을 어떻게 요절을 내줄까."

제네모스는 인간들이 '마야바'라 지명한 미개척지의 주인 중 한 명이었다. 광대한 골짜기라는 뜻의 마야바에는 모두 7마리의 드래곤이 살고 있었다. 제네모스는 그중 인간들의 영역과 가장 가까운 곳에 레어가 위치해 있었다. 드래곤 가운데서는 그래도 순한 편에 속하는 그린 드래곤 제네모스는 이번만큼은 너무 화가 났다. 잠들기 전만 해도 이곳은 인간들이 접근하지 못하는 오지 중 하나였다. 그만큼 조용하고 고즈넉한 장소였다. 그런데 천 년 만에 깨어나 보니 주변은 온통 더럽혀졌고, 인간들의 난입으로 귀가 따가울 정도였다. 신성한 영역은 더 이상 권위를 세울 수 없을 만큼 혼란해 있었다. 몬스터들이 죽어 나가고, 엘프와 드워프 등 자신의 충실한 종들이 재난을 피해 더욱 깊은 숲으로 피난을 떠나갔다. 그룬디아 대륙의 절반을 차지하던 마야바가 3분의 1로 줄어들었다. 모두 인간들이 들어오면서 생긴 현상이었다.

제네모스는 분김에 일단 자신의 영역에서 가깝고 인간들이 많이 모인 스펠타크를 멸망시켜 경고를 할 생각이었다. 그래서 텔레포트해 스펠타크에 갔다가 라모를 보았다. 라모와 병사들이 노예상들을 사로잡는 광경을 호기심에 차서 쳐다보았다. 제네모스는 라모의 신체에 깃들인 광대한 마나의 흐름을 읽고 경외감을 감추지 못했다. 제법 인간으로는 강해 보이는 이케로스와 포울센을 마치 어린아이 손목 비틀듯 제압하는 광경을 목격했다. 제네모스는 라모의 정체를 더 알고 싶어 당초의 목적을 잊고 이케로스와 포울셴을 구출해 자신의 레어로 돌아왔다. 그리고 세뇌 마법을 써서 자신의 가드로 삼았다. 그 과정에서 제네모스는 두 사람의 기억을 읽고 라모라는 자가 노예 해방을 위해 힘쓴다는 사실을 알았지만 구체적인 정체는 알 수 없어 아쉬웠다.

그러는 가운데 제네모스는 자신의 영역을 무단으로 침입한 수많은 인간들의 움직임이 재차 느껴지자 차근차근 짓밟아 나갈 결심을 했다. 그래서 이렇게 이케로스와 포울셴을 앞세워 도리어 인간들을 사냥하고 있는 중이었다. 이케로스와 포울셴의 무력은 상당해 제네모스가 나서지 않아도 20여 명 이내는 둘만으로도 너끈히 해치웠다. 사냥의 묘미는 목표물을 추적하는 동안의 긴장과 사냥감을 포착하고 화살을 날려 명중시켰을 때의 통쾌함이다. 제네모스는 갈수록 재미를 느끼기 시작하자 이제는 틈틈이 마법을 날려가며 1천 년 만의 색다른 오락에 푹 빠지고 말았다.

제네모스가 흥미진진한 얼굴로 자신의 영토를 훑고 있는 사이 라모는 이종족들을 설득해 이왕 개발된 스펠타크 외에는 마야바에 위치한 인간과 인간 마을을 모두 철수시켜 더 이상 피해를 주지 않겠다고 약속했다. 그러나 이종족들은 인간을 믿지 않았다. 라모는 할 수 없이 이종족들에게 들은 사냥꾼들을 대신 소탕해 주겠다는 약속을 하고서야 약간의 신뢰를 얻을 수 있었다. 물론 사냥꾼들을 토벌한다고 해서 모든 상황이 종료되는 건 아니다. 라모는 각 국에 압력을 가해 노예 제도를 뿌리 뽑고 가야바로 인간이 들어가지 못하도록 방비할 결심을 하였다.

라모는 빅투에게 병사 5백 명을 얻어 가마라 산이 위치한 마야바의 내지로 향했다.

"이왕 가는 김에 우리 가마라 산에 들렀다 가요. 네?"

아헬은 남자로서는 생전 처음 어렵게 느껴지는 라모에겐 차마 말하지 못하고 라도의 옆에 붙어 소근거렸다. 가마라 산이 얼마나 절경이며 산이 깊은지 일일이 설명한다. 하지만 라도는 형인 라모의 눈치를 보며 곤란한 표정을 지었다. 행군의 목적은 놀러 가는 것이 아니다. 사냥꾼들을 소탕하러 가는 중인데 어느 세월에 가마라 산을 구경한단 말인가. 정 가마라 산을 보고 싶다면 혼자 가는 수밖에 없다. 라모는 사면의 모든 소리를 듣고 있었다. 이번 스펠타크에서 세운 아헬의 공은 적지 않다. 도란 제국의 귀족인 그녀에게 돈으로 포상하기엔 적절치 않다고 생각하던 중이었다. 그래서 가능하면 다른 방향으로 보상해 주고 싶었다.

"페넬! 피야트 단장!"

라모의 부름에 즉시 두 사람이 달려왔다.

"무슨 일이십니까, 영주님?"

라모는 아헬에 대한 포상으로 안전한 가마라 산을 여행시켜 주기로 작정했음을 두 사람에게 설명한 후 호위를 부탁했다. 페넬은 곧 마법진을 그려 아헬과 라도, 피야트와 함께 가마라 산으로 공간 이동해 갔다.

가마라 산에 도착한 네 사람은 과연 듣던 대로의 산의 절경에 감탄했다. 특히 아헬은 감격에 겨워했다. 자신이 가출할 결심을 하게 만든 가마라 산이었다. 사냥꾼으로 지내다 도란 제국 수도로 돌아온 한 용병이 입에 침이 마르도록 칭찬하는 소리를 우연히 듣고 자신도 반드시 가볼 결심을 했던 곳이다.

가마라 산은 일명 삼 형제 산이라고도 부른다. 멀리서 보면 산 세 개가 늘어서 있다. 마치 형제처럼 제일 앞 산은 뒷 산에 고개를 묻은 형 상이고, 두 번째 산은 또 마지막 산에 안겨 있는 형국이다. 보기만 해도 그 앙증맞은 모습에 웃음이 나오는 산이었다. 그러나 실상 산의 초입에 이르면 삼 형제는 온데간데없고 깊고 깊은 협곡과 울창한 숲으로 둘러싸인 능선, 방문자를 굽어보는 기암괴석으로 입을 벌어지게 만든다. 산을 제대로 보려면 산 하나에 하루씩 삼 일의 여정은 가져야 대충이나마 구경할 수 있다고 소문난 산이었다.

아헬과 라도가 앞장서고 그 뒤로 페넬과 피야트가 따랐다. 아헬뿐만 아니라 다른 사람들도 모처럼 자연의 경관을 보자 마음이 푸근해지며 조여졌던 긴장이 풀려 나가는 걸 느꼈다. 그래서 미소를 짓곤 고개가 아프도록 사방을 두리번거리며 걸어 들어갔다. 네 사람은 점점 깊은 산속으로 접어들며 양쪽으로 커다란 암석이 위치한 협곡을 지나는 중이었다.

"누가 오고 있소."

미세한 기척을 느끼는 데는 마법사보다 기사가 훨씬 우수하다. 마법사야 목적을 가지고 탐지 마법을 쓰지 않는 이상 일반인과 다를 바가 없다. 피야트가 제일 먼저 인기척을 느끼고 입을 연 후 라도 또한 접근해 오는 발걸음 소리를 들었다.

잠시 후 구부러진 협곡을 따라 세 사람이 나타났다. 그중의 녹색 머리가 살기를 감추지 않은 눈으로 네 사람을 둘러본다.

"크크크! 쥐새끼들이 이곳까지 기어들어 왔군."

바로 제네모스였다. 제네모스는 사냥꾼들을 역사냥하던 중 공간을 가로질러 이동해 오는 기척을 느끼고 흔적을 추적해 가마라 산으로 온 것이다. 제네모스는 마법사로 추정되는 페넬을 잠시 바라보았다. 상대

방의 마나량과 능력을 감지하는 데는 마법사가 훨씬 뛰어나다. 마나를 전문적으로 다루는 자이니 절로 민감하다.

페넬은 제네모스의 녹색 머리와 형용할 수 없는 존재감, 그리고 눈 속에서 피어나는 광오한 기백을 보고 바로 그린 드래곤이라는 걸 짐작했다. 페넬은 머리가 어지러워졌다. 라도와 피야트는 미처 제네모스의 존재를 감지하지 못하고 다만 안하무인의 말에 크게 분노한 표정이다. 페넬은 적대감을 보이는 제네모스를 보아 자칫하면 살아남지 못하리라는 걸 알았다.

"위대하신 분께서 계신다는 걸 몰랐습니다. 저희는 다만 가마라 산의 절경을 구경하기 위해 들렀을 뿐입니다. 만약 거슬리신다면 즉각 이곳을 벗어나겠습니다."

페넬의 말에 검의 손잡이를 잡아가던 라도와 피야트는 깜짝 놀랐다. 이어 식은땀이 등줄기를 타고 흘렀다. 드래곤이라니… 생각지도 못한 존재의 출현이다.

"인간치고는 눈이 제대로 박혔구나. 하지만 이미 너희들은 나 제네모스의 분노를 샀다. 이곳에 들어온 자는 아무도 돌아갈 수 없다. 너희들은 인간치고는 제법 능력이 뛰어난 자들이군. 우선 기사들의 실력을 볼까?"

그러면서 제네모스는 오른팔을 가볍게 들었다가 앞으로 밀었다. 뒤에 시립해 있던 이케로스와 포울센이 앞으로 나섰다. 페넬은 머리 속이 하얗게 비어가는 듯했다. 그룬디아 대륙의 역사를 새로 써가고 있는 라모가 있었더라면 혹시나 살아날 가망성도 있었으나 지금은 너무나 먼 곳에 있다. 병사들의 행군 속도에 맞추어 걸어오는 라모가 이곳에 당도하려면 꼬박 하루가 걸릴 것이다. 그리고 설사 하루를 버틸 수 있다 하더라도 라모가 가마라 산에 올 가능성은 거의 희박했다. 왜냐하면 라모가 아헬과 일행을 이곳에 보낸 이유는 포상의 의미였다. 즐길 만큼 즐긴 다음 스스로 찾아오길 바라며 본래의 임무를 수행할 터이다.

이런 생각으로 페넬이 전전긍긍하는 동안 라도와 피야트가 검을 뽑아 들고 앞으로 나섰다. 아무리 드래곤이라 하더라도 목을 내밀고 죽여주기를 바랄 수는 없다. 희망없는 싸움이라 할지라도 기사의 명예를 위해 싸워야 한다고 생각했다. 더군다나 이케로스와 포울센을 보아하니 알 만한 자들이었다. 바로 스펠타크 노에 시장의 호위대 부르델 용병대의 대장들이었다. 그렇다면 죽더라도 저들을 끌고 지옥으로 가야한다.

두 사람이 앞으로 나서자 우연히도 라도는 포울센과 마주 섰다. 당연히 피야트는 이케로스를 상대하게 되었다. 제네모스는 급할 것 하나 없다는 표정으로 빙글빙글 웃어가며 네 사람을 구경하고 서 있다.

라도와 마주 선 포울센이 자세를 낮추었다. 이어 포울센의 손이 허리춤을 더듬는가 했더니 은빛 줄기가 라도의 미간을 향해 날아왔다. 경계하던 라도는 바이올레이드를 들어 이마를 가렸다.

챙—

블랙암이 바이올레이드에 튕겨 나갔다. 라도는 막긴 했으나 손발에 땀이 날 정도로 긴장하기 시작했다. 자신의 형 라모에는 미치지 못했지만 무섭도록 빨라 자신이 제대로 대응하지 못한다는 점에서 블랙암의 위력은 마찬가지로 보였다. 만약 평범한 사람이 던졌다면 라도의 실력으로 여유있게 쳐냈을 것이다. 그러나 포울센의 블랙암은 몸을 움직여 피할 시간을 주지 않았다. 다만 감각으로 짓쳐들어오는 방향만을 간신히 파악해 바이올레이드의 검면을 가져다 댄 데 불과했다. 라도는 땅에서 발을 떼지 않고 밀듯이 하며 포울센에게 다가갔다. 그러자 포울센은 거기에 맞추어 뒷걸음질치며 다시 허리춤에서 블랙암을 하나 꺼내 휘둘렀다.

라모는 얼른 검으로 이마를 가렸다. 던진 방향이 그쪽이었다. 그러나 그것은 속임수였다. 헛스윙으로 라도에게 혼란을 준 다음 정작 블랙암은 번쩍하며 허벅지로 날아왔다. 이번에도 라도는 이마를 가렸던 검을 순간적으로 내려 허벅지를 막았다.

챙—

역시 감각적으로 막아낼 수 있었다. 두 번을 무사히 막아내자 라도는 슬슬 자신감이 붙기 시작했다.

그간의 수련과 일원신공의 진기가 라도의 감각을 극대화시켜 놓고 있었다. 지금의 속도라면 얼마든지 막아낼 수 있겠다는 생각이 들었다. 라도는 좀 더 대담해져 접근해 가는 속도가 빨라지기 시작했다. 이번 싸움은 검을 휘두를 수 있는 반경 안으로 접근할 수 있느냐 마느냐가 승패를 가릴 것이라고 라도는 판단했다. 포울센 또한 옆으로 돌며 점점 몸이 빨라지기 시작했다. 아울러 블랙암을 연속으로 던지기 시작했다. 상중하로 나뉘어 날아오는 블랙암이었지만 라도는 벌써 적응해 가고 있었다.

챙! 챙! 챙!

세 번의 격타음이 들리며 블랙암이 튕겨 나갔다. 마지막 것은 검면으로 막아냈지만 앞서의 두 개는 검을 휘둘러 쳐낼 정도로 발전했다. 라도는 더욱 빠르게 포울센을 향해 접근을 시도했고, 포울센은 때로는 옆으로 또 때로는 뒤로 후퇴하며 라도와의 간격을 유지하려 애썼다.

포울센의 블랙암이 워낙 빨라 라도로서도 맘 놓고 접근할 수가 없었다. 그러니 포울센이 회피할 시간은 충분했다. 두 사람은 서로를 어찌

할 수 없어 대치 상태가 길어졌다.

그 옆으로 마주 선 피야트와 이케로스의 접전은 두 사람보다 훨씬 치열했다. 쌍검은 검술의 변칙이다. 정통 검술만을 익혀온 피야트로서는 두 자루의 시미터를 들고 있는 이케로스와 같은 용병은 상대해 본 적이 없었다. 왼손의 시미터는 세로로 세워 들고 오른손의 시미터는 가로눕혀 십자형을 만든 채 이케로스는 피야트를 노려보았다. 피야트는 양손으로 바스터드 소드의 손잡이를 잡고 중단으로 세운 채 이케로스의 시선을 맞받았다.

피야트는 5만의 병력을 책임진 글로스타의 기사단장으로서 한낱 용병 따위에게 질 수는 없다고 생각했다. 피야트는 검의 손잡이를 힘 주어 잡은 다음 직선으로 쳐들어가며 검을 내려쳤다. 이케로스가 왼손의 시미터로 바스터드 소드를 막은 다음 오른손의 시미터를 휘둘러 피야트의 목을 내려쳤다. 피야트는 시미터와 바스터드 소드가 부딪치는 탄력을 빌어 뒤로 물러났다가 오른손의 시미터가 허공을 가른 다음 재차 달려들었다.

챙! 챙! 챙! 챙! 챙!

시미터와 바스터드 소드가 연속으로 부딪쳤다. 피야트는 오랜 경험과 실전에서 단련된 실력으로 이케로스의 쌍검을 무난하게 막아냈다. 그러나 이케로스의 쌍검은 갈수록 빨라졌고 점차 쾌검의 양상으로 변해갔다. 현란한 시미터의 방어와 공격에 피야트가 조금씩 뒷걸음질치기 시작했다. 한 손이 양손을 당할 수는 없었다. 양손의 일격필살을 막아내려면 그만큼 한 손의 시미터가 밀려나는 것이 정상인데, 이케로스는 어떤 수련을 쌓았는지 전혀 밀리지 않았다. 그러니 다른 한 손의 공격이 더욱 위력을 발휘했다. 오래지 않아 피야트의 가슴받이 메일이 찢겨 나갔다. 순간적으로 시미터가 가슴을 그어버린 것이다. 다행히 살을 베이지 않았지만 금속 갑옷을 찢었다는 데에 피야트는 가슴이 내려앉았다. 그리고 보니 이케로스의 시미터에는 아지랑이 같은 검기가 맺혀 있지 않은가.

시간이 지날수록 피야트의 몸에는 잔 부상이 늘기 시작했다. 어깨의 살갗이 베어지고 시미터가 허리를 가르며 조금이나마 피를 토하게 만든다. 결정적인 타격은 아니었지만 피류의 상처가 피야트의 가슴에 멍울을 지우고 있었다. 한낱 용병에게 밀리고 있기 때문이었다. 피야트는 이를 악물고 이케로스에게 달려들었다.

네 사람이 쌍으로 대치하면서 승부가 길어지자 처음엔 흥미를 가지고 지켜보던 제네모스는 곧 싫증을 내고 페넬을 바라보았다.

"구경은 그만 하고 너도 덤벼봐라."

제네모스가 페넬에게 손가락을 오므리며 까닥거렸다. 페넬의 심중은 절망으로 아득해졌다. 자신이 이룬 7써클의 마법은 드래곤에게는 장난이나 다름없었다. 뒤처져 있던 아헬이 창백한 얼굴로 페넬에게 다가와 어깨를 나란히 했다. 그녀 또한 공포에 젖어 있음이 분명했다.

"우리 같이 싸워요. 드래곤 슬레이어는 되지 못할지언정 애원하다 죽고 싶지는 않아요."

페넬은 아헬의 당찬 얼굴을 바라보고는 자신이 어린 아가씨만도 못하다고 속으로 한탄했다. 그러자 비로소 죽음을 무릅쓴 조그마한 용기가 솟아난다.

말은 그렇게 하였으나 아헬은 내심 공포에 질려 있었다. 공포에 짓눌린 사람은 종종 공포감을 이기기 위해 위기를 자초한다.

"파이어 볼!"

아헬은 대뜸 파이어 볼을 불러내 제네모스를 향해 집어 던졌다. 페넬은 '앗' 하고 놀라운 음성을 토했다. 공격을 받을 땐 받더라도 되도록이면 동정을 살피고 최대한 드래곤의 분노를 초래하지 말아야 한다고 생각하던 페넬이었다. 드래곤에게 물려가도 정신만 차리면 산다고 하지 않던가. 그런데 아헬이 파이어 볼을 던지면서 페넬의 의도는 물거품이 되었다. 역시 아헬은 아직 어린 아가씨였다. 이렇게 된 이상 이제 죽기 살기로 싸워야 한다.

"블러스트 파이어!"

페넬 또한 자신이 가장 자신있는 위력이 강한 마법을 날렸다. 파이어 볼이 신체 일부의 타격을 목표로 한다면 블러스트 파이어는 광범위 마법이다. 드래곤이라도 순순히 선 채로 맞는다면 순식간에 재로 변할 만큼 강력한 열기를 함유한다.

초라한 아헬의 파이어 볼 뒤로 강대한 페넬의 블러스트 파이어가 밀려갔다. 그 모양을 보며 제네모스는 피식 웃었다. 그리고 아무런 몸짓을 하지 않았는데도 불구하고 제네모스의 전면 1미터 앞에서 파이어 볼이 '팍' 소리와 함께 사라졌고, 블러스트 파이어는 순식간에 사그라들고 말았다.

"내 앞에서 재롱을 떠는 것이냐! 그만 죽어라!"

제네모스의 머리가 입을 중심으로 홀링 뒤집어졌다. 아니, 뒤집어진 것이 아니라 입만 드래곤의 본체로 돌아간다. 그러더니 큰 입에서 푸른 빛이 쏟아져 나왔다. 드래곤의 브래스였다. 아마도 속성이 그린이어선지 숲의 기운이 브래스에 포함돼 있다. 그러나 브래스의 위력은 가공했다. 지나치는 잡초들은 순식간에 오그라들었고, 바위는 노랗게 변색되더니 부스러져 내린다. 본체로 뿜어낸 브래스가 아니어서 범위가 한정되었지만 페넬과 아헬이 피할 곳은 없었다. 페넬을 중심으로 20미터 반경을 뒤덮었다. 마침 제네모스는 결투를 벌이는 검사들과는 등을 지고 있어 라도와 피야트는 상대의 검에만 온통 신경을 썼다.

페넬은 우선 아헬의 어깨를 잡았다.

"텔레포트 에니잭!"

물체 순간 이동 마법을 사용해 위험 지역 밖으로 아헬을 옮겨 버렸다. 아헬이 브래스의 범위를 넘어 이동해 갔다.

"아이언 월!"

이어 페넬은 강철과 같은 강도를 가진 방어벽을 전면에 세웠다. 그리고 양 옆으로는 실드를 쳤다. 온몸이 찢어지는 듯 고통스러웠다. 자신이 발휘할 수 있는 최고급 마법을 연속으로 시전하고 보니 그 부작용으로 몸이 견디질 못한다. 지상 최강의 존재를 맞아 어차피 죽음을 목전에 두고 있다. 최후를 조금이라도 연장하기 위해 자신의 육체에 내재된 마나를 최대한으로 끌어올렸다. 그러나 브래스는 더욱 강력해졌고 곧 아이언 월이 깨져 나가며 푸른 빛이 페넬의 몸을 덮쳐 왔다.

'이젠 죽었구나' 생각하자 페넬은 눈을 질끈 감았다. 그러나 몸에 미치는 영향이 느껴지지 않았다. 오히려 주변의 마나가 살랑거리며 페넬의 육신을 감싸는 듯했다. 페넬은 눈을 번쩍 떴다.

"영주님!"

허공으로부터 한 사람이 떨어져 내리고 있는 중이었다. 바로 라모였다. 라모는 가마라 산 인근으로 텔레포트해 온 뒤 플라이 마법으로 협곡을 날아다니며 페넬 일행을 찾다가 브래스에 당하기 직전의 페넬을 발견한 것이다. 라모는 허공 중에서 마법을 시전해 페넬 주변에 실드를 펼쳤다. 일원신공에서 발현된 진기가 드래곤의 브래스를 거뜬히 막아냈다. 라모는 페넬의 외침에 고개 한번 끄덕여 주고 제네모스를 바라보았다. 제네모스는 다시 완벽한 인간의 형상을 한 채 놀란 얼굴로 라모를 주시하고 있었다. 드래곤의 브래스를 막는 존재가 인간이란 말인가. 제네모스는 속으로 그렇게 생각하며 라모를 관찰했다. 라모는 제네모스를 한번 바라보는 것만으로도 정체를 알아차렸다. 저쪽에서는 여전히 네 사람이 공방을 벌이고 있다. 라모가 왼손을 흔들었다. 그러자 라도와 피야트를 상대하던 이케로스와 포울센이 블랙암에 마혈을 맞고는 그대로 경직되고 말았다. 그제야 라도와 피야트는 뒤로 돌아보며 라모가 온 것을 알았다.

"형!"

"영주님!"

라모는 그들에게도 한번 고개를 끄덕여 주고는 다시 제네모스를 노려보았다. 라모는 자칫 페넬이 죽을 뻔했다는 걸 상기하자 아무리 드래곤이라 하더라도 분노가 치솟았다.

"함부로 인간을 살상하다니… 아무리 드래곤이라 하더라도 묵과할 수가 없다."

라모가 순간적으로 사라졌다가 제네모스의 앞에 나타났다. 제네모스는 라모의 기세가 심상치 않아 보이자 또한 순간 이동을 발해 회피했다. 그러나 라모는 환영보를 발휘해 제네모스가 재차 나타난 공간을 먼저 점하며 손을 들어 가슴을 후려쳤다.

"크악!!"

제네모스가 비명을 지르며 뒤로 날아갔다. 얼마나 세찬 충격을 받았는지 제법 굵은 나무를 세 그루나 부러뜨리고야 땅에 널브러졌다. 라모는 제네모스가 너무 쉽사리 날아가자 오히려 얼떨떨했다. 이 드래곤은 왜 이렇게 약한 거지? 그린 드래곤이라 그런가? 이런 의문을 가졌으나 실상 당연한 진행이었다. 왜냐하면 제네모스는 이제 2,500살에 불과한 성룡이었기 때문이다. 1,500살에 동면에 들어 천 년을 지내며 능력을 키웠지만 아직 에이션트에도 들지 못하는 어린 드래곤이었다. 드래곤치고는 마법도 어설펐고, 키운 능력을 다 발휘할 정도로 수련이 되지도 못했다. 그러니 고룡과 부딪혀도 우세한 라모의 상대가 아니었다. 웜 급의 카릴과 고룡인 크라우저만을 상대해 온 라모에게 이는 당연한 반응이었다.

"생각 같아서는 죽이고 싶지만 카릴과 크라우저의 얼굴을 보아 이정도로 참겠다."

라모는 자신의 아내가 드래곤이라는 사실 때문에 제네모스를 심하게 핍박하지 않았다. 그래서 장법에도 내가중수법보다는 외부 충격을 늘렸다. 때문에 겉으로는 대단해 보여도 실상 제네모스는 조금도 다치지 않았다. 하지만 인간에게 모멸을 당한 제네모스는 이런 라모의 배려를 조금도 알 수 없다. 다만 부지불식간에 당했으니 가마라 산을 온통 뒤집어놓더라도 반드시 라모를 죽이겠다는 분노에 잠긴 채 일어났다. 그러나 라모가 던진 한마디에 발을 멈출 수밖에 없었다.

"카릴이라고……? 카르넬리아님을 말하는 것이냐? 그리고 크라우저님이라니… 넌 도대체 누구냐?"

제네모스는 혹시 라모도 드래곤이 폴리모프한 것은 아닌가 하여 내면을 조사했다. 그러나 라모는 분명 인간이었다. 몸 안에서 휘도는 이해할 수 없는 마나의 흐름은 인간 이상의 존재임을 알리고 있지만 그 외에는 다를 바가 없다. 제네모스는 라모가 거짓말을 한다고 생각했다.

"인간 따위가 감히 드래곤을 능멸하다니……."

제네모스가 분노에 치를 떨며 라모를 죽일 듯 노려보자 라모는 말로 설명해 봤자 씨알도 먹히지 않을 것을 알았다. 제네모스도 드래곤이었다. 그 엄청난 회복 능력과 광대한 마나로 보아 본격적으로 싸우기 시작하면 둘 중의 하나가 죽어야 손을 멈출 수 있을 것이다. 라모는 그런 사태는 바라지 않았다.

"페넬! 크라우저를 호출하게!!

마법을 시전하려던 제네모스는 다시 흠칫해 들어 올리던 손을 내렸다. 페넬이 품속에서 수정구를 꺼내 크라우저를 호출했다. 페넬은 라모의 어릴 적부터 전속 마법사였으므로 라모의 주변사에 관해서는 훤했다. 또 그것이 페넬의 임무이기도 하다. 페넬도 라모와 크라우저 사이에 있었던 사건을 전해 들었고, 당연히 레어의 위치와 좌표도 알아둔 상태였다. 잠시 후 크라우저가 수정구에 나타났다.

—이게 누구신가? 라모 경 아니신가? 그래, 웬일인가? 아르나는 지금 백일정진 중이라 통신을 할 입장이 아니라네.

라모는 수정구 안에서 훨씬 부드러워진 크라우저를 보고 빙긋 웃으며 입을 열었다.

"그동안 안녕하셨습니까? 오늘은 아르나를 보기 위해서가 아니고 크라우저님에게 도움을 청하기 위해서입니다."

라모는 말하면서 손을 들어 제네모스를 가리켰다. 수정구 안의 크라우저가 라모의 손을 따라가다가 제네모스를 발견했다.

—응? 넌 제네모스 아니냐? 동면에 들어갔다더니 언제 깨어난 거냐?

라모의 언사가 진실임이 드러나자 제네모스는 말을 어찌해야 할지 몰라 우물쭈물거렸다. 눈치 빠른 크라우저가 라모와 제네모스를 보고 어찌 된 일인지 대략 추측해 냈다. 수정구 안의 크라우저가 한숨을 푹

내쉬었다.

—제네모스! 철없는 것아! 덤빌 만한 존재를 보아가며 상대를 해라. 나도 상대하지 못할 존재에게 겁없이 대드냐? 당장 이곳으로 와라. 그렇지 않아도 너에게 시킬 일도 있고 오면 내가 자세히 말해 주마.

크라우저의 말에 제네모스는 큰 충격을 받은 표정으로 멍한 상태가 되었다. 9천 살에 이른 고룡인 크라우저가 당하지 못할 인간이 있다니… 이건 말도 안 된다는 생각이 얼굴에 나타났다. 크라우저는 다시 라모에게 눈동자를 돌리며 웃었다.

—라모 경, 고맙네! 그래도 내 체면을 생각해 심하게 대하지 않은 것 같으니 종족을 대표해서 감사를 드리겠네.

라모도 그제야 웃으며 익살맞은 표정을 지었다.

"천만예요, 크라우저님. 생각은 전혀 하지 않았습니다. 그보다는 카릴을 생각했지요."

—하하하! 그런가? 어쨌든 고맙네. 그럼 또 보세.

크라우저가 통신을 끊었다. 제네모스는 이해할 수 없다는 표정으로 붉으락푸르락 안색이 변했다. 승복하지 못하겠다는 기색이다. 라모는 제네모스를 바라보며 입을 열었다.

"보시다시피 이렇네. 그대가 다시 덤벼들겠다면 상대를 해주지. 그대 종족의 어른에게도 이미 통보를 했으니 설사 자네가 죽더라도 날 탓하지는 못할 거야."

제네모스는 라모의 자신만만한 말에 흠칫했다. 덤벼보라고 도발하는 것이 아닌가. 제네모스는 이제 성룡이 된 젊은 드래곤이다. 평소 같으면 도저히 참지 못하고 응대했을 것이다. 그러나 크라우저도 당하지 못할 존재라고 했다. 드래곤은 거짓을 모른다. 하나라면 분명히 하나인 것이다.

"좋다. 그렇다고 해두지. 너는 예외로 해주겠다. 그리고 내 영역에 들어온 인간을 몽땅 데리고 꺼져라. 앞으로 내 영역에 나타나는 인간은 이유 여하를 막론하고 모조리 잡아 죽이겠다."

반감이 가득한 목소리다. 자신의 뜻대로 되지 않자 감히 덤비지는 못해도 성질만 부리는 셈이다. 말을 마치자 제네모스는 자신의 가드로 삼은 이케로스와 포울센을 바라보았다.

"저들은 인간 세상에서 씻지 못할 죄를 지었다. 때문에 그대가 데려 갈 수 없다. 그대 혼자 가라."

라모의 말에 제네모스는 불타오르는 눈을 한다.

"기억해 두지."

제네모스는 곧 공간 이동으로 가마라 산에서 종적을 감추었다. 그제야 라모는 라도와 피야트를 바라보았다. 라도는 비교적 멀쩡한 반면 피야트는 전신 여기저기에서 피를 흘리고 있다.

"피야트! 괜찮나?"

라모는 우선 피야트에게 다가가 피를 흘리는 신체의 혈도를 짚어 지혈을 했다.

"영주님! 별거 아닙니다. 피류의 상처에 불과합니다. 그런데 여긴 어떻게… 영주님께서 나타나실 줄은 꿈에도 몰랐습니다."

위기의 상황에서 벗어나자 라도와 피야트는 기쁜 얼굴로 웃었다. 페넬은 침착한 얼굴로 라모의 뒤에 와 시립해서는 가슴을 쓸어 내렸다. 정말 죽는 줄 알았다가 다시 태어난 기분이었다. 페넬에 의해 밀려났던 아헬도 라모에게 다가오며 경외의 눈으로 쳐다보았다. 강한 인물이라는 건 스펠타크에서 이미 목격한 바가 있었지만, 그 정도가 지금과는 천양지차다. 설마 드래곤을 능가하는 존재라니……. 그리고 드래곤과 친분을 맺고 있는 인간이 있다는 데 놀라움을 금치 못하고 있었다. 아헬은 뭔가 마음속에서 괜스레 설레는 기분까지 든다.

라모는 가마라 산으로 급급히 오게 된 사정을 설명했다. 원래 라모는 그리 서두를 것 없다는 생각에 병력을 이끌고 유유자적 마야바로 들어가고 있었다. 병력을 이끌고 보니 척후는 필수였다. 라모는 전면을 향해 수십 명의 척후를 깔아놓았다. 사냥꾼을 발견하면 지체없이 생포할 생각이었다. 라모의 의도는 효과가 있어 얼마가지 않아 척후병으로부터 보고를 받을 수 있었다.

"전방 1킬로미터 지점에 사냥꾼으로 추정되는 인물들 8명이 죽어 있습니다."

이런 보고를 받았을 때 라모는 엘프나 드워프 또는 몬스터의 반격으로 죽었겠거니 추측했다. 그러나 현장에 당도했을 때 라모는 자신의 추측을 수정해야 했다. 사냥꾼들은 여기저기 널브러져 죽어 있었는데 죽은 상흔이 각기 달랐다. 몇몇은 목이 잘려 있고 또 몇 명은 이마에 구멍이 뚫려 있다. 검술에 뛰어난 자와 블랙암을 쓰는 자에게 당했음을 알려주는 대목이다. 라모는 즉시 탈출한 이케로스와 포울센을 떠올렸다.

그 외에도 특히 라모의 주목을 끈 시체 한 구가 있었다. 외부의 신체는 멀쩡해 보였고, 피 한 방울 흘리지 않았다. 그러나 자세히 살펴보니 정수리에 구멍이 나 있고, 시체 내부의 장기가 몽땅 재로 변해 있는 걸 볼 수 있었다. 라모는 이것이 라이트닝 볼트와 같은 강력한 마법의 결과라는 것을 알 수 있었다. 지극히 정밀하고 정확하며 위력적이었다. 당한 사람은 신체의 고통을 느낄 사이도 없이 죽었을 것이다. 움직이는 물체를 향해 이 정도로 정교하고 위력적인 마법을 구현하는 자라면 이미 9써클의 마스터라 불러도 무방할 정도였다.

라모는 당시만 하더라도 별반 라도와 피야트 일행을 걱정하지 않았다. 그러나 첫 번 살인 장소에서 그리 멀지 않은 곳에 재차 15명의 죽은 사냥꾼들을 발견했을 때 라모는 비로소 심상치 않다는 생각을 떠올렸다. 만약 살인자들과 라도 일행이 부딪친다면……. 라모는 이런 상념이 솟자 갑자기 냉수를 등에 부은 사람처럼 간담이 서늘해졌다. 이 정도의 정확한 마법을 구사하는 자라면 아무도 대적할 자가 없다. 라모는 더 이상 생각하지 않고 즉시 마법진을 그려 가마라 산 인근으로 공간 이동한 후 플라이 마법을 써 찾아다녔던 것이다. 그리고 늦지 않게 일행을 구할 수 있었다.

"자네들이 무사해서 정말 다행이야."

라모의 말에 라도와 피야트 페넬은 각자 송구스럽다는 표정을 지었다. 대영주께서 자신들을 이토록 염려해 주니 감개무량하였다. 라도는 이케로스와 포울센에게 다가가 마혈을 짚었던 블랙암을 회수하였다. 마혈이 풀렸는데도 두 사람은 정신을 차리지 못했다. 그러자 페넬이 다가왔다.

"아마도 드래곤이 세뇌 마법을 쓴 모양입니다."

페넬의 지적에 라모는 그들의 이마에 손을 얹고 진기를 주입했다. 그들의 두뇌를 얽고 있는 복잡한 마나의 파장이 느껴진다. 라모는 진기를 주입해 간단히 마나를 제거해 버렸다.

"으으으!"

두 사람이 잠시 머리를 부여잡고 고통스러워하다가 눈을 떴다.

"정신이 드느냐?"

라모가 묻자 두 사람은 어리둥절한 얼굴을 하고 있다가 벌떡 일어났다. 그리고는 주변을 둘러보던 이케로스가 떨어뜨렸던 시미터를 급히 들어 올렸다. 포울센은 허리춤에서 블랙암을 하나 꺼내 들었다. 라모는 그들의 행동을 막지 않았다.

"너희는 차라리 드래곤의 세뇌 마법에 걸려 평생을 정신없이 사는 게 행복했을는지도 모르겠구나. 하지만 너희의 죄가 너무 커 단죄하지 않을 수 없다. 너희는 신을 분노케 한 존재다."

이케로스와 포울센은 처음엔 당황해 어찌할 바를 모르더니 곧 라모의 말에 제정신을 차렸다. 이케로스가 일갈했다.

"우리는 신을 믿지 않는다. 우리는 우리의 힘을 믿고 내가 가진 검을 믿을 뿐이다."

라모는 막상 반발을 당하고 나자 그들의 사상에 분노보다는 동정이 앞섰다. 이럴 땐 어김없이 전생의 사마조가 생각나며 일순 말문이 막힌다. 그러나 환생한 라모는 너무도 달라졌다. 이제는 피를 갈구하는 광한마제가 아닌 것이다.

"신을 거부할지라도 인간 본래의 양심을 저버리지는 못할 것이다. 너희는 인간의 자유와 권리를 박탈하는 데 앞장섰다. 신을 저버린 자는 용납될지 몰라도 양심을 버린 자는 인간 세상에서 살 권리가 없다. 그러므로 난 그룬디아 대륙의 국민을 지킬 의무가 있는 영주로서 너희를 사형에 처하겠다."

이케로스와 포울센의 얼굴이 창백해졌다. 이미 라모를 한 번 겪은 바가 있어 도저히 상대할 수 없는 자라는 걸 알았다. 이케로스가 시미터를 들어 올렸다.

"죽는 데 남의 손을 빌릴 것까지는 없다. 형제가 죽은 이 마당에 나도 살고 싶은 생각이 없다."

이케로스는 라모를 향했던 눈을 돌려 포울센을 바라보았다.

"포울센 형제여! 그동안 고마웠다. 형 노릇을 제대로 하지 못해 미안하구나. 지옥에서 다시 만나자."

이케로스가 시미터를 들어 자신의 목을 그었다. 목의 동맥이 끊어지며 핏줄기를 내뿜었다.

"형님!"

포울센이 비통하게 소리쳤다. 그리고는 손에 들고 있던 블랙암을 집어 던졌다. 근접 거리에서 던진 블랙암이 라모의 미간을 향해 날아왔다. 다른 사람들이 모두 놀란 외침을 발했다.

그러나 라모가 손을 들자 날아오던 블랙암이 허공 중에 딱 멈춘다. 이어 라모가 손가락을 돌려 포울센을 가리키자 블랙암은 비수를 돌려 도리어 포울센에게 날아갔다.

퍽—

라모의 무위에 눈을 크게 뜨고 있던 포울센이 이마를 블랙암에 관통당한 채 뒤로 벌렁 넘어졌다. 그리고 잠잠한 것을 보니 일격에 숨을 거둔 것으로 보였다. 라모는 비록 손을 쓰기는 했지만 두 사람의 의리를 보니 마음이 씁쓸해짐을 금할 수 없었다.

"라도, 피야트, 두 사람을 정중히 묻어주어라!"

이로써 스펠타크에서의 라모의 일정도 거의 끝나가고 있었다.

윤회하는 인과(因果)의 사슬

윤회하는 인과(因果)의 사슬

라모는 마야바에 진입한 사냥꾼들을 모조리 잡아들이는 한편 각 국에 노예제 철폐를 당부하는 경고장을 발송했다. 노예제를 철폐하지 않을 경우 응분의 대가를 치르게 해주겠다고 경고한 것이다. 이 경고장에는 호른 제국의 보저 황제와 도란 제국의 루벤트 황제, 그리고 자코 왕국의 아르센 국왕이 친필로 서명했다. 보저 황제와 아르센 국왕은 라모가 요청하자 두말하지 않고 서명했으나, 루벤트 황제는 머뭇거렸을 뿐만 아니라 황족이자 스펠타크의 전임 영주 코스타의 처형도 미루고 있었다. 이에 라모가 방문해 대의를 들어 설득하고, 빅투도 옆에서 거들자 루벤트 황제도 더 이상 버틸 재간이 없었다. 코스타 영주를 교수형시키고 경고장에 서명했다.

이 경고장에는 대륙3강의 백작 이상 귀족들이 전부 연명하여 이것이 단순히 엄포로 끝나지 않을 것임을 암시했다. 아울러 라모는 예전의 천인장들을 소집해 경고장을 전달하는 사신으로 임명했다. 일단 정중히 예의를 갖추어 전달하되, 반대하는 기색이 있거나 주저하거든 무력을 써서라도 납득시키라고 강조했다. 소드 마스터에 이른 기사들인 전임 천임장들을 당할 기사들은 없을 테니 좋은 본보기가 될 것이라 예측했다.

그룬디아 대륙의 대소 20여 개국 가운데 대륙3강의 비위를 거스르면서 무사할 국가는 없었다. 3국 중 어느 한 나라만 눈을 부릅떠도 약소국가들로서는 몸을 떨어야만 했다. 그런데 3국이 연대했으니 그 엄청난 힘을 어찌 거부할 수 있겠는가. 그래서 표면적으로 각 국의 국왕과 영주들은 노예제 철폐를 약속하지 않을 수 없었으며, 그걸 증명하기 위해 스스로 군사를 일으켜 노예상과 노예를 소유한 귀족들을 토벌하고 잡아들였다.

물론 경고장 전달만으로 끝낼 라모가 아니었다. 호른 제국의 기사들을 몽땅 풀다시피 하여 대륙 전체를 감찰 감독하게 하였다. 몇몇의 불상사가 생기기도 했지만 사태는 일사천리로 진행돼 나갔고 대륙의 노예제는 완전히 뿌리 뽑히고 말았다. 파견된 호른 제국의 기사들이 노예를 보유하거나 학대한 자를 찾아 지위고하를 막론하고 불문곡직 목을 베어버렸다. 호른 제국 기사들은 다만 국왕에게 통보만 하고 사건을 처리해 버렸다. 이로 인해 각 국 국왕과 귀족들에게 큰 원성을 샀다.

그와는 반대로 대다수의 대륙민들은 라모의 전격적인 노예제 철폐에 대해 쌍수를 들어 환영했다. 라모의 이름을 연호하고 앞다투어 칭송했다. 호른 제국 글로스타의 영주 라모 하레스의 이름이 대륙민 모두의 가슴에 새겨지고 말았다. 그룬디아 대륙의 정복자 자코 왕국을 잠재우고, 휘페리온 교를 뿌리 뽑았으며, 노예제를 철폐한 과정이 바로 라모의 주도로 이루어졌음을 깨닫게 됐다.

이로 인해 라모는 예상치 못한 현상을 접하게 됐다. 글로스타 영지에는 항상 타국에서 밀려온 사람들로 인해 붐비게 됐다. 억울하고 부당한 일을 당한 사람들이 마지막 호소처로 라모를 지목하고 몰려든 것이다. 물론 영주와 국왕이 직, 간접으로 연관되어 있는 경우가 많아 해결될 가망성이 없는 문제가 대다수였다. 하지만 불가능을 모르는 라모 하레스는 결코 억울한 대륙민을 외면하지 않았다. 설득해서 될 문제면 국왕과 영주에게 협조를 요청해 해결했고, 그도 안 되면 전임 천인장들을 파견해 반강제로 문제의 실마리를 풀었다. 이로 인해 대륙의 귀족들에게 라모는 더욱 원성을 샀고, 반대로 대륙민들은 가장 존경할 인물로 라모 하레스를 꼽았다.

그러는 동안 3년의 세월이 흘렀다. 그동안 라모가 글로스타 성에 체류한 기간은 매우 짧았다.

처음엔 대륙민들의 호소를 오는 대로 다 받아주었으나 나중에 별로 긴하지도 않은 일까지 가져오는 경우가 허다했다. 현명한 결정자만 있다면 라모가 아니더라도 얼마든지 해결할 수 있을 텐데 무작정 라모의 명성만을 쫓아 글로스타를 찾아왔다.

라모는 이 같은 사태를 방지하기 위해 미리 글로스타의 관리들에게 사정을 알아보게 하고 선별하여 정말 난망한 문제만 연락하라고 당부했다. 그리고 그동안 라모는 수호른에서 국정을 살피기도 하고 하레스로 가 부모님과 시간을 보내기도 했다. 또 종종 카릴의 레어로 찾아가 보기도 했으나 본체로 돌아가 마치 영면하듯 웅크리고 있는 레드 드래곤을 보았을 따름이다.

"껄껄! 카릴은 지금 해츨링을 만드는 중이야. 3년의 기간이 필요하지. 거기다 다시 2년간의 숙성이 필요해. 그제야 비로소 자네의 자식을 볼 수 있을 거야. 인간처럼 드래곤이 쉽사리 나온다면 그건 말도 안 되지. 카릴은 지금 온 심혈을 기울여 해츨링의 몸을 만들고 정신을 부여하고 있을 거야. 외부와는 완전히 단절된 생명의 공간에 홀로 서 있는 셈이야. 그렇다고 외로울 거라고 걱정하지는 말게. 카릴은 새로운 생명을 창조하는 기쁨에 시간 가는 줄 모를 테니까."

라모는 인간보다 복잡한 드래곤의 출생을 크라우저에게 듣고 잘 이해가 가지 않았지만 아마도 태아 기간이 긴 모양이군 하고 간단히 정리했다. 아르나 또한 백일정진이 끝난 지 얼마 지나지 않아 이번에는 천일정진에 들어갔다. 백일정진이 끝난 시점에 방문한 라모에게 아르나는 또 한 가지의 신탁을 전했다.

"영원을 살고자 하는 자는 순간의 기쁨을 모른다. 이는 신의 율법을 거스르는 자다."

이는 인간에 대한 신탁이므로 신의 영역은 아니라고 라모는 판단했다. 그래서 잘못된 마법으로 잉태된 리치나 좀비에 관련된 신탁이라고 추측했다. 하지만 아직 대륙에서는 리치에 관련한 소문을 들은 적이 없다. 이는 시간이 흐르면 절로 드러날 사태라 생각하고 그냥 가슴 한 켠에 묻어버렸다.

이런 식으로 라모의 행적이 부유하다 보니 글로스타 성에 체류하는 시간은 일주일에 기껏해야 하루 정도였다. 언제나 모든 분주한 것에서 벗어나 한가로운 나날을 고대하는 라모였다. 그러나 라모는 일주일에 한 번 들르는 바로 그날 운수없게도 한 방문자를 맞지 않을 수 없었다.

"영주님! 도란 제국에서 한 어린아이가 홀로 여기까지 찾아왔습니다."

기사단장 피야트가 직접 라모의 집무실로 와서 고한다. 아마도 성문 경비병들로부터 딱한 사정을 전해 듣고 직접 의뢰인을 데려온 모양이다. 그만큼 절박한 사정이 어린아이로 하여금 먼 길을 걷게 만들었을 터이다. 이런 사안은 알고도 모른 체할 수 없는 라모였다.

"데려와라."

라모의 지시에 잠시 후 어린아이가 들어왔다. 아이는 이제 12살가량 돼 보였는데 거지도 이런 상거지가 없다. 옷은 온통 누더기고 오랫동안 씻지 않아 까마귀가 '형님' 할 정도로 얼굴과 목, 손등이 검고 더럽다. 하지만 라모는 어린아이만 보면 전생의 고손녀, 고손자가 생각나며 관심을 기울이게 된다. 더군다나 이런 어려움을 겪고 있는 아이만 보면 어떻게든 도움을 주고 싶어진다.

"아이야, 너의 이름은 무엇이며 무슨 사정이 있는 것이냐?"

라모는 최대한 부드러운 어조로 아이에게 질문을 던졌다. 소년은 수천 리 길을 반은 굶어가면서 또 아무 데서나 노숙하며 허위허위 걸어왔다. 글로스타의 영주 라모 하레스에 대한 소문은 소년도 오는 동안 귀가 따갑게 들었다. 과연 라모 하레스는 모든 사람이 칭송할 만한 자격을 갖추었다. 거지와 다름없는 자신을 맞아들여 따뜻한 눈빛을 던진다. 거기에 자애로운 목소리로 듣자 소년은 그만 눈물이 쏟아지려는 걸 억지로 참았다.

"저의 이름은 호칸이라고 합니다. 억울함을 호소할 사람은 제가 아니라 제 어머니입니다. 어머니는 지금 몸이 아파서 움직이질 못하세요. 하지만 반드시 호른 제국 글로스타로 가서 라모 영주님을 모셔오라고 하셨어요. 어머니는 한마디만 전하면 반드시 라모 영주님께서 스펠타크로 오실 것이라 말씀하셨어요."

소년은 어머니를 생각하자 기어코 설움이 터져 고개를 숙이고 눈물을 한 방울씩 떨구었다. 이는 밑도 끝도 없는 요구였다. 정황을 알아야 알맞은 사람을 선정해 소원풀이해 줄 것이 아닌가.

"호칸, 고개를 들어라."

라모는 그렁그렁한 눈물을 달고 고개를 드는 호칸을 지그시 바라보았다. 갈색 머리에 영특하게 생긴 소년이었다. 또랑또랑한 눈망울이 라모의 정서를 건드린다.

"지금 몇 살이냐?"

호칸이 더러운 소매를 들어 눈물을 훔쳤다.

"제 나이는 12살이에요. 어머니의 말씀을 들으시겠어요?"

호칸은 약간 상기된 얼굴로 라모를 바라보았다. 라모는 고개를 끄덕였다.

"그래, 듣고 싶구나. 너희 어머니께서 무슨 말씀을 하시더냐?"

그러자 호칸은 품속에서 대나무로 만든 작은 물통 하나를 꺼내 내밀었다. 그냥 대나무의 마디를 잘라 내용물을 넣고 위를 밀봉한 형식이다.

"이걸 영주님께서 마시면 말씀드리겠어요."

라모의 옆에 시립해 있던 피야트가 다가가 호칸으로부터 대나무 물통을 받아왔다. 그러나 라모에게 넘기기 전부터 인상을 찌푸렸다. 그리고 물통에 코를 대고 킁킁거리더니 얼른 얼굴을 들었다.

"네 이놈! 이것이 무엇이냐? 벌써 부패하기 시작해 냄새가 지독하구나. 이걸 영주님더러 마시라는 거냐?"

피야트는 호의로 소년을 라모에게 데려온 것이다. 그런데 이런 얼토당토않은 제안을 내놓다니……. 피야트는 당장에라도 호칸을 요절 낼 것처럼 노려보았다. 하지만 처음과 달리 호칸은 담대한 얼굴로 오히려 라모를 쳐다본다.

"마신다면 말씀을 전해 올리겠지만, 마시지 않겠다면 이대로 돌아가겠습니다."

라모는 소년의 당돌한 요구에 피야트에게 대나무 물통을 가져오라고 지시했다. 피야트는 우물거리다 할 수 없이 라모에게 대나무 물통을 넘겼다. 라모는 대나무 물통의 밀봉을 제거하고 내용물을 들여다보았다. 부패가 심해 녹색과 흑색의 잔유물이 둥둥 떠다니는 위험하고 더러운 물이었다. 피야트의 말처럼 악취까지 심하게 난다. 라모는 대나무 물통을 든 채 호칸을 바라보았다.

"이것은 너의 어머니의 뜻이냐, 아니면 너의 뜻이냐?"

호칸은 잠시 망설였으나 흑백이 분명은 눈으로 라모를 쳐다보며 또박또박 말을 뱉었다.

"어머니는 모르시는 일이에요. 제 단독으로 정한 일이에요."

라모는 호칸과 그녀의 어머니에 얽힌 사연이 궁금하기 그지없었다. 라모는 대나무 물통을 들어 그대로 마셔 버렸다.

"영주님!"

"앗!"

피야트가 놀라 부르짖었고, 호칸까지도 설마 마실 줄 몰랐다며 낮은 비명을 질렀다. 라모는 입가를 씻으며 호칸을 주시했다.

"음! 맛이 괜찮군. 이제 되었느냐? 자, 이제 너의 어머니께서 전하라는 말을 들어보자."

라모의 담담한 기색에 호칸은 질리는 기분이 드는 한편 속으로는 목적을 달성한 짜릿한 기쁨을 맛보았다. 사실 호칸이 들고 온 물에는 독사의 독액이 주입돼 있었다. 오는 도중 먹을거리를 찾다가 독사를 사냥했고, 그때 문득 영감이 떠올랐다. 라모 하레스는 호쾌한 인물이다. 마음먹은 바는 무엇이든 성사시키는 추진력까지 갖추었다. 거기다가 대륙의 부조리를 파헤치고 해결해 나가는 정의감까지……. 대륙을 떠도는 소문이 정확하다면 라모는 호칸이 내민 이 대나무 물통을 거부하지 않으리라 추측했다.

"사나이는 비록 자신이 죽는다 하더라도 지켜야 할 소중한 사명이 있다. 그것은 군주에 대한 충성이 될 수도 있고, 사랑일 수도 있고, 우정이 차지할 수도 있다. 호칸, 너도 장차 너의 소중한 것에 목숨을 거는 진정한 사나이가 되거라!"

호칸은 살아생전 자신에게 이런 말을 해준 아버지가 생각났다. 그런 의미에서 본다면 라모 또한 진정한 사나이였다. 호칸은 경외의 눈으로 라모를 바라보았다. 하지만 속사정을 안다면 호칸은 땅을 치고 통분했을 것이다.

라모는 이미 금강불괴의 신체를 가지고 있다. 외부뿐만 아니라 내부 장기조차도 독이 침범하지 못하는 절대의 경지를 넘어선 지 오래였다. 더욱이 내용물을 목으로 넘기는 순간 진기로 감싸 위장 안에 고이 간직했다. 그러니 조금도 피해를 입지 않았다. 호칸은 그런 사정을 모르고 어릴지언정 라모의 기백에 감탄할 뿐이다. 피야트는 어린놈이 흉악하기 이를 데 없다며 펄쩍 뛰었지만 라모가 만류하자 잠잠해졌다.

호칸은 비로소 어머니의 말을 전했다.

"어머니께서는 이렇게 말하셨어요. 스펠타크 부르델 용병대장 이케로스의 아내 메이다가 호른 제국 글로스타의 영주 라모 하레스 경을 초대합니다. 부디 왕림해 주시길 간절히 부탁드립니다. 이 말을 전하면 영주님께서 반드시 초대에 응하실 거라 하셨어요."

라모는 호칸의 말에 크게 놀랐다. 이케로스의 아내가 자신에게 무슨 말을 하기 위해 아들을 멀고 험난한 여정으로 밀어 넣었단 말인가. 그에 앞서 호칸이 이케로스의 아들이라는 점에 라모는 마음이 몹시 무거워졌다. 호칸이 자신에게 독물을 먹인 이유를 이제야 알 수 있었다.

은혜와 원한은 돌고 돌아 다시 라모를 찾아왔다. 이 전율할 만한 인과의 회전에 라모는 잠시 할 말을 잊었다. 호칸과 라모는 서로를 바라보며 한참 동안 다음 말을 꺼내지 못하고 침묵을 지켰다.

"좋다, 네 어머니의 초대에 응하마."

라모는 시간을 지체할 이유가 없다며 호칸의 손을 잡고는 바로 마법 사실로 향했다.

"영주님! 가시더라도 페넬 경은 데리고 가십시오. 제가 곧 불러오겠습니다."

라모가 만류할 사이도 없이 피야트가 부리나케 집무실을 뛰쳐나갔다.

라모의 손을 잡고 마법실로 향한 복도를 걸으면서 호칸은 힐끔힐끔 라모의 동정을 살폈다. 지금쯤이면 독액이 효력을 나타낼 때가 되었는데 라모는 멀쩡하다. 혹시 오는 동안 독액이 다 중화된 것은 아닌가 하는 의심이 들었다.

라모 또한 호칸의 더러운 옷을 의식했다. 오는 동안 노독이 쌓였을 텐데 잘 씻기고, 좋은 옷과 음식으로 영양을 보충하고, 한잠 재운 뒤에 떠날 것을 그랬나 하고 잠시 마음을 정하지 못했다. 그러나 보기보다 호칸은 건강해 보였고, 별로 피로한 기색이 보이지 않자 라모는 스펠타크에 가서 사정을 보아가며 조처하기로 결정했다.

라모가 마법사실의 문을 여는 순간 페넬이 무서운 속도로 복도를 달려왔다.

"영주님! 영주님의 영원한 호위인 절 떼어놓고는 아무 데도 못 가십니다. 아이고, 힘들어. 헤이스트 마법을 걸어 최대한 달려왔더니 벌써 마나가 고갈될 지경입니다."

페넬은 허리를 구부리며 너스레를 떨었다. 그러다 라모가 손을 잡고 있는 더러운 행색의 호칸을 발견했다.

"영주님, 이 아이는 누굽니까?"

보지 않아도 피야트가 달려가 페넬에게 전후사정을 알릴 시간도 없이 '영주님이 호위도 없이 출타하시려 한다'고 알렸음이 분명했다. 호칸은 무서운 속도로 달려온 인물이 뜻밖에도 후드를 입은 마법사이자 호기심으로 눈이 반짝였다.

"그건 차차 알도록 하고 이왕 왔으니 같이 가도록 하세."

라모는 호칸과 페넬을 데리고 마법진을 이용해 다시 스펠타크로 이동했다.

잠시 후 스펠타크 외곽에 나타난 호칸은 두 눈이 휘둥그레져 주변을 두리번거렸다. 글로스타 영지를 찾아가기 위해 호칸이 허비한 시간은 무려 두 달이었다. 그 긴 기간 동안 온갖 고생을 하며 찾아갔는데 올 때는 눈 깜짝할 순간에 당도했다. 마법의 위대함을 절감하는 호칸이었다.

호칸의 집은 스펠타크 외곽의 빈민촌에 위치해 있었다. 더러운 구정물과 쥐가 들끓는 뒷골목이다. 햇볕조차 잘 들지 않는 음산하고 황폐

한 장소였다. 물론 이케로스가 살아생전에는 자신의 처자식이 이런 곳에 살도록 내버려 두지 않았을 것이다. 판자로 얼기설기 엮어놓은 매우 좁고 지저분한 집이었다. 방도 하나밖에 없었고, 안으로 들어서자 탁자 겸 식탁 하나에 의자 두 개, 그리고 침대가 양쪽에 놓여 있는 게 가구의 전부였다. 안쪽에 놓인 침대 위에 한 여인이 누워 있다.

"엄마!"

호칸이 누워 있는 여인에게로 달려갔다. 라모와 페넬도 호칸을 따라 여인에게로 다가갔다. 페넬은 여인을 보자마자 고개를 돌렸다. 여인의 모습은 참혹했다. 예전에는 풍성했을 금발의 머리가 다 빠져 침대 밑에 흩어져 있고, 고왔을 살결은 온데간데없고 완전히 뼈다귀만 남은 형상이다. 겉가죽이 축 늘어져 기괴한 형상을 하고 있다. 호칸은 그런 자신의 어머니를 보자 통곡하기 시작했다. 라모 또한 처음엔 여인이 이미 죽은 시체인 줄로 알았다. 그러나 호칸이 울자 비로소 여인이 퀭한 눈을 떴다. 그리고 손을 부들거렸다. 아마도 호칸의 머리라도 쓰다듬어 주고 싶지만 힘이 없어 손을 들지 못하는 모양이다. 라모는 호칸의 옆에 섰다.

"그대의 부름을 받고 달려온 호른 제국 글로스타의 영주 라모 하레스요. 하실 말씀이 있으면 지금 하시지요."

라모는 약간의 진기로 허공을 격해 흘려내어 여인의 몸 상태를 점검했다. 이미 죽었어야 할 정도로 여인의 상태는 최악이었다. 아마도 라모와 호칸을 보기 위해 끈질긴 정신력으로 버티고 있었던 모양이다.

여인의 눈동자가 라모를 향했다. 그리고 입술을 달싹였으나 목소리가 나오지 않았다. 하지만 라모는 이미 타심통으로 여인의 마음을 읽고 있었다.

"와주셔서 감사합니다."

여인은 그렇게 말하고 있었다.

"천만의 말씀입니다. 이케로스 대장의 일은 어쩔 수 없었소. 나로서도 부득이한 일이었소."

라모가 입을 열자 여인은 눈을 조금 더 크게 떴다. 병환 중에도 라모가 자신의 마음을 읽는 듯하자 놀라운 모양이다. 그러나 곧 이어 눈빛이 강해졌다.

"영주께서는 부득이한 일이었다지만 그럼 우리는 무슨 죄를 지어 남편과 아버지를 잃고 이 지경이 되어야 합니까?"

여인의 질타에 라모는 할 말을 잃었다. 이케로스는 노예 시장을 주도한 중죄인이었다. 그의 죄는 죽어 마땅했다. 하지만 여인과 호칸에게는 세상에 하나밖에 없는 남편이요 아버지였던 것이다. 이 가엾은 여인과 어린 호칸이 세상을 살아가는 울타리가 돼주었던 인물이었다.

그 울타리를 라모가 제거해 버렸다. 라모는 비로소 인간을 질책하기는 쉬우나 그 이면에 그 죄인이 행한 선행과 책무를 대신 짊어질 각오가 돼 있지 않다면 죄에 대한 벌을 주기도 쉽지 않다는 걸 느꼈다.

"그대와 호칸에게는 정말로 미안하오. 그대들을 보니 나 또한 죄인이라는 생각이 드는구려. 그래, 어찌하면 나를 용서해 주겠소?"

여인의 눈이 조금 기쁜 빛을 띠었다.

"영주님께서 진실로 미안하시다면 제 아들을 보살펴 주세요. 이제 제가 죽으면 저 아이는 천애고아가 될 겁니다. 호칸을 영주님께 보낸 이유입니다. 전 영주님께서 호칸을 거두어주시기만 하면 절대 원망하지 않겠어요. 남편은 죗값을 받았을 뿐이라는 걸 제가 어찌 모르겠습니까? 부디 제 아들을 떠돌이로만 만들지 말아주세요."

라모는 여인이 알아볼 수 있도록 크게 고개를 끄덕였다.

"약속하겠소. 그대의 아들을 내가 책임지고 키울 것을 신께 맹세하겠소."

여인이 안심했다는 듯 잠시 눈을 감았다. 그러다 퍼뜩 눈을 떴다.

"어머! 이를 어째. 영주님께서 오시면 대접하려고 음식을 준비했었는데…… 상하지나 않았는지 모르겠네요."

라모는 여인의 말에 고개를 돌려 식탁을 바라보았다. 식탁 위에는 빵과 음식물 몇 가지가 접시에 담겨 있다. 처음엔 정갈했을 음식들이 얼마나 지났는지 온통 곰팡이가 피어 있고 심지어 거미줄까지 쳐져 있다.

"음! 먹음직스러워 보이는군요. 이렇게 음식까지 대접해 주시니 정말 감사합니다."

라모의 말에 여인이 희미하게 미소를 짓는 듯 보였다. 호칸은 눈물을 펑펑 쏟고 있다가 그런 라모를 보고는 부츠 속에서 대거를 하나 꺼내 들더니 갑자기 달려들었다.

"이 원수!"

호칸이 라모의 가슴을 찔러왔다.

"안 돼! 호칸!"

여인의 비통한 외침이 타심통을 통해 라모에게 전해져 왔다. 기껏 호칸을 맡길 만한 사람을 안배해 놓았는데 그것이 모두 물거품이 되지는 않을까 염려하는 것이라고 라모는 생각했다. 호칸이 찔러온 대거는 절로 일어난 진기에 의해 튕겨 나가 버렸다. 라모는 오히려 호칸을 끌어당겨 안아버렸다.

"부인, 걱정 마시오. 호칸은 반드시 내가 훌륭히 키워내겠소."

라모가 재차 약속하자 여인의 눈가로 눈물이 한 방울 흘러내렸다. 호칸이 발버둥 쳤지만 라모는 아이를 놓지 않았다.

여인은 그로부터 5분여를 더 넘기지 못한 채 숨을 거두고 말았다. 라모는 비통하게 울부짖는 호칸을 보며 자신 또한 통곡하고 싶은 심정을 느꼈다.

라모는 삼 일간 스펠타크에 머물며 관에 안치한 이케로스의 아내를 양지 바른 곳에 묻을 때까지 전 과정을 지켜보았다. 이어 라모는 지난번 사태로 용병의 자식 가운데 고아가 된 어린아이와 홀로 된 부녀자가 있는가를 살피고 넉넉한 후원금을 지불하여 생활에 불편이 없도록 조처했다.

"난 당신을 따라가지 않겠어요."

이케로스의 아내 메이다의 장례가 끝난 후 호칸은 라모에게 이렇게 선언했다. 호칸은 어머니의 비참한 죽음은 대부분 라모 탓이라는 원망이 강했다. 어머니가 피골이 상접한 모습으로 누워 있는 광경을 보니 새삼 분노가 솟구쳐 대거를 들고 라모에게 달려들기도 했다. 이 모든 불행의 단초가 라모로 인해 발생했다고 믿었던 때문이다.

호칸은 이제 와서 생각하니 라모는 어찌할 수 없는 무서운 무력의 소유자라는 걸 깨달았다. 독액을 마셔도 멀쩡하고 대거로 찔러도 도리어 튕겨내니 죽일 방도가 없는 인물이 아닌가. 그래서 라모를 어쩔 수는 없었지만 따라가기는 싫었다. 언제 어머니가 자신을 부탁하였단 말인가? 어머니는 자신이 지켜본 바대로 말 한마디 하지 못하고 돌아가시지 않았던가. 호칸은 라모가 말을 꾸며내 자신을 속인다고 생각했다.

"호칸, 넌 아직 어리다. 네 어머니의 유언대로 널 돌볼 책임이 내게 있다. 그러니 싫어도 나를 따라가야 한다."

라모가 부드럽게 설득했지만 호칸은 단호했다.

"원수인 당신을 따라가느니 차라리 거지가 나아요. 난 절대 가지 않겠어요."

호칸은 그렇게 자신의 의견을 밝힌 후 스펠타크 시를 벗어나 걷기 시작했다. 라모가 곤혹스러운 얼굴로 호칸을 따라 걸었다. 그 뒤에는 페넬이 따랐다. 페넬은 사정을 알고 나서야 라모의 궁색한 처지를 이해했다. 더불어 라모에게 이런 면도 있구나 하고 감탄하였다. 정도에 어긋나면 단호하게 대처하는 철혈의 정신을 가진 라모가 호칸을 만나서는 연약한 여인네처럼 정이 넘친다. 페넬은 오히려 이런 라모의 숨겨진 일면을 발견하자 더 정감이 든다. 페넬은 라모를 지나쳐 호칸에게 다가갔다.

"호칸, 지금 어디로 가고 있는 것이냐?"

호칸은 페넬이 옆으로 다가와 묻자 라모에게 보다는 훨씬 공손하게 대답한다.

"전 대륙을 여행하고 싶어요. 우선 로랜드의 코나코리 호수를 보러 갈 거예요."

페넬은 속으로 웃음이 나왔지만 억지로 삼켰다. 실상 페넬 또한 이케로스의 죽음과 직, 간접으로 연관이 있다. 이케로스가 죽은 장소에 페넬도 증인의 한 사람으로 최후를 지켜보았다. 그러니 사정을 알면 호칸도 페넬에게 질색했을 것이다. 그러나 대륙에는 오직 라모 하레스의 이름만 무성하고, 그 밑에서 수고한 여러 인물들에 대해서는 거의 알려진 바가 없었다. 그러니 호칸은 페넬을 다만 실력있는 마법사로만 여겨 오히려 호감을 표시한다.

로랜드는 도란 제국의 서쪽 변경 너머에 위치한 작은 나라였다. 말을 타고 열흘이면 종주할 만큼 국토가 좁다. 코나코리는 바로 이 로랜드에 위치한 거대한 호수였다. 마치 바다처럼 끝이 보이지 않는 넓은 호수였다. 물 반 고기 반으로 어획량이 많은 곳이기도 했다. 종종 대륙의 시인들은 코나코리를 일컬어 대양의 젖줄이라고 불렀다. 실상 그렇기야 하겠는가만은 그만큼 호수는 넓고 유량이 풍부했다. 대륙 사람이라면 코나코리에 얽힌 신비한 사연과 전설을 듣고 자랐고, 누구나 가보기를 동경해 마지않는 장소였다.

"넌 돈도 없잖아. 그곳까지 한 달 이상 걸어야 할 텐데 무엇을 먹고 어디서 잘 예정이지?"

호칸은 어린아이답게 현실적인 얘기가 나오자 시무룩해졌다. 하지만 곧 씩씩하게 대답했다.

"걱정 마세요. 글로스타는 더 먼 길이었지만 무사히 갔잖아요. 돈이 없어도 문제없어요."

뒤따르던 라모는 호칸이 불쌍하기 그지없었다. 그래서 더욱더 강제로 데려가기를 원하지 않았다.

호칸은 나름대로 어린 머리가 복잡하기 그지없으리라 추측했다. 어제의 원수가 오늘은 보호자가 된다니 용납이 되지 않으리라. 또 일신의 안위를 위해 라모를 따른다면 아버지에게 죄송하다는 생각이 들 법도 하다. 라모는 호칸의 마음을 읽고 시간이 더 필요하다는 걸 느꼈다. 라모와 페넬은 재게 다리를 놀려 걷는 호칸을 따라갔다.

마을이 나타나면 페넬이 음식을 사 와 나눠 주었다. 또 밤이면 호칸을 따르다 보니 절로 노숙을 하게 되고 말았다. 이럴 땐 페넬이 마법으로 침낭을 공수해 와 별다른 불편을 느끼지 못했다. 하지만 라모는 호칸이 이렇듯 떠돌아서는 안 된다고 생각했다. 배움에는 때가 있고, 호칸은 이제 한창 학문을 익혀야 할 시기였다. 지금 배우지 않으면 평생 건달이나 용병밖에는 할 일이 없을 것이다. 그러나 호칸의 마음을 돌릴 만한 뾰족한 묘안이 없었다.

그렇게 걷기 시작한 지 3일째 되는 날이었다. 페넬이 수정구를 들고 라모에게 달려왔다.

"영주님! 휠츠리 영지의 야스퍼 후작님께서 통신을 원하십니다."

수정구에는 야스퍼의 얼굴이 떠올라 있다.

―형님! 거기서 뭐 하시는 겁니까? 아니, 혼자만 여행을 다니는 겁니까? 절 불러주시지 않고……. 정말 세월 좋군요. 누구는 처자식들 먹여 살리느라 똥줄이 빠지는데 누구는 유유자적 여행이나 즐기고 있으니…….

라모는 야스퍼의 말이 길어지자 얼른 끼어들었다.

"야스퍼! 자네 눈에는 내가 유람 다니는 사람으로 보이나? 헛소리하지 말고 용건이나 말해. 무슨 일인가?"

그러자 수정구 안의 야스퍼가 원망의 눈초리를 던진다.

―형님은 너무 무심하시군요. 조카딸 첫 생일이 내일인데……. 부디 참석하셔서 제 딸의 돌을 축하해 주시길 바랍니다. 이렇게 꼭 말씀을 드려야 합니까?

라모는 그제야 야스퍼의 딸 유스티나가 태어난 지 일 년이 되었나 가늠해 보았다.

야스퍼는 이미 2년 반 전에 샤넬 황녀와 성대한 결혼식을 올렸다. 호른 제국의 권력가 중 한 사람인 휠츠리 영주 야스퍼 후작과 도란 제국의 2황녀 샤넬리아 민투르노의 결혼에 양 제국 모든 국민은 기뻐하였다. 도란 제국과 호른 제국은 그다지 사이가 나쁠 것은 없지만 그룬디아 대륙을 끌어가는 두 마리 맹호였다. 한 산에 두 호랑이가 존재할 수 없듯 언젠가는 두 제국이 대륙의 패권을 놓고 쟁투를 벌이지는 않을까 하는 우려가 민간에는 있었다. 그런데 야스퍼와 샤넬 황녀의 결혼으로 두 나라 간의 우의가 더욱 돈독해졌으니, 대륙의 평화를 기원하는 모든 사람의 축복을 받았다.

그리고 작년 이맘때쯤 샤넬 황녀는 어여쁜 딸을 낳았다. 루벤트 황제 또한 외손녀의 출생을 기뻐하며 직접 '유스티나'라는 이름을 지어주었다. 물론 라모도 짬내어 달려가 직접 유스티나를 안아주기도 했었다. 그 뒤에도 몇 번 들르기는 했지만 유스티나의 돌은 까맣게 잊고 있었다.

"알았다. 별일은 없으니 바로 가도록 하겠다."

라모는 통신을 끝내고 페넬에게 글로스타로 가서 잘 세공된 금팔찌를 하나 가져오라고 지시했다. 조카의 생일인데 빈손으로 갈 수는 없었다. 페넬은 금팔찌를 가지고 휠츠리 영지로 바로 가기로 하고는 마법진을 통해 사라졌다.

"난 안가요. 갈려면 혼자 가요."

분위기를 보다가 호칸이 뻗대고 나왔다. 라모는 조카딸의 잔치인만큼 어린아이들도 많이 올 것으로 예상했다. 음식도 풍부하고 호칸도 즐거워할 것이 확실했다. 하지만 라모에 대한 반감이 짙어 무조건 반대하고 나선다.

"할 수 없다. 가야 해. 너도 가면 분명 좋아질 거야. 잔소리 말고 따라와라."

라모는 곧 지면에 마법진을 그리기 시작했다. 호칸이 그런 라모를 바라보며 성질을 내다가 슬금슬금 뒷걸음질치기 시작했다. 그리고 라모가 마법진에 정신이 팔려 있는 동안 뒤돌아 서서 냅다 도망가기 시작했다. 그러나 얼마 달리지 않아 호칸은 목 뒤가 뜨끔하더니 정신을 잃고 말았다.

호칸이 깨어났을 때 처음 본 것은 모자이크되어 있는 천장이었다. 그리고 자신은 푹신하고 아늑한 침대에 누워 있는 것이 아닌가? 호칸은 깜짝 놀라 일어나다가 재차 자신의 몸을 살펴보고는 대경했다. 누군가 호칸이 정신을 잃고 있을 때 목욕을 시켜준 모양이다. 때가 말끔히 벗겨져 있고 몸에서는 은은히 향기까지 났다. 그리고 생전 처음 입어보는 고급의 실크 잠옷을 걸치고 있다. 침대 머리맡에는 큰 창이 달렸고, 한쪽 벽면에는 벽난로가 붙어 있다. 방바닥은 융단이 깔려 있었으며 출입문 쪽에 놓인 고풍스러운 탁자 위에는 이름 모를 꽃이 화병에 꽂혀 있다.

호칸은 자리에서 일어나자 침대 옆 서랍장 위에 곱게 개어놓은 옷을 발견했다. 자신의 누더기 온데간데없었다. 호칸은 옷을 들어 올렸다. 자신의 머리색과 어울리는 갈색의 가죽 옷 상하의였다. 무두질이 잘 돼 있어 가죽치고는 매우 부드러운 느낌을 준다. 그리고 보니 서랍장 밑바닥에는 부츠 한 켤레가 놓여 있다. 호칸은 부츠를 신어보았다. 내부에 털을 집어넣어 따뜻하고 편한 기분이 든다. 또한 항상 자신이 부츠 속에 감추어두던 조잡한 대거가 사라진 대신 부츠 외부에 아주 얇은 대거 하나가 꽂혀 있는 걸 발견했다. 일부러 대거를 감추기 위해 고안한 듯 외부에 있는 듯 없는 듯 대거가 꽂혀 있다. 호칸은 대거를 빼 들었다. 작지만 날카로운 검광이 번뜩인다. 흰 광택이 흐르는 비범해 보이는 대거였다. 손잡이도 미끄러지지 않도록 장미를 음각해 놓았다. 호칸은 모든 것이 매우 마음에 들어 어린아이답게 가슴이 뛰놀았다. 호칸은 이 모든 것이 라모의 안배라는 걸 알고는 절로 감사하는 기분이 들었다. 그러나 곧바로 콧방귀를 뀌었다.

"쳇! 이까짓 거."

불현듯 라모가 자신의 원수라는 생각이 들자 다시 기분이 나빠졌다. 그때 노크 소리가 들리고 문이 열리며 시녀 차림의 여인이 들어왔다.

"도련님, 일어나셨군요. 공작님께서는 도련님이 깨어나시는 대로 내성으로 나오도록 전하라 하셨습니다."

시녀가 정중하게 고개를 숙이는 모습을 보자 묘한 기분이 들었다.

"여기는 어디고 누가 나를 씻겼지요?"

시녀가 호칸을 향해 다정한 미소를 지었다.

"여기는 공작님의 의제이며 휠츠리 영지의 영주이신 야스퍼 후작님의 영주관입니다. 그리고 송구스럽게도 도련님을 목욕시킨 사람은 저예요."

시녀는 호칸의 신분을 몰랐지만 라모 공작이 중히 여기는 아이라면 공손하게 대해야 한다는 것쯤은 눈치로 때려잡았다. 처음엔 거지꼴이었는데 말끔히 씻기고 하룻밤을 푹 재웠더니 지금 눈빛이 초롱초롱하며 총기가 넘쳐흐른다.

호칸은 시녀가 자신을 씻겼다는 말을 듣고는 얼굴이 빨개졌다. 여인은 이제 20대 후반이니 누나가 아닌가. 여자라고는 호칸 평생에 어머니밖에 몰랐으니 내외를 하더라도 이상할 것이 없었다.

호칸은 시녀의 안내로 영주관을 나서 내성으로 나섰다. 지금 내성에는 수많은 하객들이 들끓고 있었다. 내성 한 켠에는 큰 식탁이 놓여 있고 식탁 앞에는 여러 사람이 둘러앉아 있는 모습이 보였다. 라모도 그 가운데 끼어 있었다. 호칸은 특히 보름달 같은 미소를 지은 채 아기를 안고 있는 한 여인의 모습에 홀딱 빠져 버리고 말았다. 여신이 강림한 듯 여인은 너무나 아름다웠고, 아이를 안고 있는 모습이 그렇게 자애로워 보일 수가 없었다. 라모가 호칸을 발견하고 손짓을 했다. 시녀가 재촉하는 바람에 호칸은 라모에게 다가갔다.

라모는 호칸의 손을 잡아 여러 사람이 잘 보이도록 식탁 앞으로 끌어당겼다.

"이 아이가 이케로스의 아들 호칸이네. 이 아이를 내 양자로 들일 것인지, 아니면 제자로 거둘 것인지 고민 중이야."

라모의 말에 반박하고 싶었지만 둘러선 사람들이 부담스러워 호칸은 가만히 있었다. 식탁에 둘러선 모든 사람들의 시선이 호칸에게 몰렸다. 아마도 라모가 호칸에 얽힌 사연을 모두 들려주었던 모양이다. 여인 옆에 서 있던 자신과 같은 갈색 머리에 빼어난 체구를 한 남자가 일어나 호칸에게 팔을 뻗어 악수를 청했다.

"호칸! 반갑다. 난 야스퍼 핸슨이라고 한다. 네 얘기는 다 들었다. 힘들겠지만 용기를 잃지 말거라."

이어 둘러섰던 사람들이 너도 나도 호칸에게 악수를 청하며 위로의 말을 던졌다. 호칸이 보기에도 하나같이 예기가 풍기는 비범한 인물들 뿐이었다. 바로 전임 하레스의 천인장들이었다. 천인장들은 라모가 호칸을 제자로 받아들일 뜻이 있다는 말을 듣자 부러움을 금할 수 없었다. 라모의 제자가 된다 함은 곧 그룬디아 대륙제일의 초인이 된다는 말에 다름 아닌 것이다. 인사가 끝나자 다시 왁자지껄해지며 야스퍼

부부에게 아기 생일을 축하하였다.

그때 호칸이 이상적으로 보았던 여인이 라모에게 말을 건네는 바람에 다시 사람들의 관심을 모았다.

"라모 공작님께 청이 하나 있어요. 공작님께서는 이 아이가 태어나던 해에도 다만 아름다운 보석을 보내셨을 뿐이지요. 전 정말 섭섭해요. 그런 보석이나 장식물이라면 우리도 얼마든지 구할 수가 있는 물건이에요. 적어도 공작님이라면 특별한 선물을 우리 유스티나에게 주실 줄 알았거든요."

여인은 바로 야스퍼의 아내가 된 샤넬 황녀였다. 라모는 샤넬 황녀의 섭섭해하는 표정에 도리어 의아해졌다.

"황녀께서는 이 사람에게 무엇을 요청하시려고 합니까? 제가 가진 건 그런 보물들밖에 없습니다. 하늘의 별을 따달라고 하신다면 이 라모로서도 감당할 수 없소이다."

라모의 말에 전임 천인장들이 일제히 폭소를 터뜨렸다. 샤넬 황녀도 입가에 미소를 띠었다.

"제가 청하는 건 그런 물질이 아니에요. 장차 이 아기가 성장해 성인이 되었을 때 라모 공작님께서는 이 아이가 요구하는 어떤 소원이든 한 가지를 반드시 들어주시겠다는 증표를 주시기만 하면 돼요. 그것이야말로 유스티나에겐 크나큰 선물이 될 거예요."

샤넬 황녀의 요청에 전임 천인장들이 모두 고개를 끄덕였다. 불가능을 모르는 사나이 라모의 약속은 천금보다 중하다. 그가 마음먹어 이루질 못할 것이 없으니 유스티나는 천국의 열쇠 하나를 손에 넣는 것이나 마찬가지인 셈이다.

"그러고 보면 샤넬 황녀께서도 욕심이 많은 분일세."

귀네스가 나지막이 중얼거렸고, 다른 전임 천인장들이 실소했다. 야스퍼는 샤넬 황녀의 요구가 지극히 정당하다며 무언 중 라모의 결단을 촉구하는 눈초리를 던진다. 라모는 별 대수롭지 않게 생각했다. 자신이 할 수 있는 일이라면 못 들어줄 것도 없다. 오히려 라모는 무엇을 증표로 삼을 것인지 고민해야 했다. 바이올레이드는 이미 라도의 검이 되었고, 그렇다고 블랙암을 증표로 삼을 수는 없다. 자신의 신표가 될 만한 물건이 없었던 것이다. 라모는 잠시 고민하더니 허리춤에서 금화한 개를 꺼내 들었다. 그리고 손에 진기를 돋우어 금화를 주물럭거렸다. 금화는 곧 아주 작은 토끼 형상으로 변했다.

"이 골드래빗을 내 약속의 증표로 삼겠소. 유스티나 핸슨이 성인이 되었을 때 이 골드래빗을 가져오면 내가 할 수 있는 한도 내에서 소원을 들어주도록 하겠소."

라모는 골드래빗을 샤넬 황녀에게 넘겨주었다. 샤넬 황녀는 매우 기쁜 표정으로 골드레빗을 소중하게 간직했다. 야스퍼 또한 흡족한 미소와 함께 들고 있던 술잔을 비웠다. 라모는 이날의 사소한 약속이 훗날 머리털이 빠질 정도의 고민거리가 되리라고는 감히 상상하지도 못했다.

어쨌든 잔치는 더욱 흥겨워졌고, 호칸도 배불리 음식을 먹을 수 있었다. 또 전임 천인장들과 다른 하객들이 자신의 자녀를 데려와 친구도 만날 수 있어 유쾌한 하루를 지낼 수 있었다.

그러나 다음날 새벽녘 깨어난 호칸은 자신의 현실을 인식했다. 이곳은 결코 자신의 집이 아니다. 또한 라모는 여전히 자신의 원수다. 그러니 이곳에 안주할 수는 없다고 생각했다. 라모의 도움도 더 이상 원치 않았다. 호칸은 살금살금 영주관을 빠져나왔다. 과연 영주관은 호락호

락한 장소가 아니었다. 영주관 입구에서부터 일직 기사의 제지를 받았다.

"도련님! 이 새벽에 어디로 가십니까?"

호칸은 영주관에서부터 자신의 행적이 발각당하자 뜨끔했지만 곧 핑곗거리를 찾아냈다.

"어제 음식을 너무 많이 먹은 모양이에요. 속이 더부룩해서 잠시 산책을 하려구요."

기사는 그런가 보다 하며 고개를 숙였다.

"그럼 다녀오십시오."

호칸은 기사의 배웅을 받으며 영주관을 나섰다. 하지만 성문에서 다시 한 번 제지를 받았다.

호칸은 역시 산책하고 싶다는 핑계를 댔다. 성문 경비 기사가 '그럼 호위 병사를 데려가라' 고 하는 걸 만류하느라 호칸은 진땀을 뺐다. 겨우 성문을 통과한 호칸은 그 길로 로랜드로 향한 방향을 대충 가늠한 후 부지런히 발을 놀려 휠츠리를 빠져나가기 시작했다.

그러나 얼마 가지 못해 호칸은 덜미를 잡혔다.

"지금 어디로 가는 것이냐?"

시내를 빠져나와 외곽으로 접어들었을 땐 논밭이 펼쳐져 있었다. 그러다 계속 걷자 이번엔 숲이 나왔고, 사람이 닦은 길을 따라 걷다 보니 종내에는 인적이 끊어진 숲 속에 서 있는 자신을 발견한 호칸이었다. 그래서 당황하고 있던 중인데 라모가 숲 속에서 걸어나오는 것이 아닌가. 호칸은 라모를 보자 속으로는 매우 반가웠으나 겉으로는 냉랭하게 대답했다.

"왜 날 따라온 거지요? 날 내버려 둬요. 난 아버지의 원수와 함께 지내고 싶지 않아요."

호칸은 말을 하고 난 후 라모를 지나쳐 알 수 없는 숲 속으로 계속해 걸어갔다.

라모는 호칸의 심리를 읽고 씁쓸한 미소를 지었다. 라모는 호칸이 영주관을 벗어날 때부터 이미 눈치 채고 있었다. 라모는 시녀에게 샤넬 황녀와 야스퍼에게 대신 인사말을 전해달라고 당부한 뒤 몰래 호칸을 따라왔던 것이다.

"이 녀석아! 길이나 알고 가는 거냐? 지금 네가 가고 있는 곳은 인간이 들어갈 수 없는 아바바 산맥이 펼쳐져 있다. 몬스터도 간혹 출현하는 곳이지. 계속 고집을 부릴 셈이냐?"

라모의 말에 호칸은 발걸음을 멈추었다. 아바바 산맥이라면 자신도 들은 바가 있다. 도란 제국과 호른 제국의 경계를 짓는 산맥이 아바바였다. 휠츠리 영지처럼 평지로 도란 제국과 연결된 지역을 빼놓고는 철저히 두 제국을 갈라놓는 역할을 한다고 들었다. 호칸은 속으로 '젠장' 하고 욕지거리를 되뇌었다. 무작정 걸어온 곳이 하필이면 아바바 산맥이라니……

아무리 라모의 말에 반감을 가지더라도 아바바 산맥으로 걸어 들어갈 수는 없다. 산맥의 거친 정도와 몬스터는 어린아이가 감당할 수준이 아니다. 호칸은 아무 소리 하지 않고 발을 돌려 다시 왔던 길을 되돌아가기 시작했다.

라모가 호칸의 앞길을 막아섰다. 그리고는 손바닥을 펼쳐 내밀었다. 손바닥 위에는 골드래빗 세 개가 놓여 있다.

"생각해 보니 너에게도 이런 제안이 필요할 듯하구나. 이 골드래빗 세 개를 너에게 주겠다. 내가 할 수 있는 일로 너의 소원 세 가지를 들어주겠다. 그러니 이제 나에 대한 감정을 풀어라."

사탕을 가지고 어린아이를 구슬리는 작전을 펼쳤다. 그러나 호칸은 만만하지 않았다.

"필요없으니 저리 치워요."

호칸은 라모를 외면하며 왔던 길을 되돌아 걸었다. 라모는 호칸의 뒤통수를 향해 외쳤다.

"좋다. 그럼 우리 내기를 하자. 나와 함께 동행하며 딱 한 달만 지내 자. 그 안에 네가 이 골드레빗 세 마리를 다 쓸 거라고 난 자신한다. 만 약 한 달 안에 이 골드레빗을 다 쓰지 않는다면 소원대로 네 곁을 떠나 마. 하지만 반대로 네가 내게 세 번 요청하는 일이 생기면 너도 아버지 의 죽음과 나의 대한 원망을 잊는 것이다. 그때는 내 보호 아래로 들어 오는 거다. 어떠냐?"

라모의 제안에 호칸이 뒤도 돌아보지 않고 외쳤다.

"흥! 수 쓰지 말아요."

호칸은 그러면서 계속 걸어갔다. 라모가 신법을 발휘해 호칸의 등 뒤로 따라붙었다.

"사내 녀석이 자신을 믿지 못하는 거냐? 이케로스는 비록 죄를 지었 지만 사나이의 기상이 넘치는 자더구나. 넌 너의 아버지보다 못하단 말이냐?"

라모의 도발에 호칸이 기어코 걸려들고 말았다.

"살인자의 더러운 입으로 내 아버지를 논하지 말아요. 좋아요, 내기 해요. 한 달 후에 당신을 내 곁에서 멋지게 쫓아내 주겠어요."

호칸은 라모가 재차 내미는 골드레빗 세 개를 쓸어가서는 품속에 간 직했다. 그러면서 다시 한마디를 남긴다.

"내가 이 골드래빗을 하나라도 쓴다면 이케로스의 아들이 아니에요!"

붉게 상기된 얼굴로 단언한다.

"그럼 약속은 성립됐다. 네가 골드레빗을 쓸지 안 쓸지는 더 지나봐야 아는 법이다. 그만 가자."

라모는 그제야 만족한 얼굴로 호칸을 추월해 앞으로 걸어나갔다. 그런 라모의 뒷모습을 호칸은 밉살스럽다는 눈길로 노려보았다. 숲 속을 다시 걸어나오는데 이번에는 페넬이 앞을 막아선다.

"아니, 페넬! 자네가 어찌 알고 여기까지 왔나?"

휠츠리 성을 나서며 라모는 페넬에게도 알리지 않고 몰래 빠져나왔던 것이다.

"영주님이 하도 저 몰래 잘 빠져나가시니 아예 추적 마법이 걸린 아이템을 영주님 몸 어딘가에 심어놓았지요. 물론 비밀입니다."

라모는 마법 아이템이라는 말에 진기를 흘려 자신의 신체와 의복을 검사했다. 그러나 특별히 마나의 기운을 띤 물건은 느낄 수 없었다.

"도대체 어디에 감춘 건가? 내가 느끼지 못할 정도라니……. 이럴 리가 없는데……?"

라모가 의아해하자 페넬은 속으로 득의의 웃음을 흘렸다. 추적 마법은 바로 라모의 아내 카릴이 걸어놓은 것이었다. 라모와 사랑을 나누며 자신의 흔적을 이용해 라모의 몸 전체에 걸어놓은 것이다. 라모를 쫓아 다니느라 골머리를 앓던 페넬이 예전 카릴에게 도움을 요청하자 알려준 방법이었다. 숲 속에 있으면 숲을 보지 못한다는 원리와 맥을 같이한다. 라모의 몸 전체에 추적 마법이 걸려 있으니 진기를 흘려 일부분을 찾아보았자 발견할 리 만무했다.

코나코리 호수는 듣던 바대로 거대했다. 로랜드 국의 국토 가운데 4분의 1이나 차지한다. 코나코리는 300여 개의 강이 흘러들고 26개에 이르는 섬이 존재한다. 호수의 가장 긴 길이는 79킬로미터나 되고, 2,000킬로미터에 이르는 호수 주변을 다 돌려면 걸어서는 한 달이 걸려도 어렵다. 또한 호수의 가장 깊은 수심은 무려 1천 미터가 넘는다고 알려졌다. '대륙의 푸른 눈', '신이 주신 신성한 선물', '모방할 수 없는 자연의 기념품' 등 따라다니는 별칭도 많은 호수였다.

마법진을 통해 간단하게 도착하여 코나코리 호수 앞에 선 호칸은 입을 쩍 벌리고 자연의 경관에 얼이 빠졌다. 라모와 페넬 또한 클 뿐만 아니라 무엇보다 보석처럼 반짝이며 호수 바닥이 들여다보일 정도의 맑고 깨끗한 물을 보고 감탄했다.

페넬이 어디론가 사라지더니 얼마 지나지 않아 작은 나룻배 한 척을 수배해 끌고 왔다. 세 사람과 사공이 타면 딱 알맞은 크기다.

"여기까지 왔으니 직접 코나코리의 품에 안겨보아야 하지 않겠니?"

페넬이 호칸을 향해 눈을 찡긋거렸다. 라모와 페넬 호칸은 나룻배를 타고 호수 안으로 미끄러져 들어갔다. 수면만 쳐다보면 마치 바다와 같다. 호변의 산들과 숲이 보이지 않는다면 착각을 일으키기 쉽상이다. 호칸은 배 밖으로 상체를 내밀고 수면 아래를 관찰하느라 여념이 없다. 저럴 땐 그대로 개구쟁이의 모습이다. 라모는 미소를 지으며 그런 호칸을 바라볼 뿐이다.

라모는 호칸을 위해 코나코리 호수 주변에서 사흘을 보냈다. 마침 주변에는 음식을 파는 행상들이 많아 식사를 해결하는 데는 문제가 없었다. 그만큼 관광객이 많았다. 특히 가족 단위로 유람을 온 관광객들이 꽤 됐는데, 호칸은 부모의 손을 잡고 코나코리 앞에서 놀라운 함성을 외치는 아이들의 모습이 꽤나 부러웠던 모양이다. 호칸은 코나코리 호수에 적응하고 나자 다시 침울해졌다. 종종 코나코리 호수 앞에 홀로 서 눈물 짓고는 한다. 이제 세상에 홀로 남았다는 설움이 새삼 복받쳤던 모양이다. 라모와 페넬은 처음엔 그런 호칸을 내버려 두었다. 그러나 슬픔이 길어지자 그대로 놔두어서는 안 되겠다는 생각이 들었다.

나흘째 되는 날 라모와 페넬은 다시 배를 빌려 호칸을 데리고 코나코리 호수 안으로 들어갔다. 이번 목표는 알흔 섬까지였다. 진기한 꽃과 피어나는 운무로 코나코리 또 하나의 명물로 소문났다. 거의 하루 종일 배를 저어가야 도착하는 섬이었다. 배를 타고 가는 도중 호칸은 여전히 고개를 숙이고 시무룩한 표정을 짓고 있다. 이제 호변이 보이지 않을 만큼 먼 곳으로 나왔다. 라모는 호칸의 허리에 오른손을 둘러 번쩍 들어 올렸다.

"앗!"

호칸은 깜짝 놀랐다. 라모가 호칸을 안은 채 배 위에서 몸을 날렸던 것이다. 그리고는 물 위를 걷기 시작했다. 덕분에 호칸은 다시 마음속의 슬픔이 순식간에 증발돼 버리고, 신묘한 라모의 재주에 푹 빠져 버리고 말았다. 호칸의 놀라움은 라모가 공중으로 솟아올랐다가 허공을 날아 배로부터 멀리 떨어져 나갈 때 절정을 이루었다. 라모는 다시 수면 아래로 내려와 물결을 밟고 걸었다. 호칸은 신기한 눈으로 호수와 라모를 번갈아 바라보았다.

"어떠냐? 이런 수법을 배우고 싶지 않으냐? 네가 골드래빗 한 개를 쓰면 즉시 가르쳐 주마."

호칸은 '배우고 싶어요' 하는 소리가 목구멍까지 치밀어 올랐다가 자신이 라모를 향해 큰소리치던 광경이 떠오르자 억지로 감정을 삭였다.

"흥! 어림도 없어요."

하지만 호칸의 눈은 크게 떠져 있고, 몸이 경직되고 가슴이 벌렁거렸다. 마음속으로는 간절히 배우고 싶은 열망이 솟았다. 라모는 그런 호칸의 심정을 이해한다는 듯 아무 소리 하지 않고 다시 수면을 밟으며 앞으로 전진했다. 호칸은 자신의 허리를 두른 라모의 팔을 잡았다. 양손에 절로 힘이 들어가는 걸 느낀다. 놀이 기구를 탈 때의 긴장이 전해져 온다. 저 먼 뒤쪽으로부터는 페넬이 사공을 독촉해 따라오고 있는 나룻배가 어렴풋이 보인다.

"영주님! 기다려요! 같이 가요!"

페넬의 목소리가 수면 위로 들릴 듯 말 듯 날아온다. 그래도 라모가 걸음을 멈추지 않고 계속해서 나룻배와 간격을 넓히자 페넬은 품속에서 2실버를 꺼내 사공에게 던져 주었다.

"자넨 그만 돌아가게. 여기서부터는 우리끼리 가겠네."

페넬은 바로 플라이 마법으로 떠올라 라모의 뒤를 따라 날아가기 시작했다. 뒤에 남겨진 사공의 눈이 휘둥그레 커지며 날아가는 페넬의 뒷모습을 바라보았다. 사공은 자신이 대마법사들을 만났다고 생각했다. 사공 생활 20년 만에 이런 진귀한 손님들은 처음이다. 사공은 그제야 자신이 기연을 만났다가 눈앞에서 놓쳤음을 알았다. 하다못해 사소한 마법 아이템 하나만 얻었어도 팔자를 고칠 수 있었으리라. 사공은 자신의 안목없음에 배 바닥을 두드려 가며 원통해했다.

페넬은 순식간에 라모를 따라잡았다. 그러나 땀을 비 오듯 흘리며 얼굴이 창백해지고 있었다. 페넬이 날아온 거리는 무려 1킬로미터였다. 그것도 라모를 놓치지 않기 위해 전력을 다했다. 플라이 마법은 단 거리 이동을 위한 방식이다. 이런 장거리는 페넬로서도 무리였다. 그러니 마나가 거의 고갈되고 말았다. 페넬이 날아와 옆에서 헥헥거리고 있자 라모는 혀를 찼다.

"그러게 자네는 배로 따라 올 것이지……. 손을 이리 내보게."

라모는 왼손을 뻗어 페넬의 손목을 잡았다. 주변의 마나들이 다투어 몰려왔다. 그리고는 라모의 인도에 따라 페넬의 몸속으로 들어갔다. 페넬은 순식간에 고갈됐던 마나가 채워지는 걸 느꼈다. 아니, 오히려 평소보다 더 많은 마나가 체내에 축적됐다. 페넬은 경외감에 사로잡혔다. 라모를 따라다닌 지 벌써 10년이 넘어가고 있지만 볼 때마다 라모의 능력은 경이적이다. 페넬은 다시 힘을 얻어 수면을 걷는 라모를 따라 날았다. 그런 식으로 페넬의 마나가 떨어지면 라모가 다시 불어넣어 주며 세 사람은 코나코리 호수를 가로질렀다.

그리고 저녁이 다 될 무렵 멀리 섬 하나가 보였다. 운무가 짙게 일어나며 섬의 하단을 감추고 있다. 다만 상단만이 운무 속에서 드러났다 가려졌다 할 뿐이다.

"오늘은 하는 수 없이 저기서 일박을 해야겠군. 저리로 가세."

라모는 호칸을 안고 페넬을 인도해 알혼 섬으로 접근했다. 섬에 근접하자 안개가 옅어지며 점차 섬의 윤곽이 드러났다. 백사장이 넓게 깔려 있고 그 옆으로는 기암괴석이 호위하듯 서 있는 풍경이 뛰어난 섬이었다. 세 사람은 곧 백사장 위로 올라설 수 있었다. 그때쯤에는 황혼이 알혼 섬과 코나코리 호수 위에 길게 드리워져 또 다른 풍치를 자아내고 있다.

라모는 탄지신통과 허공섭물을 사용해 물고기 사냥을 했다. 페넬은 얼른 땔감을 주워 와 불을 지폈고, 그동안 호칸은 어린아이답게 모래사장 위의 민물조개 껍질을 수집했다. 그러나 그것도 곧 싫증이 났는지 백사장 너머로 보이는 언덕 위에 흐드러지게 피어 있는 이름조차 알 수 없는 꽃들을 발견했다. 페넬은 모래사장을 가로질러 달려갔다.

"곧 저녁을 먹을 테니 조금만 놀다 오너라."

달려가는 호칸의 뒤통수로 라모의 목소리가 들려왔다. 이 즈음 호칸은 라모에게 의지하는 바가 컸다. 천애고아가 되어 홀로 떠돌고 있었다면 어떻게 되었을까? 라모와 지낸 며칠간 호칸은 신나고 즐거운 일 투성이었다. 아버지 이케로스가 살아 있더라도 라모만큼 자신을 잘 대해주지는 못할 거라는 사실을 알고 있었다. 다만 원수라는 점 때문에 냉랭하게 대해왔으나 그 외의 부분에서 라모는 조금도 모자람이 없는 보호자였다. 아니, 항상 부드럽고 따뜻해 차고 넘치는 양육자였다. 호칸은 언덕에 다다라 품속에서 골드래빗 세 개를 꺼내보았다. 라모가 진기로 다듬어놓아 유난히 금빛이 반짝인다. 목걸이로 만들어도 모양새가 날 정도로 뛰어났다. 그러나 점점 라모에게 기울어가는 자신의 감정이 아직까지는 아버지와 어머니를 생각하면 미안하기 그지없다.

언덕 위로 올라서니 숲이 펼쳐져 있다. 그리고 숲 너머로 또 다른 언덕이 보인다. 아마도 섬의 맞은편인 모양이다. 호칸은 언덕 위의 꽃들 가운데 유난히 아름다운 것들만 꺾어 꽃다발을 만들었다. 꽃을 따라 걷다 보니 호칸은 자신도 모르게 숲 속으로 걸어 들어갔다. 그리고 얼마 후 퍼뜩 정신을 차렸을 때는 어둠이 짙게 깔리고 있었다. 다행히 자신이 걸어 내려온 언덕은 뻔히 올려다보였다.

그때 숲 속에서 흐느껴 우는 소리가 들려왔다. 호칸은 어두운 숲 속에서 우는 소리를 듣자 소름이 쫙 끼쳤다. 크게 소리쳐 우는 소리가 아니라 누구에게 들릴세라 가만가만 흐느끼는 소리다. 그것이 더욱 공포스러웠다. 호칸은 뒷걸음질치기 시작했다.

"흑흑… 엄마… 아빠……."

그때 들려온 분명한 어린아이의 목소리를 듣고 호칸은 발걸음을 멈추었다. 혹시 섬에 놀러 왔다가 길을 잃은 아이는 아닐까? 그런 생각이 들자 호칸은 용기를 내어 울음소리를 따라갔다. 큰 나무 둥치 아래에 한 아이가 쪼그려 앉아 울고 있는 모습이 보였다.

"얘, 너 길을 잃었니?"

울던 아이는 갑작스레 들려온 목소리에 화들짝 놀라 울음을 그치며 엉덩방아를 찧었다. 그리고 앉은 채 뒤로 허둥지둥 물러났다. 그러나 나타난 상대가 자신 또래의 아이라는 것을 알고는 눈이 동그래져 쳐다본다. 아직 완전히 어두워진 것은 아니어서 호칸은 아이가 은색 머리카락을 한 사내아이라는 걸 알아보았다. 호칸은 아이에게 다가가 손을 내밀었다.

"내 이름은 호칸이야. 이 알혼 섬에는 놀러 온 거고……. 몇 살이니?"

아이는 놀라 입을 벌리고 있다가 간신히 정신을 차리고 호칸의 손을 잡고 일어났다.

"내 이름은 링케야. 12살이고……. 넌 몇 살이니?"

"그래? 이야~ 잘됐네. 나하고 동갑이구나."

두 아이는 나이가 같은 데다 이름을 알고 나자 금방 친근함을 느꼈다.

"링케, 넌 왜 여기서 울고 있는 거니?"

호칸이 묻자 링케는 다시 설움이 솟구쳐 오르는지 울먹거렸다.

"해적을 만났어. 지금 저 언덕 너머 호변에 부모님이 잡혀 있어. 나혼자 간신히 도망쳐 왔는데… 해적들이 부모님을 모두 죽일 거야. 어떻게 해?"

링케의 사정에 호칸은 고민에 빠져 버리고 말았다. 라모에게 부탁하면 그까짓 해적쯤은 순식간에 몰살시키고 링케의 부모님을 구할 수 있을 것이다. 하지만 그러자면 골드래빗을 써야 한다. 절대 골드래빗을 돌려주는 일은 없을 것이라 큰소리를 쳤는데 며칠 지나지 않아 결심을 꺾는다는 건 자존심이 허락하지 않는다.

푸석—

그때 숲 속에서 나뭇가지 부러지는 소리가 났다. 링케는 순식간에 공포에 사로잡히고 말았다. 아나나 다를까 이미 어두워 진 수풀 속에서 시커먼 물체 두 개가 튀어나왔다.

"이 녀석! 여기 있었구나! 조그만 녀석이 발도 잽싸구나. 여기까지 도망쳐 오다니……. 잡히기만 해봐라. 우리를 그렇게 고생시켜? 엉덩이에 불이 날 정도로 패줄 테다!"

두 인물이 성큼성큼 걸어와 링케를 잡으려 했다. 링케는 겁에 질려 꼼짝도 못했다. 사정을 보던 호칸이 부츠에서 대거를 빼 들었다. 어둠 속에서 빛이 번쩍한다.

"앗!"

팔을 내밀던 인물이 얼른 손을 움츠렸다. 그리고 손을 잡고 펄쩍 뛰었다.

"제기랄! 이 자식은 누구야? 팔을 베였어."

제법 상처가 깊은지 어슴프레한 어둠 속에서도 피가 뚝뚝 떨어지는 걸 볼 수 있다. 호칸이 링케의 앞을 막아섰다.

"링케! 내 뒤로 보이는 언덕을 넘어가 도움을 청해. 내 일행이 있을 거야."

호칸의 말이 끝나기도 전에 '스르룽' 하는 소리가 들리며 두 인물이 검을 빼 들었다.

"좋게 좋게 끝내려고 했더니 안 되겠구나. 너희 두 어린 녀석들은 죽더라도 원망하지 마라."

링케는 겁에 질려 언덕을 향해 뛰기 시작했고, 호칸은 장검을 빼 든 어른 앞에 작은 대거를 겨누며 자세를 낮추었다. 두 인물 중 한 명이 옆으로 돌아 링케를 쫓아 달려갔고, 한 명은 호칸을 향해 검을 내려쳤다. 호칸은 얼른 뒤로 물러났다. 스펠타크 시에서 골목대장을 한 적은 있어도 진검을 든 어른은 도저히 무리였다. 그러나 호칸은 침착했다. 어린아이답지 않은 대담성으로 뒤로 물러서면서도 상대편에게 눈을 떼지 않았다. 상대편이 다시 검을 크게 휘둘러 왔다. 호칸은 다시 뒤로 펄쩍 뛰어 물러났다.

"이런 쥐새끼 같은 놈!"

상대는 화가 났는지 이제는 마구잡이로 검을 휘둘렀다. 호칸 또한 반격은 생각할 여지도 없이 정신없이 뒤로 물러났다. 도중 등에 무언가가 닿으며 더 이상 물러날 수 없었다. 나무 한 그루가 호칸의 후퇴를 막고 있다. 상대의 검이 틈을 놓치지 않고 호칸의 정수리로 떨어져 내렸다. 그러다 흠칫하더니 내려치던 검을 멈추었다. 어떻게 된 사정인지는 모르지만 호칸은 상대의 빈틈을 발견하고 오히려 뛰어들며 가슴을 찔렀다. 어린아이답지 않은 대담성이었다.

푹!

섬뜩한 소리가 들리며 대거가 상대의 가슴을 파고들었다.

"이런 제기랄!"

상대가 외마디처럼 외치더니 뒤로 휘청 물러난 후 털썩 무릎을 꿇었다. 호칸은 그 길로 뒤도 돌아보지 않고 링케가 도망간 방향을 향해 뛰었다.

"페넬 아저씨!"

차마 그동안 냉랭하게 대했던 라모를 부를 수는 없어 페넬을 크게 소리쳐 불렀다. 숨이 턱에 찰 정도로 언덕으로 있는 힘껏 뛰어 올라간 호칸은 힐 라이팅 마법으로 주변을 밝힌 채 서 있는 라모와 페넬을 발견하고서야 안도감이 들었다. 더욱이 그 옆에 링케가 무사한 모습으로 서 있고 쫓아오던 인물이 쓰러져 있는 걸 보고는 그만 다리에 맥이 풀려 풀썩 쓰러졌다. 라모가 얼른 신법으로 달려와 호칸을 일으켜 세운 후 몸에 묻은 흙먼지를 털어주었다.

"이 녀석아! 멀리 가지 말랬더니 이게 무슨 꼴이냐? 배가 고프지도 않더냐?"

호칸의 몸은 벌벌 떨고 있었다.

"내, 내가 사람을 죽였어요."

라모는 페넬에게 호칸을 맡긴 후 신법을 발휘해 숲 속으로 뛰어들어갔다. 그리고 잠시 후 돌아왔다.

"내가 가보니 핏자국만 있고 사람은 없더구나. 발자국이 찍힌 것을 보니 도망친 모양이야. 너는 사람을 죽이지 않았으니 걱정 마라."

라모의 설명에 호칸은 비로소 안도의 한숨을 쉬었다. 실상 호칸의 대거에 찔린 인물은 이미 사망한 후였다.

시간이 흘러도 나타나지 않는 호칸을 내버려 둘 라모가 아니었다. 라모는 이미 링케를 만날 때부터 호칸을 지켜봤었다. 그리고 위기의 순간에 블랙암으로 상대를 마비시켰던 것이다. 그러니 호칸이 상대를 찌를 수 있었던 것이다. 하지만 라모는 어린아이답지 않은 호칸의 침착성에 감탄하지 않을 수 없었다. 그리고 어려운 가운데서도 자신보다는 링케를 위하는 호칸의 착한 심성을 높이 샀다.

라모는 부드럽게, 그러나 단호하게 함부로 위험을 자초한 호칸을 다시 책망한 후 두 아이를 데리고 호변 백사장으로 내려갔다. 백사장에는 아직 물고기 여러 마리가 나뭇가지에 꽂혀 모닥불에 굽혀지고 있는 모습이 보였다. 긴장이 풀린 두 아이는 시장기를 느꼈는지 허겁지겁 생선을 먹어치웠다.

허기가 가시자 이번에는 링케가 다시 울기 시작했다. 그 모습을 보고 호칸은 혹시 라모가 도움을 주지는 않을까 하는 마음에 동정을 살폈다. 그러나 라모와 페넬은 링케가 울든 말든 자신들과는 상관이 없다는 듯 잠자리를 만드는 데만 여념이 없다.

"링케, 울지 마. 내가 너희 부모님을 구할 방도를 알아."

링케는 호칸의 단정적인 말에 의아한 눈을 들었다. 호칸은 잠시 머뭇거렸으나 결국 결심을 굳힐 수밖에 없었다. 호칸은 라모에게로 걸어갔다. 그리고는 골드래빗 한 개를 품속에서 꺼내 내밀었다.

"다 알아요. 내가 없었다면 분명히 링케를 도와주었을 거예요. 이 골드래빗을 쓰길 바라는 거죠? 자! 내 소원 한 가지를 말하겠어요. 링케의 부모님을 구해줘요."

호칸은 골드래빗을 건네면서 혹시 라모가 자신을 비웃지는 않을까 염려스러웠다. 사내 녀석이 금방 자신의 말을 뒤집는다고 조소할 것만 같다. 그러나 라모는 결코 호칸을 비웃지 않았다. 라모는 호칸으로부터 골드래빗 한 개를 받아 들며 한쪽 손으로는 머리를 쓰다듬었다.

"착한 아이야. 넌 정말 복을 받을 만한 자격이 있구나. 너는 일생을 두고 오늘의 결정을 후회하지 않을 거다."

라모의 칭찬에 호칸의 얼굴이 모닥불보다 더 빨개졌다. 가슴이 뛰고 자부심이 솟구쳤다. 하지만 다른 마음 한편으로는 골드래빗은 더 이상 쓰지 않겠다는 결심도 함께였다.

"페넬! 아무래도 오늘 밤은 저 건너편 언덕 아래서 야숙을 해야겠네. 나 먼저 갈 테니 자넨 모닥불을 끄고 주변을 정리한 다음 따라오게."

라모는 페넬에게 뒤를 당부한 후 두 아이의 허리를 당겨 양쪽으로 안았다. 그리고는 하늘로 치솟아오르더니 언덕 위로 올라갔고, 잠시 후 숲을 가로질러 날아갔다. 생전 처음 비행을 경험한 링케가 놀란 외침을 발했고, 호칸은 상기된 얼굴로 묵묵히 라모의 품에 안겨 어두운 하늘을 응시했다.

맞은편 언덕 아래의 호변은 자갈이 많이 깔려 있고, 제법 큰 배 두 척이 호변에 닻을 내릴 정도로만이 형성돼 있다. 자갈밭 위에는 두 무리의 인물들이 보였다. 한 무리는 온통 밧줄로 포박당한 채 줄줄이 묶여 있고, 다른 한 무리는 모닥불을 피워 고기를 구우며 술판을 벌이고 있다. 묶여 있는 측은 약 30명가량 돼 보였고, 술판을 벌이는 측은 50여 명이었다. 그들이 바로 해적들인 모양이다.

라모는 묶여 있는 사람들 앞으로 훌훌 날아가 내려섰다. 그리고 아이들을 감았던 팔을 풀자마자 링케는 그중의 두 남녀를 향해 달려갔다.

"아빠! 엄마!"

콧수염을 기른 중년의 사내가 링케의 외침에 숙이고 있던 고개를 들었다.

"링케!"

콧수염 옆에 앉아 있던 30대 중반의 여인이 안타까운 목소리로 외쳤다. 기껏 도망쳤나 했더니 다시 붙잡혀 온 것으로 알았던 모양이다. 링케가 달려가 자신의 어머니와 아버지를 얼싸안았다. 그리고 보니 그들 옆으로 링케보다 더 어려 보이는 어린아이도 세 명이 보였다.

"호칸! 네가 가서 저들의 포박을 풀어주어라."

라모의 지시에 호칸이 두말하지 않고 달려가 대거를 꺼내서는 밧줄을 자르기 시작했다.

그때쯤 술판을 벌이는 해적들이 라모 일행을 발견한 모양이다.

"웬 놈이냐?!"

해적들이 일제히 검을 빼 들더니 달려오기 시작했다. 라모는 그들을 마중하여 슬슬 걸어갔다.

라모는 먼저 달려온 해적 10여 명과 격돌했다. 검이 전면으로 찔러 들어오는 한편 양 옆으로는 허리를 노리고 달려든다. 라모는 먼저 가슴을 찔러 오는 검을 손으로 덥썩 잡아 양 옆의 검을 순간적으로 막아냈다.

챙!

해적들이 어이없다는 눈으로 라모를 바라보았다. 한 명은 검을 빼앗겼고, 두 명은 뒤로 튕겨났다. 라모는 빼앗은 검을 뒤로 던져 버리고 해적들 사이로 뛰어들었다. 해적들은 일제히 라모를 향해 검을 휘둘렀다. 라모는 손으로 검면을 쳐내고 금나수를 써 해적들의 팔을 꺾어버렸다. 그리고는 무릎을 발로 내질렀다.

"으악!"

해적들이 비명을 지르며 팔다리를 감싼 채 땅에 주저앉았다. 긴 호흡 한 번 내쉴 동안 만에 10여 명의 해적들이 땅에 널브러져 팔다리가 부러진 고통에 비명을 내질렀다.

"퀘렐을 쏴라!"

해적들 가운데 누군가 소리치자 퀘렐이 라모를 향해 날아왔다. 라모는 피하지 않고 날아오는 퀘렐을 일일이 손으로 받아냈다. 나아가 라모를 지나쳐 날아가는 퀘렐까지 신법을 발휘해 잡아냈다. 자칫 묶여 있는 사람들이 유시에 당할지도 모를 사태를 방지하기 위해서였다. 퀘렐이 끊기고 나자 이번에는 해적들 20명이 절반은 검을 들고, 절반은 창을 든 채 접근해 왔다. 그 뒤로는 크로스 보우를 든 해적 20명이 뒤따라 걸어온다.

"너희들은 해적이 아니구나."

해적들은 정규 병사만큼이나 절도가 있었다. 그리고 합격술의 요령을 아는 것으로 보아 군사 훈련을 받은 적이 있음을 알 수 있다. 갖추고 있는 장비 또한 해적의 수준을 넘어서고 있다. 해적들도 라모의 무위를 보고 심상치 않은 분위기를 읽었는지 신중하게 다가왔다.

"쳐라!"

다시 누군가 외치자 일제히 함성을 내지르며 달려왔다. 그와 동시에 퀘렐이 앞서 쏟아져 내렸다. 라모는 다시 일일이 퀘렐을 쳐내며 검을 내지르는 병사들의 팔을 금나수로 잡아 부러뜨린 후 집어 던졌다. 뒤이어 창들이 불쑥 라모의 목과 가슴을 찔러왔다. 라모는 손에 검기를 일으켜 창을 잘라 버렸다. 그리고 또다시 찔러오는 창을 금나수로 감싸 빼앗아 버렸다. 그리고는 창을 봉 삼아 붕붕 돌리기 시작했다. 날아오던 퀘렐이 창의 회전에 걸려 튕겨 나왔다. 또한 회전하던 창이 순간적으로 덤벼드는 해적을 찍어버리고는 되돌아갔다. 다행히 창날이 아닌 반대 편 손잡이로 찍어 죽는 자는 없었다. 그러나 손잡이에 명치를 맞은 자는 거품을 물었고, 어깨를 맞은 자는 탈골되었으며, 무릎에 맞은 자는 대번에 부러지고 말았다. 라모가 창대를 휘두르며 한 바퀴 돌고 나자 서 있는 자는 아무도 없었다.

쿼렐을 날리던 해적들은 도저히 상대가 안 된다는 걸 깨닫자 크로스보우를 내던지며 급히 배를 향해 도망가기 시작했다. 라모는 신법을 발휘해 해적의 머리를 뛰어넘은 후 진로를 막아섰다.

"네놈들은 해적이 아니면서 무슨 이유로 선량한 사람들의 물건을 약탈하는지 이유를 알아야겠다."

라모는 다시 해적들에게 달려들며 하나하나 팔다리를 부러뜨렸다. 제대로 대항 한번 하지 못하고 해적들이 자갈밭에 즐비하게 누워 버리고 말았다.

그때 호변에 정박해 있던 배 한 척이 기수를 돌려 빠져나가는 모습이 보였다. 그러나 라모가 손을 쓸 필요도 없었다. 어느새 나타난 페넬이 플라이 마법으로 따라가며 연신 파이어 볼을 집어 던졌다. 제법 큰 배는 금방 화염에 휩싸였고 곧 수장되고 말았다. 배에 타고 있던 10여 명의 해적은 물에 뛰어든 후 다시 섬으로 돌아와야 했다. 육지로부터 수십 킬로미터나 떨어진 거리를 헤엄쳐서 도망갈 수는 없으니 불가피한 선택이었다. 해적들은 라모의 무위를 보고 도저히 대항할 수 없음을 알고 순순히 항복해 왔다.

"정말 감사합니다. 은인 덕분에 목숨을 건졌습니다. 저는 상인으로서 이름은 발라크라고 합니다. 도와주신 은혜는 결코 잊지 않겠습니다."

이미 포박에서 풀려난 사람들이 라모의 주변으로 몰려왔다. 그중 링케의 아버지로 보이는 콧수염이 고개를 숙인다. 라모는 호칸을 가리켰다.

"나에게 감사해할 필요 없소. 난 당신들을 구하고자 하는 마음이 조금도 없었소. 하지만 내가 호칸에게 세 가지 소원을 들어주기로 약속을 한 적이 있소. 호칸은 그 소원 중 하나로 당신들을 구하길 원했고, 난 그 소원을 들어주었을 뿐이오."

라모는 냉정하게 사정을 설명했다. 링케의 아버지 발라크는 그제야 어린 호칸을 바라보며 곤혹스러운 얼굴을 했다. 하지만 금방 전후사정을 눈치 채고 호칸에게 다가가 양손으로 호칸의 오른손을 거머쥐었다.

"호칸, 고맙다! 네 덕분에 죽을 뻔한 위기를 모면했구나. 어떻게 보답해야 할지 모르겠구나."

발라크가 호칸에게 치하를 하는 동안 라모는 잡혀 있던 사람들의 면면을 살펴보았다. 상인은 발라크 외에도 한 명 더 있었다. 발라크와 비슷한 나이의 인물은 자신의 이름이 레이머라고 소개했다. 그들에겐 부인이 한 명씩 딸려 있고, 링케와 나머지 세 아이들은 그들의 자식들이다. 링케와 10살가량의 은발 머리 소녀는 발라크의 아들딸이고, 그 보다 더 어려 보이는 남매는 레이머의 자식들임을 알았다. 그렇게 8명이 상인 가족이고 나머지 20명 이상의 사내들은 호위 용병들이었다.

"제가 이번 호위를 책임진 용병 쇼룬무입니다. 그래도 귀하의 덕분에 무사할 수 있었으니 감사를 드립니다."

쇼룬무는 30대 중반의 장대한 체격을 가진 인물로 용병으로서는 한가락 하는 실력을 지녔다. 오래전부터 발라크의 호위를 담당해 왔으나 이번과 같은 낭패는 처음 당했다. 라모는 쇼룬무의 감사 표시에 재차 입을 열기도 귀찮아 고개만 끄덕였다.

쇼룬무는 수하 용병들을 시켜 포로가 된 해적들을 닦달했다. 그리고 그들의 진실한 정체를 금방 밝혀낼 수 있었다.

"로랜드 국의 병사들이라고……?"

쇼룬무의 보고를 접한 발라크는 금방 표정이 어두워졌다. 라모 또한 해적들의 정체를 알고 나자 상황이 심상치 않음을 직감했다. 정규군이 개입했다는 건 곧 국가적인 사건임을 의미한다. 발라크는 국가로부터 위협받을 만한 죄를 지었거나 미움을 받고 있음이 틀림없다. 그러나 정규군이 해적으로 변장했으니 이는 겉으로 드러내지 않겠다는 의도였다. 즉, 발라크가 죄를 지었다기보다는 일종의 정적 제거와 같은 은밀한 사태임을 암시한다.

발라크와 레이머는 한 켠으로 물러나 다른 사람이 듣지 못하도록 낮게 쑥덕거렸다. 그러나 일원신공을 대성한 라모에게는 두 사람의 목소리가 똑똑히 들려온다.

"아무래도 눈치 채인 모양일세. 이제 어떻게 하지? 비테리 그자가 분명 정부에 고해 바쳤음이 분명해."

레이머의 분노 섞인 목소리가 들린다.

"물론 그랬겠지. 하지만 로랜드 국에서는 반신반의하고 있을 거야. 우리는 그 틈을 노려 빠져나가야 해. 우리가 이곳에서 벌인 사업을 모두 정리했다는 걸 알아차리기 전에 어떻게든 아조레스 대륙으로 탈출해야 해."

발라크가 사태를 분석한다. 하지만 라모로서는 당최 무슨 소리를 하는지 듣고도 알 수가 없었다.

"하지만 그게 쉽겠나? 겨우 코나코리 호수에 배를 띄웠을 뿐인데 벌써 쫓아오지 않았나. 언제 혼프라도에 도착해 대륙 항해선을 탄단 말인가? 놈들은 분명 그전에 우리를 붙잡고 말 걸세. 우리가 그룬디아 대륙에서 피땀을 흘려가며 축적한 재산을 몽땅 빼앗아가는 것은 물론이요, 우리 목숨도 남아나지 않을 걸세. 더군다나 호위 용병들도 그룬디아 대륙 사람들일세. 저들도 사정을 안다면 우릴 가만두려고 하지 않을 거야."

낮게 한숨을 쉬는 발라크의 기색이 전해져 온다.

"이미 저들에겐 우리가 아조레스 대륙과 무역을 하기 위해 간다고 둘러댔으니, 조심만 하면 별일없을 걸세. 다만 비테리 그자가 수작을 걸어올 테고, 로랜드 국에서도 가만히 있지 않을 테니 우선 우리는 그 대책을 세우는 게 시급해."

라모는 그제야 두 사람이 아조레스 대륙 출신임을 짐작했다. 그때 라모는 자신을 쏘아보는 레이머의 눈초리를 느꼈다. 물론 라모는 딴 곳을 바라보고 있었다. 그러니 꽤 먼 거리에 있는 라모가 자신들의 대담을 엿듣고 있다고는 상상하지도 못할 것이다. 다시 레이머의 목소리가 들렸다.

"저자에게 도움을 청하면 어떨까? 실력이 무시무시하던데……. 충분한 보상을 약속하면 우리를 보호해 주지 않을까?"

발라크가 고개를 흔들었다.

"내가 사람 보는 눈이 뛰어나다고는 할 수 없지만 저자는 돈으로 움직일 수 있는 자가 아냐. 그보다는 아까 저자가 한 말 들었나? 호칸이라는 아이에게 아직 들어줄 소원 두 가지가 있다고 하지 않던가. 그러니 우린 호칸이라는 아이를 구워삶는 게 빨라. 저자만 우리 옆에 붙잡아놓을 수 있다면 무사히 그룬디아 대륙을 탈출할 수 있을 거야."

두 사람의 대담은 거기서 끝났다. 라모는 그제야 대충 사정을 짐작했다. 두 상인은 오래전에 그룬디아 대륙에 뿌리를 내렸고 이제 모종의 이유로 인해 탈출을 결심한 모양이다. 그 이유란 상인들 간의 암투일 수도 있고, 권력자와의 갈등일 수도 있다. 아마도 그 두 가지가 다 관련돼 있는 듯 보인다.

두 사람은 당장 호칸에게 달려가지 않았다. 다만 발라크가 링케에게 다가가 무언가 속닥였고, 그 후 링케가 호칸에게 달려가 한참 장황설을 늘어놓는 모습이 보였다. 무언가 망설이던 호칸이 한참 만에야 고개를 끄덕였다. 그리고는 라모를 바라보았다. 라모는 아직도 딴 곳을 바라보고 있다. 호칸이 라모를 향해 다가왔다. 그리고 말하기 어려운지 발로 땅을 긁으며 머뭇거린다.

"저…… 초대를 받았어요. 링케가 도와주어 고맙다고 같이 아조레스 대륙에 놀러 가자고 하네요. 물론 왕복 경비는 저쪽에서 모두 부담하겠대요."

라모는 또 다른 희망에 부푼 호칸의 얼굴을 보고는 속으로 실소했다. 자신이 이용당하고 있다는 사실을 안다면 어떤 표정을 지을까? 라모는 그 점이 자못 궁금해졌다. 그리고 라모는 나머지 두 개의 골드래빗을 회수할 절호의 기회임을 알았다. 또 아조레스 대륙을 여행한다니 라모조차도 호기심이 느껴졌다. 한 번도 가보지 못한 대륙이다. 이런 기회가 아니면 언제 짬이 날는지 모른다. 하지만 겉으로는 심드렁한 표정으로 입을 열었다.

"그래? 잘됐네. 네 덕분에 아조레스 대륙을 여행할 기회도 생기는구나. 네 맘대로 하려무나."

라모의 허락에 호칸의 얼굴이 환해졌다. 금방이라도 환성을 지르고 싶은 표정이다. 호칸은 급히 뒤돌아서 링케를 향해 달려갔다. 두 아이가 서로 팔을 붙잡고 팔짝팔짝 뛴다. 어지간히 좋은 모양이다. 두 아이는 그새 진한 우정을 느끼는지 종내에는 서로 얼싸안는다.

상인 발라크와 레이머가 자신들의 전 재산을 싣고 코나코리 호수에 띄웠던 배는 무사했다. 원래 호위 용병만 50여 명이 넘었으나 해적들의 습격을 받으면서 20명이 죽거나 물에 빠져 행방불명되었다.

다음날 라모는 페넬과 호칸을 데리고 배에 올랐다. 발라크와 레이머의 가족들, 그리고 호위 용병들이 승선하자 배는 코나코리 호수를 가로질러 서쪽으로 나아갔다. 아침에 출발하여 저녁이 되어 호수를 완전히 횡단하자 구불거리며 흘러 나가는 강이 나타났다. 그래도 배는 멈추지 않고 계속 강을 따라 내려갔다.

발라크가 선상에서 주변을 감상하던 라모에게 다가왔다.

"이 요보 강을 따라 내려가면 바로 바다로 나갑니다. 바다와 합쳐지는 부근에 혼프라도 국의 항구 도시 라비우가 있지요. 우리는 거기서 대형 범선을 타고 아조레스 대륙으로 떠날 예정입니다. 베르헤나스 씨가 계시니 얼마나 든든한지 모르겠습니다."

라모는 자신을 베르헤나스라는 이름으로 소개했다. 라모 하레스라고 했다가는 모르는 사람이 없을 테니 금방 정체가 밝혀질 것이 분명했다. 그래서 페넬과 호칸에게 자신을 베르헤나스라고 부르도록 당부했다. 베르헤나스는 라모가 장차 태어날 자신의 자식을 위해 미리 염두에 둔 이름이었다. 남자든 여자든 무난한 이름이고, 애칭을 벨이라 부를 심산이었다. 인간 세상에서는 자신 자식의 애칭을 이용해 벨 하레스라고 불릴 것이다.

어쨌든 라모는 발라크의 속셈을 읽고 있었으므로 한마디 하지 않을 수 없었다.

"그대의 계획에 순순히 따라가기는 하겠지만 더 이상 호칸을 이용하지는 마시오. 그건 내가 용납하지 않겠소."

리모의 경고에 발라크는 속이 뜨끔했다. 마치 자신의 속을 다 들여다보는 듯한 언사가 아닌가.

"무슨 말씀을 하시는지……."

발라크는 오리발을 내밀어보았지만 라모에게는 통하지 않았다.

"두말하게 만들지 말고 명심해 두는 것이 좋을 거요. 그 편이 그대 신상에도 좋은 것이오."

라모는 약간의 진기를 안광에 돌워 겁을 주었다. 발라크는 안색이 창백해지며 라모로부터 뒷걸음질치더니 도망가듯 선미 쪽으로 사라졌다. 그 이후부터 발라크는 라모를 만나기만 하면 두려운 눈으로 쳐다만 볼 뿐 감히 말을 걸 생각은 하지도 못했다. 오직 세상 물정 모르는 아이들만 신나 뱃전을 뛰어다녔다.

배는 이틀을 더 강을 따라 내려가 결국 바다에 이르렀다. 오는 동안 국경 지역에서 혼프라도 국의 병사들에게 검문 검색을 받았지만 상인이라는 점과 약간의 뇌물이 통해 무사 통과했다.

쫓아오리라던 로랜드 국의 병사들은 더 이상 보이지 않았다. 바다로 나온 배는 우회전을 하여 해안을 따라 거슬러 올라갔다. 그리고 얼마 지나지 않아 항구 도시 라비우에 도착했다. 크고 작은 배들이 항구에 도열해 있는 모습이 이국의 풍경을 전한다. 일행이 타고 온 배는 항구에 정박하지 않고 대기하고 있던 커다란 범선으로 다가갔다.

범선은 어마어마하게 컸다. 전생과 현생을 통틀어도 라모는 이만큼 큰 배는 본 적이 없었다. 길이만 무려 1백50미터는 돼 보였고, 폭은

25미터, 높이도 20미터는 거뜬했다. 배에 달린 대형 마스트(돛을 달기 위해 갑판 위에 세워진 타원형 기둥)만 해도 수십 개나 되어 보였다.

범선의 옆구리에는 '훼일 호'라고 적혀 있다. 몸을 비틀고 있는 고래가 앙증맞게 그려져 있다. 일행이 타고 온 배가 옆에 붙으니 고래 옆에 생선 한 마리가 달라붙은 형국이다.

범선 위의 선원과 수신호가 오가더니 이미 예약이 된 듯 잠시 후 사다리가 내려왔다. 일단 용병들이 오른 후 보물 상자로 보이는 궤짝 다섯 개가 밧줄에 매여 범선으로 올라갔다.

라모 일행이 사다리를 타고 범선에 오르자 일백 명은 족히 돼 보이는 용병들이 늘어서 있다. 그리고 그 가운데 한 떼의 사람들이 몰려 있다가 일행을 반겼다. 그 수가 약 30명 남짓 되었다. 남자와 여자, 그리고 어린아이까지 구성이 다양하다. 아마도 여러 가족이 모인 듯 보인다. 그중 특히 턱수염을 길게 기른 노인이 나서서 발라크, 레이머와 일일이 포옹했다. 다른 사람들도 두 가족을 열렬히 환영했다.

"무사히 도착해서 다행이네. 자네들이 오지 않아 조마조마했네. 자네들이 도착했으니 이제 밤을 새워 그룬디아 대륙의 해역을 빠져나가야겠네. 자! 우선 선실로 들어가세."

노인은 일단 선장인 듯한 인물에게 출발을 명한 후 선실로 일행을 안내했다.

"출항!"

선장이 외치자 수십 명의 선원이 복창하며 사방으로 뛰어간다. 그리고 선수 전방의 경사지게 밖으로 뻗어 나간 마스트와 그 뒤쪽의 마스트, 그리고 범선 중앙에 높다랗게 설치된 메인 마스트, 후미의 마스트에 일제히 닻이 펼쳐졌다. 훼일 호는 바람을 받으며 라비우 항구를 벗어나 대양을 향해 출범했다.

라모 일행은 노인을 따라 선실로 들어갔다. 선체는 3층 구조였는데 일층은 휴게실과 식당 등이 위치해 있고, 2층엔 선원과 손님 객실이었으며, 제일 밑바닥은 식량 저장고와 조리실 등이 위치해 있다. 라모 일행이 들어선 곳은 넓은 휴게실이었다. 라모 일행을 제외한 발라크와 레이머의 가족들은 다른 사람들과 안면이 있는지 휴게실로 들어와 재차 인사를 나누는 모습이 보였다.

"발라크, 이분들은 누구신가?"

노인이 뒤늦게 라모 일행을 발견하고 묻는다. 발라크는 자초지종 노인에게 설명을 했고, 그제야 노인이 웃으며 손을 내밀었다.

"베르헤나스 씨, 반갑습니다. 난 혼프라도의 상인 보핀이라고 하오. 우리 일행을 도와주셨다니 정말 고맙소."

라모는 악수를 나누며 노인을 유심히 관찰했다. 역시 산전수전 다 겪어온 상인의 기운이 풍긴다. 보핀도 라모를 관찰하고 보니 수수한 옷에 비해 품격이 넘치는 가슴과 허리의 장신구하며 마법사를 수하로 거느리고 있으니 귀족임이 분명하다고 판단했다. 그래서 절로 정중해지지 않을 수 없었다.

배가 출항한 지 얼마 지나지 않아 멈추는 기색이 느껴지더니 다시 한 떼의 사람들이 휴게실로 들어왔다. 그 수는 약 20명가량 되었다. 라모는 그들을 보자 이번 항해가 더욱 심상치 않음을 느꼈다. 새로 들어온 사람들은 급하게 범선을 쫓아온 듯 찬바람이 걸치고 있는 붉은 망토 사이에서 불어 나왔다. 망토 사이로 하나같이 허리에 차고 있는 검이 보였다. 하지만 걸치고 있는 의복은 모두 제각각이다. 적어도 그래듀에이트에 이른 기사들이 분명했다. 하나같이 범상치 않은 기운을 흘린다.

보편 노인은 그들과도 잘 아는 사이인 듯 대장인 듯한 인물과 서로 쑥덕거린다. 라모는 다시 진기를 돋우어 대화를 엿들었다.

"반데르 경, 그룬디아 대륙에서의 임무는 다 끝났습니까?"

보편 노인이 묻자 반데르라는 정체 불명의 인물이 대답하는 소리가 들린다.

"물론이지요. 목적한 해안과 각 국으로 뻗어 나가는 도로 사정 등을 모조리 기록해 왔소. 이제 그룬디아 대륙이 우리 아조레스 대륙의 발 아래 놓일 날도 멀지 않았소."

득의한 목소리로 반데르가 말했지만, 보편은 근심이 가시지 않은 목소리로 대답했다.

"하지만 아직 안심할 단계는 아닙니다. 로랜드 국이 어느 정도 눈치를 채고 있는 듯합니다. 그렇다면 그들이 혼프라도 국에 연락을 하지 않았다고 장담할 수 없습니다. 그룬디아 해역을 완전히 벗어나야 합니다. 앞으로 2~3일이 고비가 될 겁니다."

라모는 보편의 말을 듣고 아조레스 대륙에서 뭔가 심상치 않은 일을 준비하고 있다는 낌새를 느꼈다. 라모는 이대로 범선을 타고 아조레스로 향하는 건 현명하지 못하다는 생각이 들었다. 그러나 아이들과 어울려 즐겁게 뛰놀고 있는 호칸을 보니 그의 기쁨을 박살 내는 행위도 썩 마음에 들지 않았다.

라모는 일단 발라크를 불러 휴게실 옆의 조용한 식당으로 데려갔다. 라모가 자신과 은밀히 나눌 말이 있다고 하자 발라크는 별 생각 없이 따라왔다.

"발라크 씨, 솔직히 말해 보시오! 지금 아조레스 대륙에서 무슨 일이 일어나고 있는 거요? 거짓말을 한다면 재미없을 것이오. 내가 나서지 않고 마법사인 페넬만 나서도 당신들은 숫자가 아무리 많다고 하더라도 당하지 못할 거요. 조용히 대화로 해결하고 싶으니 말해 보시오. 도대체 무슨 일이오?"

발라크의 얼굴이 창백해지며 콧수염이 부르르 떨렸다. 이미 알혼 섬에서 라모의 무력을 목격한 바였다. 그것은 도저히 인간의 힘으로는 볼 수 없었다. 50여 명의 병사들을 순식간에 항거불능으로 만드는 절대적인 무위는 따라온 호위 용병 1백 명이 다 덤벼든다고 해도 감당할 수 없을 것이다. 그리고 더 두려운 점은 용병들도 그룬디아의 대륙민이라는 점이었다. 사정을 안다면 당장 선상 폭동이 일어날 것이다. 사정을 모두 감안하자 발라크는 도저히 침묵할 수 없었다. 발라크는 순순히 털어놓았다.

"죄송합니다, 베르헤나스 씨. 진작 진실을 말했어야 하는데…….. 우리는 오래전에 아조레스로부터 그룬디아로 이주해 온 상인들입니다. 비록 출신은 아조레스이지만 우리 삶의 터전은 그룬디아 대륙입니다. 우리는 완전히 그룬디아에 동화돼 살아왔습니다. 그런데 최근에 아조레스 대륙의 최강국인 스발바르 제국에서 걸출한 황제가 나왔습니다. 그의 풀 네임은 엑소센 마그리다 아우칸입니다. 저도 소문으로만 들었는데 스발바르 역사에 그보다 뛰어난 황제는 없다는 평가를 받은 사람입니다. 그가 황제에 오른 후 아조레스 대륙 전체로 스발바르의 영토가 끝없이 확장돼 나갔다고 하더군요. 그런 엑소센 황제가 은밀히 그룬디아 대륙 정복을 준비하고 있다는 소문이 일 년 전부터 돌더군요. 이는 아조레스 상인들조차도 극소수만 알고 있을 정도로 대외비입니다."

라모의 얼굴도 굳어지지 않을 수 없었다.

"그럼 그대는 어떻게 알고 이렇듯 피신을 결심하게 된 것이오?"

라모의 질문에 발라크가 한숨을 쉬었다.

"소식을 알려준 이는 아까 보신 보핀 노인입니다. 대륙 간의 전쟁이 터지면 그룬디아 사람들이 아조레스 출신인 저희들을 그대로 놓아두겠습니까? 그래서 고민하다가 그룬디아 출신이며 동료 상인인 비테리에게 솔직히 사정을 설명하였습니다. 우린 되도록 남고 싶었습니다. 우린 이미 그룬디아 대륙민이나 마찬가지입니다. 우린 비테리에게 로랜드 국이 우리의 신변 보장을 약속하도록 중계를 부탁할 예정이었지요. 그런데 비테리는 오히려 이것이 기회다 싶었는지 우리 재산을 몽땅 날로 먹으려 들었습니다. 로랜드 국의 재상과 죽이 맞아 병사를 동원한 것이죠. 베르헤나스 씨도 그날 보신 해적들입니다. 로랜드 국에 뿌리를 내린 아조레스 출신의 레이머와 저는 미리 눈치 채고 야반도주를 시도했지만 결국 알흔 섬에서 덜미를 잡혔습니다. 그리고 이후는 보신 대로입니다."

라모는 그제야 사정을 어느 정도 이해할 수 있었다. 이들은 단순히 전장의 참화를 피해 도망을 결심한 피난민에 불과했다. 그러니 발라크를 비난할 수는 없었다. 그도 피해자인 것이다.

"새로 나타난 인물들은 그래듀에이트로 보이는데 그룬디아 침략을 위한 정탐꾼들이오?"

발라크는 고개를 끄덕였다.

"그렇습니다. 저들이 오고 나서, 그리고 비테리의 배신을 알고서야 우리도 보핀 노인과 합류를 결심하게 된 겁니다."

발라크는 마치 큰 죄를 지은 듯 고개를 숙였다. 라모는 다른 상인들은 몰라도 정탐꾼들은 그냥 보낼 수 없다고 생각했다. 라모는 발라크와 함께 다시 휴게실로 돌아오며 스발바르의 기사로 예상되는 정탐꾼들을 당장 죽여야 할지 잠시 고민했다. 아울러 라모는 대륙의 운명을 두고 사소한 탐욕에 사로잡혀 정보를 사사로이 유용한 로랜드의 권력자와 비테리라는 상인에게 분노를 느꼈다.

라모는 저녁 식사를 마치고 각자 배정된 객실에 들 때까지도 마음을 정하지 못했다. 발라크는 라모의 눈치를 살피며 안절부절못한 기색이다. 그렇지만 보핀이나 다른 사람에게는 말을 하지 않았는지 별다른 동정이 엿보이지 않았다.

"스발바르의 엑소센 황제가 역대 황제 가운데 가장 걸출한 인물이라고……? 어떻게 생겼는지 궁금하군."

라모는 객실 침대에 누워 혼자 중얼거렸다. 그리고 곧 결정을 내렸다. 어떤 인물인지 직접 아조레스로 가 엑소센 황제를 만나보기로 했다. 그리고 나서 정녕 정복욕에 불타는 쓸모없는 인간이라면 자신이 직접 그의 심장에 구멍을 내주기로 결심했다. 라모는 그제야 마음의 갈등을 덜고 잠 속으로 빠져들었다.

"블랙하푼이다!"

라모는 아조레스 대륙에 도착하기 전에 스발바르의 정탐꾼들을 해치우기로 작정했을 뿐 시기를 정하지는 않았다. 무려 세 달의 항해를 해야 하는 대장정이었다. 그룬디아 대륙과 아조레스 대륙은 거의 1만 킬로미타나 떨어져 있었다. 그러니 서두를 이유가 없다.

그런데 하루가 지나고 점심나절에 선원들의 외치는 소리가 들렸다. 라모는 페넬을 동반하고 갑판으로 나가 보았다. 범선 훼일 호의 뒤로 아스라한 곳에서 점 두 개가 다가오고 있었다.

속도가 생각보다 빨라 점차 확대되기 시작하더니 한 시간가량이 되자 이젠 확연히 배의 윤곽이 드러난다. 배 하나의 크기가 대략 훼일 호 절반가량은 돼 보인다. 갑판에는 세 개의 돛이 달려 있고, 배 양 옆으로는 수십 개의 노가 일제히 물살을 가르고 있다. 바람과 인력을 함께 이용한 범선이다. 선두에는 깃발 하나가 바람에 펄럭이고 있는데 바로 검은 작살이 그려져 있다. 혼프라도 국의 앞바다를 무대로 종횡무진 누비고 다니는 해적단이었다.

마침 갑판 후미에는 보핀 노인이 스발바르의 기사로 추정되는 반데르라는 인물과 심각한 안색으로 다가오는 배를 노려보고 있다.

"블랙하푼이 뭡니까? 해적입니까?"

라모의 궁금한 점을 반데르가 대신 물어주고 있다.

"블랙하푼은 명목상으로는 해적입니다. 하지만 상인들 사이에서는 '정부로부터 공인된 해적'이라고 불립니다. 블랙하푼은 절대 혼프라도의 관리나 정부와 관련된 사람, 또는 고위관료와 친분을 맺은 상인을 공격하는 법이 없습니다. 어떻게 정보를 알아내는지 정부와는 아무런 연관이 없는 상선이나 여객선만을 정확하게 노립니다. 또 예전에 입항료를 두고 정부와 갈등을 빚은 타국의 선박이 있었는데, 대양으로 나오자마자 블랙하푼의 공격을 받아 침몰되었지요. 그렇게 정부에 밉보인 선박은 예외없이 공격을 받곤 했지요. 또한 혼프라도 국은 주변국의 압력에 못 이겨 해적 토벌을 나선 적이 있는데 시늉만 내고 끝났지요. 더군다나 그럴 땐 이유없이 블랙하푼의 해적선 한 척이 항복하며 주변국에 생색을 내게 해주기도 합니다. 그래서 처음엔 우스갯소리로 누군가 그런 말을 꺼낸 것인데 요즘 정설로 퍼지고 있습니다."

반데르의 얼굴이 더욱 심각해졌다.

"그럼 저들은 혹시 우리가 누군지, 어디로 가는지 아는 것이 아니오?"

보핀 노인의 안색도 흐려졌다.

"그럴 공산이 큽니다. 로랜드에서 혼프라도에 협조를 당부했을 테고, 그대들의 암약 덕분에 심상치 않은 낌새를 느낀 혼프라도 국에선 당연 블랙하푼에 의뢰를 하였을 테지요. 큰일입니다. 저들의 눈에 띄고도 무사한 선박은 아직 없었습니다."

보핀 노인의 걱정 가득한 목소리를 향해 반데르가 껄껄 웃었다.

"어리석은 녀석들! 육지에서 많은 숫자로 덤빈다면 위협이 되겠지만 이런 협소한 장소에서는 움직임에 제약이 있으니 한꺼번에 달려들지 못할 겁니다. 걱정 마시오. 우리가 정보 수집을 위해 왔다지만 모두 스발바르에서는 한가락 하는 기사들이오. 저 해적들이 배에 오른다면 모두 죽여 물고기 밥을 만들어주겠소."

두 사람은 걱정스러운 표정으로 블랙하푼의 선박을 바라보았다. 용병들은 전투 준비를 하고 방패와 롱 보우 등을 들고 일제히 뱃전에 늘어섰다.

그 시각 블랙하푼의 깃발을 단 범선의 상갑판 위에는 한 인물이 의자에 앉아 부리나케 도망가고 있는 대형 범선 훼일 호를 노려보며 흥소를 짓고 있었다. 장발에 상의의 단추를 다 풀어헤치고 있는데 불끈거리는 근육이 느껴지는 단단한 체구였다. 그 옆에는 창과 비슷한 기다란 작살 하나가 세워져 있다. 바로 블랙하푼의 오늘을 만들어온 해적 대장 야르니였다.

"대장님, 어떻게 할깝쇼? 태워 버릴까요, 아니면 점령할까요?"

옆에 있는 부하 하나가 의사를 물어온다. 이는 투척기를 이용해 불을 날릴 것인가, 아니면 갈고리를 걸어서 근접전을 할 것인가 하는 의향을 묻는 것이다. 야르니가 다시 한 번 씩 웃으며 훼일 호를 노려보았다.

"우리가 비록 해적질을 하고는 있지만 엄연히 그룬디아에서 나는 빵을 먹고 물을 마신다. 감히 아조레스 놈들이 들어와 설치도록 놔둘 순 없지. 정보에 따르면 저놈들 가운데 기사 급의 실력자들이 제법 되는 모양이야. 그러니 근접전을 벌이면 우리의 희생도 만만치 않을 거야. 쉽게 끝낼 일을 어렵게 끌고 나갈 건 없지. 유황을 날려 모두 태워 버려라."

생존을 위해 혼프라도의 권력자와 줄을 댈 정도로 머리가 잘 돌아가는 야르니였다. 험난한 바다 생활을 하면서, 그것도 숱한 토벌을 견디면서 지금까지 살아남을 수 있었던 것도 진퇴를 아는 현명함 때문이다. 야르니의 지시로 상갑판에 마스트처럼 세워진 커다란 두 그루 카펜터 나무가 10명의 해적들에 의해 뒤로 휘어져 갔다. 탄력성이 강해 투척기로는 안성맞춤이다.

휘어진 투척기는 마침내 그 끝이 갑판 아래로 늘어졌고 밧줄로 고정된다. 카펜터 끝에는 움푹 파인 커다란 삽 모양의 금속이 붙어 있다. 거기에 머리통만한 유황을 올려놓고 불을 붙인 후 고정 밧줄을 잘랐다. 카펜터 나무가 벌떡 일어나면서 머리가 뜨거운지 유황을 진저리 치며 쳐냈고, 불길에 휩싸인 유황은 훼일 호를 향해 날아갔다. 그러나 유황불은 훼일 호의 옆 30미터쯤 떨어진 바닷물에 떨어졌다.

"다시 조준해라. 준비. 발사."

해적들은 두 척의 배에서 네 개의 투척기를 이용해 연신 유황불을 날렸다. 처음엔 빗나가던 유황불이 점차 조준점을 맞추어가더니 기어코 훼일 호로 날아와 메인 돛대에 떨어졌다. 유황의 강력한 화력을 견디지 못한 돛이 순식간에 훨훨 타오르고 있었다. 이어 상갑판에 하나, 후미에 또 하나의 유황불이 떨어지며 불길이 치솟았다. 유황은 그 자체의 무게도 쇳덩이처럼 무거워 나무 갑판을 뚫었고, 강력한 열기로 터져 나가며 선실에 불이 붙었다. 훼일 호에 승선한 사람들은 순식간에 공포에 사로잡혔다.

"빨리 불을 꺼라!"

반데르와 용병대장 쇼룬무가 독려하며 길길이 날뛰었지만 방법이 없었다. 훼일 호는 전형적인 상선이었다. 짐을 실을 공간만 충분했을 뿐. 이런 원거리 공격에 대처할 비책이 없었다.

처음에 라모는 방관할 생각이었다. 이놈이나 저놈이나 다 맘에 들지 않으니 서로 싸우다 누가 피해를 당하든지 모른 척할 생각이었다. 그러나 막상 배가 침몰할지도 모른다는 생각이 들자 호칸 등의 안위가 떠오른다.

"페넬, 자네가 저 유황불을 한번 막아보게!"

라모의 지시에 페넬이 즉시 마나를 손 위로 불러모았다. 아마도 진작부터 실력 발휘를 하고 싶었으나 라모가 아무런 동정을 보이지 않자 초조해 있었던 모양이다.

"매직 미사일!"

페넬의 손으로부터 매직 미사일이 발사되어 날아오는 유황불을 요격했다. 곧 훼일 호와 해적선 사이에 난데없는 불꽃놀이가 시작됐다. 유황불이 날아오는 족족 페넬의 매직 미사일에 맞고 터져 나갔다. 그 모양에 용병들이 기쁨의 함성을 지르며 화재가 난 지역으로 달려가 진화에 힘썼다. 반면 해적들은 동요했다.

"마법사가 훼일 호에 타고 있습니다."

수하의 보고에 야르니는 으드득 이빨을 갈았다. 이렇게 되면 할 수 없이 근접전이다. 야르니는 마법사가 누군지 발견되면 잔혹하게 죽이겠다고 결심했다.

"최대한 접근해 갈고리를 걸고 넘어가 우리의 방식으로 싸운다. 속력을 높여라."

야르니의 명령에 두 척의 해적선은 더욱 힘차게 노를 젓기 시작했고 훼일 호의 꽁무니를 바짝 쫓았다. 이젠 유황불의 위험으로부터 벗어난 훼일 호는 화재를 무사히 진압한 후 수십 개의 돛을 일제히 펼치고 최대한 바람을 받아 무작정 도망가기 시작했다. 얼핏 보기에는 해적선 한 척당 각 300명의 해적이 탑승한 것으로 보였다. 병력 수에서 도저히 상대가 되지 않았다. 그러니 일단은 도망갈 수밖에 없다. 해적선들이 측면으로 따라붙으며 수십 개의 갈고리가 날아오기 시작했다. 본격적인 전투가 시작되려 하고 있었다.

그러나 배의 체구에 워낙 차이가 났다. 우선 배의 높이가 달라 훼일 호의 용병들은 해적선을 내려다보며 싸우고, 해적들은 고개가 아플 정도로 쳐다보아야 했다. 용병들은 뱃전에 걸린 갈고리의 밧줄을 잘라내는 한편 롱 보우를 내갈겼다. 마치 성 위에서 성 아래를 향해 쏘는 형국이니 해적들은 피하기에 급급했다.

더군다나 처음엔 속도가 느렸으나 모든 돛을 올리자 훼일 호는 점차 속력이 붙기 시작했다. 점차 해적선들을 떨구며 앞으로 미끄러져 나갔다. 그러자 해적선도 모든 닻을 올리고 최대한 노를 젓기 시작했다. 하지만 한번 속력이 붙기 시작하자 좀체 거리가 좁혀지지 않았다.

하루 종일 달리기를 하였으나 해적선은 결국 점점 멀어져 가는 훼일 호를 바라보아야 했다.

배 밑전에서 노를 젓던 노예들이 완전히 퍼져 버렸던 때문이다. 라모의 노예제 철폐는 아직 해적들까지 감화시키지는 못했던 것이다.

야르니는 멀어져 가는 훼일 호를 바라보며 더욱 이를 갈아붙였다. 이제 돌아갈 것인가, 아니면 계속 추적해 갈 것인가를 정해야 한다. 노련한 바다의 해적 야르니는 계속 추적을 명했다. 훼일 호는 자신들을 피하는 데 급급해 해로를 벗어났다.

정상적인 운항을 하려면 다시 길을 찾아야 할 것이다. 바다는 암초와 같은 무수한 함정이 기다리고 있다. 이미 검증된 항로가 아닌 곳을 무작정 나아가는 짓은 자살 행위였다. 때문에 훼일 호는 언제고 돌아와야 한다. 아까는 경황 중에 자신들의 장기를 사용하지 못했다. 블랙 하푼이라는 이름은 괜히 붙은 게 아니었다. 검은 작살을 발사해 훼일 호의 동선을 제지했어야 했다. 검은 작살은 상갑판 아래에 숨겨져 있으며 언제든 발사가 가능했다. 야르니는 다시 한 번 훼일 호와 맞닥뜨리면 충분히 잡을 수 있다는 자신감에 수하 해적들을 독려해 계속 추적해 갔다.

"이런 걸 일컬어 일거양득이라고 하는 거요. 놈들은 그룬디아 대륙을 탈출하기 위해 자신들의 전 재산을 정리했소. 당신은 막대한 재물을 얻어서 좋고, 우리는 대륙을 위협하는 아조레스의 첩자를 잡아서 좋고……. 당신이 힘을 쓴다면 결코 그 공을 잊지 않겠소."

야르니는 혼프라도 권력자의 말을 믿었다. 그는 헛된 정보를 흘리는 사람이 아니다.

"성 하나를 통째로 살 만한 재물이 훼일 호에 실려 있단 말이지? 그런 먹이를 놓친다면 우리 블랙하푼의 체면이 서질 않지."

야르니는 탐욕이 서린 눈으로 훼일 호가 지나간 수면 위를 노려보았다.

한편 훼일 호는 호호탕탕한 속력으로 이름 모를 해역을 향해 포말을 일으키며 나아갔다. 하지만 휴게실에 모인 사람들은 모두 근심이 가득한 얼굴들이다.

"이렇게 무작정 가다가는 큰일 납니다. 언제 암초에 부딪칠지 모릅니다. 빨리 되돌아가 정상 항로로 항해해야 합니다."

오십 대의 선장이 이렇게 말을 하자 반데르가 벌컥 화를 냈다.

"누가 그걸 모른단 말이오? 지금 뒤에 해적이 쫓아오니 우리가 이렇게 도망가고 있는 것 아니오! 다시 돌아갈 수는 없소. 이곳에서 우회해 가는 것이오."

반데르의 말에 선장이 어처구니없다는 표정을 지었다.

"해로를 새로 개척하자는 겁니까? 이 배는 상선이지 탐사선이 아닙니다. 지금 망루에서 선원이 눈에 불 켜고 바다를 주시하고 있으니 아무런 일도 일어나지 않는 겁니다. 하지만 곧 해가 질 텐데 그때는 장님이 되고 맙니다. 다른 수가 없습니다, 일시 정지해 있다가 되돌아가는 수밖에……."

선장의 말에 반데르가 '스르릉' 검을 빼 들었다.

"지금 누구 앞에서 주둥아리를 놀리는 거냐? 우리는 반드시 아조레스 대륙으로 가야 한다. 그러니 죽고 싶지 않으면 시키는 대로 해."

위압적인 반데르의 말에 선장이 입을 다물었다. 대신 보편 노인이 선장을 지원했다.

"선장의 말이 맞습니다. 모르는 곳으로 잘못 들어섰다가 암초에 부딪치면 이 망망대해에서 아무도 살아날 사람이 없습니다. 사실 바다에서는 해적보다 암초가 더 무서운 법입니다. 암초는 말이 통하지 않는 상대입니다."

그러자 반데르가 투덜거렸다.

"그럼 해적은 말이 통하겠소?"

투덜거리기는 했지만 보핀 노인에게까지 심하게 대할 수는 없었던지 다시 검을 집어넣었다.

점차 하늘이 어두워졌다. 처음엔 해가 질 시간이어서 그런 줄 알았으나 하늘엔 검은 구름이 잔뜩 끼기 시작했다. 그리고 이어 바람이 거칠어졌다. 바람이 점차 거세지자 파도가 웅성거리더니 새의 날개처럼 일어나 뱃전을 두드렸다. 배는 심하게 흔들리며 위아래로 요동 쳤다.

"태풍이다! 돛을 내려!"

선원들이 이리저리 뛰기 시작했다. 오래지 않아 빗방울까지 떨어지기 시작했다. 예측할 수 없는 해상의 기류가 태풍을 몰아오고 있었다. 엎친 데 덮친 격이 되자 모든 사람들의 안색이 하얗게 변했다. 라모 또한 심상치 않은 자연 현상을 보고 페넬과 호칸을 자신의 객실로 불러들였다.

"호칸, 걱정할 필요 없다. 내 옆에서 떨어지지만 않는다면 아무 일도 없어."

호칸은 라모의 평온한 얼굴을 보자 불안했던 가슴의 박동이 정상을 되찾았다. 라모의 능력이라면 분명 자신을 보호해 줄 것이라 믿었다. 그러자 곧 다른 걱정이 가슴으로 스며든다. 바로 친구 링케와 그 동생들이다. 호칸은 품속에서 골드래빗 한 개를 꺼내 만지작거렸다.

친구들을 보호해 달라고 부탁해 볼까? 이런 생각이 들다가 금방 철회했다. 훼일 호는 크고 튼튼해 보였다. 웬만한 태풍에는 끄덕도 없을 것이다. 아직 위험이 닥쳐오지도 않았는데 호들갑을 떨 필요는 없다는 생각이 들자 호칸은 골드래빗을 다시 품속에 간직했다.

새의 날개 같던 파도가 점차 거대한 괴물의 아가리처럼 커지기 시작했다. 아울러 배 또한 하늘로 치솟아오르다가 땅 속으로 꺼져 내려가듯 추락하길 반복했다. 호칸의 안색이 샛노랗게 변하기 시작했다. 금방이라도 먹은 것이 올라올 듯 고통스러워졌다. 페넬의 표정 또한 그리 편치 않아 보인다.

그 모양을 보던 라모는 객실 내부의 마나를 이용해 페넬과 호칸을 감싸 허공에 띄웠다. 배가 전후좌우로 비틀거리고 위아래로 롤링을 거듭했지만 객실의 마나는 페넬과 호칸을 대신해 그 충격을 받아주었다. 즉, 배가 위로 치솟았다가 아래로 떨어지면 객실의 마나는 일정한 장소에 페넬과 호칸을 고정시킨 채 저희끼리만 오르락내리락을 거듭한 것이다. 물론 배의 요동이 워낙 심해 전혀 움직이지 않을 수는 없었지만 두 사람의 상태는 훨씬 호전되었다. 두 사람은 라모가 만들어준 마나의 담요에 휩싸이자 편안함을 느끼고 허공 중에 누웠다. 그리고 곧 잠들어 버렸다.

태풍은 밤새도록 범선 훼일 호를 닦달했다. 갑판 위에서는 이리저리 뛰어다니며 외치는 선원들의 다급한 목소리가 뚜렷이 라모의 귀로 들려왔다. 훼일 호의 고통과 혼란은 새벽녘까지 이어졌다. 라모는 한편으로는 객실의 마나를 운용하고, 다른 한편으로는 명상에 잠겨 있으면서 점차 잦아들어 가는 태풍의 기세를 느꼈다. 그래서 이제 곧 다른 사람들도 편안해질 것이라고 생각하는 순간이었다.

쿵—

거센 충격이 훼일 호에 전해지더니 객실 천장이 빙그르 돌아갔다. 바닥에 앉아 있던 라모조차도 죽 밀려 나갔다가 이젠 바닥이 된 벽면에 착지했다. 물론 마나의 보호를 받는 페넬과 호칸은 여전히 꿈나라를 헤매고 있었지만 라모는 사방에서 비명 소리가 터져 나오는 걸 들을 수 있었다.

"배가 좌초된 건가?"

잠시 후 라모는 더 이상 배의 움직임이 없음을 알자 마나의 운용을 멈추고 페넬과 호칸을 바닥이 된 벽면에 내려놓았다. 그리고 객실의 문을 열었다. 벽과 바닥이 바뀌었을 뿐 객실 복도는 걸을 수 있었다. 그러나 갑판으로 나가는 계단은 벌렁 누워 있다. 뚫린 구멍으로 내다보니 언제 태풍이 불어왔나 싶게 잔잔한 파도 넘실거리는 바다가 보인다. 라모는 마치 절벽 중간에 위치한 동굴에서 얼굴을 내민 형상이다.

"사람 살려!"

라모의 머리 위에는 선원 몇 명이 밧줄에 의지한 채 뱃전에 매달려 있다. 아마도 좌초해 쓰러지는 순간 재빨리 매달린 모양이다. 그러고 보니 배 아래의 수면이 어두워 보인다. 자세히 보니 물결에 살짝 가려진 바위들이 보였다. 그리고 바위 위에는 미처 피하지 못하고 떨어져 죽은 선원들까지 발견할 수 있다. 라모는 플라이 마법으로 날아올라 매달린 선원들을 일일이 구출해 바위 위로 무사히 내려주었다.

해가 뜨자 상황은 더욱 명확해졌다. 훼일 호는 주변에 숱하게 깔린 암초밭으로 멋모르고 들어왔고, 대가를 치른 것이다.

한 가지 우스운 점은 후방 2킬로미터 지점에 기어코 쫓아오던 블랙하푼 해적단의 배 한 척이 바위 위에 덜렁 올라가 있다는 점이었다. 다른 한 척은 태풍에 침몰됐는지 보이지 않았다. 훼일 호의 용병 가운데서도 좌초되는 충격에 목이 부러진 자 한 명을 제외하고는 다행히 인명 피해는 없었다. 다만 50여 명에 달하던 선원 가운데 절반이 죽거나 실종되었다. 그래도 태풍과 암초에 좌초된 피해치고는 극히 경미했다.

훼일 호가 나름의 수습을 하는 동안 해적선에서도 해적들이 바다로 무언가를 던지며 법석을 떨었다. 그리고 얼마 후 구명보트 두 척이 앞장서고 뒤에는 뗏목과 나무 통 등 온갖 종류의 부유물을 탄 300명의 해적들이 훼일 호를 향해 다가왔다. 그걸 지켜본 용병 쇼룬무와 반데르도 수하에게 경고의 신호를 보내며 전투 준비를 갖추었다.

라모는 돌아가는 상황에 허탈해졌다. 꼴을 보아하니 아조레스로 가기는 다 틀렸다. 다른 사람들에겐 그룬디아로 다시 되돌아갈 수만 있어도 다행일 정도다. 그러다 라모는 암초 위에 완전히 누워 있는 훼일 호가 움찔 움직이는 모습을 보았다. 배가 살아서 움직일 수는 없다. 라모는 훼일 호 뒤로 세차게 흐르는 해류를 보고서야 이유를 알았다. 해류가 누워 있는 훼일 호를 잡아당기고 있었다. 조만간 훼일 호는 바닷물 속으로 끌려들어 가고 말 것이다.

라모는 얼른 플라이 마법을 사용해 객실로 날아들어 갔다. 이후 자고 있는 페넬과 호칸을 깨우고 아직 남아 있는 상인들과 그 가족들에게 위험을 알렸다.

"배가 곧 침몰할 것이오. 빨리 내려가시오."

라모의 경고에 사람들이 일시에 통로를 가로질러 밧줄이 드리워진 입구로 달려갔다. 그동안 해적들이 다가왔다. 해적들이 크로스 보우를 발사했다. 대비하고 있던 용병들은 일제히 롱 보우의 시위를 놓았다.

쿼렐과 화살이 교차하며 상대를 향해 날아갔다.

"크악!"

용병들은 방패를 들어 막았으나 몇 명이 드러난 팔다리에 맞고 비명을 질렀다. 해적들 또한 화살에 맞아 바닷물 속으로 떨어지는 자들이 속출했다.

"인정사정 볼 것 없이 모조리 죽여라!"

검은 작살을 거머쥔 야르니가 구명보트에서 뛰어내리며 해적들을 독려했다. 해적들이 암초에 닿으며 속속 올라오기 시작했다. 용병들과 근접전이 벌어졌다. 발목까지 찰랑거리는 바닷물 속에서 서로의 움직임이 제약을 받았지만 격렬한 접전이 벌어졌다. 용병대장 쇼룬무는 검은 작살을 용병의 가슴에 찔러 넣으며 전진해 오는 야르니를 발견하고 바스터드 소드를 빼 들었다. 그리고 곧바로 야르니를 향해 검을 찔러 갔다.

막 용병의 가슴에 작살을 박아 넣었다가 빼던 야르니는 머리 앞으로 뻗어오는 예기를 느끼고 얼른 고개를 숙였다. 검이 머리카락 몇 올을 가르며 지나간다. 야르니는 생각하고 자시고 할 시간 없이 상대를 향해 작살을 휘둘렀다. 작살의 이점은 찔리지 않더라도 낚싯바늘같이 날카롭게 뻗어 나온 날에 걸리기만 해도 검 이상의 치명적인 부상을 입힐 수 있다. 대신 힘이 약할 경우 몸통을 찌른 작살을 빼지 못해 상대의 반격에 취약하다.

하지만 야르니는 힘이 엄청나 작살을 돌리며 휘저으면 상대의 몸을 통째로 찢으며 빼낸다. 때문에 야르니의 작살은 아무런 약점이 없는, 오히려 야르니의 성격과 힘을 잘 이용할 수 있는 무기였다. 힘이라면 쇼룬무 또한 누구에게도 뒤지지 않는 용병이었다. 그런 면에서 두 사람은 훌륭한 호적수였다. 두 사람 간에 검과 작살이 부딪치며 불꽃을 피워 올렸다.

숫자에서 불리한 용병들이 점차 밀리기 시작했다. 그러자 후미에 처져 있던 반데르를 포함한 20명의 기사들이 검을 빼 들며 합류하면서 균형이 맞추어지기 시작했다. 전투는 갈수록 치열해져 갔다. 훼일 호에서 내려선 상인들과 가족들은 발을 동동 굴렀고, 아이들은 피 튀기는 잔인한 장면에 울음을 터뜨렸다.

"배가 가라앉는다!"

상인 한 명이 외치는 소리에 야르니는 작살을 휘둘러 쇼룬무를 일시 물리친 후 훼일 호를 바라보았다. 훼일 호가 눈에 띌 만큼 암초에서 미끄러져 나가더니 바닷물 속으로 빠져 들어갔다. 이어 선체가 한 바퀴 빙글 돌더니 거품을 일으키며 완전히 가라앉아 버렸다. 눈 깜짝할 사이에 일어난 일이었다.

"전투 중지!"

야르니는 뒤로 물러서며 외쳤다. 해적들이 일제히 뒤로 물러났다. 해적들이 물러나자 용병들과 반데르 일행도 일제히 검을 거두었다.

"빌어먹을! 이게 뭐야? 완전히 헛수고한 거 아냐?"

야르니는 훼일 호를 집어삼킨 바다를 바라보며 성질을 부렸다. 해적들이 노리던 재물이 물속으로 사라졌으니 싸울 이유가 없어진 셈이다. 혹시 건질 가능성이 없을까 하고 해적 한 명이 바닷물 속으로 잠수했다. 그리고 3분쯤 지나 물 밖으로 고개를 내밀었다.

"수심이 너무 깊어 보이지도 않습니다."

야르니는 짜증이 날 대로 났다. 성과는 하나도 없이 태풍에 배 한 척과 300명에 이르는 수하들을 잃었다. 생각 같아서는 몽땅 죽여 분풀이를 하고 싶었으나 용병들과 기사들도 만만치 않았다. 기어코 죽이고자 한다면 자신들도 모두 죽을 각오를 해야 할 것이다. 계속 싸워봤자 이득이 없다. 더군다나 용병은 물론 상인들도 달랑 자기 몸 하나만 빼져 나온 기색이 역력하다. 구태여 피를 흘리지 않더라도 머지않아 바다가 자신들의 복수를 대신 해줄 것이라 믿었다. 식량과 물 없이 조난당한 자들의 최후는 바다 사나이 야르니도 많이 봐오지 않았던가. 야르니는 곧 손을 흔들었다.

"모두 철수해라."

해적들은 분분히 바닷물 속으로 뛰어들어 타고 온 부유물에 올라 되돌아가기 시작했다. 구명보트에 올라 떠나기 전 야르니는 쇼룬무를 노려보았다.

"네놈들은 그룬디아의 대륙민이 아니냐? 우린 비록 해적이라도 아조레스의 앞잡이 노릇은 하지 않는다. 더러운 놈들! 퉤."

야르니가 한차례 침을 뱉고 떠나간 후 쇼룬무는 처음엔 무슨 소린지 몰라 한참 생각에 잠겼다. 그러다 승선한 인물들이 모두 아조레스 출신임을 알고 비로소 의심이 들기 시작했다. 더욱이 새로 승선한 반데르와 20명의 인물들은 자신이 보더라도 전부 심상치 않은 기운을 풍긴다. 그렇게 생각하자 더욱 수상해졌다.

그때 바닷물 속에서 구명보트 한 척이 불쑥 올라왔다. 훼일 호에 달려 있는 구명보트가 고정줄이 풀리면서 떠오른 모양이다. 비록 뒤집어져 있었지만 망망대해에서 살아 나갈 생명줄 하나가 생긴 셈이다. 크기로 보아 20명은 너끈하게 탈 만큼 컸다.

"구명보트를 확보해라."

반데르가 수하 기사들에게 소리쳤다. 기사들이 바닷물 속으로 뛰어

들려 하자 용병들이 막아섰다.

"너희들의 정체가 너무 수상해. 일단 구명보트는 우리가 가져야겠다."

쇼룬무는 용병들을 지휘해 반데르와 수상한 자들의 접근을 막았다.

반데르는 잠시 침묵을 지켰다. 쇼룬무를 바라보는 눈에서 살기가 번뜩였다. 그러나 지금은 싸울 때가 아니다.

"일단 이곳을 빠져나가야 할 것 아닌가? 자중지란을 일으키자는 건가?"

쇼룬무 또한 아직 2킬로미터 후방에서 움직임을 보이는 해적들을 의식했다. 해적의 말을 믿고 의심을 불러일으키는 것도 문제가 있긴 했다. 쇼룬무는 일단 지켜보기로 했다. 쇼룬무는 용병들을 물러서게 했다. 그제야 기사들이 바닷물로 뛰어들어 씨름을 한 결과 구명보트가 정상을 되찾아 암초 옆으로 다가왔다.

"일단 우리가 먼저 이곳을 빠져나간 후 빠른 시일 안에 구조선을 보내주겠다. 그러니 그대들은 이곳에서 기다려라."

반데르의 말에 상인들조차 안색이 변했다. 배가 가라앉는 바람에 식량과 물까지 모두 가라앉았다. 대형 범선을 가지고도 이곳에 이르기 위해 3일이 걸렸다. 구명보트로 되돌아가는 데 일주일은 걸릴 것이고 다시 구조선이 오는 데 3일 이상 소요될 것이다. 그러니 나머지 사람들은 열흘을 기다려야 하는 셈이다. 그것도 평지가 아닌 물에 잠긴 바위여서 누울 수도 없는 위태로운 장소에서 기다려야 한다. 다시 한 번 태풍이라도 분다면 그대로 전멸이다. 아니, 그전에 모두 아사할 것이 분명했다.

"반데르 경! 제발 우리를 버리지 마십시오."

보편 노인이 사정했고, 쇼룬무는 반데르의 속셈을 알자 용병들에게 눈짓했다. 용병들이 구명보트를 향해 다가왔다.

"크크크! 우리를 막는 자는 죽는다. 여기서 그룬디아 놈들에게 약간의 징계를 내리는 것도 좋겠지."

반데르가 휘파람을 불었다. 그러자 기다렸다는 듯이 기사들이 용병들에게 달려들었다.

챙! 채챙—

검과 검이 부딪치며 비명이 터져 나왔다. 검이 부러져 나가며 일단의 용병들이 우르르 무너졌다. 용병들이 상대하기에 기사로 추정되는 자들의 몸놀림과 검술이 월등히 빠르다. 용병들은 비록 해적과의 전투에서 30여 명이 목숨을 잃었지만 아직 근 1백여 명이 남아 있었다. 그러나 20명의 기사들에게는 숫자의 우위가 별반 의미가 없었다. 순식간에 20여 명이 쓰러져 버리자 지켜보던 라모는 더 이상 방관할 수 없었다.

"멈춰라!"

라모는 신법을 발해 용병들과 기사들의 전장 사이로 내려섰다. 라모가 경고성을 발했음에도 불구하고 기사들은 멈출 생각을 하지 않고 더욱 힘차게 검을 휘둘렀다. 라모가 손가락을 들어 기사들을 가리켰다. 그러자 전면에 포진된 기사 10명이 일시에 몸이 굳어 발을 멈췄다. 라모가 탄지신통을 약하게 운용하여 마혈을 짚은 것이다. 기사들은 식은 땀을 흘리며 움직이려 애를 썼지만 손가락 하나 까딱할 수 없었다. 반데르와 나머지 기사들은 라모의 무위에 놀라 일제히 뒤로 물러났다. 덕분에 칼부림이 멈추었다.

"네놈은 누구냐?"

반데르는 훼일 호에 승선하는 날 라모를 본 적이 있다. 그리고 그의 동료로 보이는 마법사의 놀라운 솜씨도 구경한 바가 있다. 하지만 반데르는 라모를 그저 상인이라고만 생각했다. 그런데 실제로는 그래듀에이트에 이른 자신들을 순식간에 제압할 만한 무력을 가진 놀라운 실력의 라운드 파이터로 보였다. 반데르는 열심히 머리를 굴렸다. 반드시 아조레스로 돌아가 자신들의 사명을 완수해야 한다. 반데르는 어쩔 수 없다고 생각했다. 죽더라도 최선을 다해야 한다.

반데르는 검을 들어 라모를 겨누었다. 그에 따라 나머지 기사들도 재차 검을 들었다.

"네놈이 누군지 모르지만 우리를 막을 수는 없다."

반데르의 말에 라모는 손가락을 들어 반데르를 가리켰다.

챙그랑—

흰 빛이 번쩍하더니 반데르의 검 중간이 뚝 부러지며 하늘로 날아오르더니 뒤로 한참을 날아가 바닷물에 풍덩 하고 떨어졌다. 반데르의 얼굴이 하얗게 탈색되었다. 이건 생각보다 더 대단한 무력이 아닌가.

"죽고 싶지 않으면 검을 버려라."

나머지 기사들도 라모의 무위에 놀라 엉거주춤 검을 내렸다. 쇼룬무가 분위기를 보다가 용병들에게 눈짓을 했다. 용병들이 얼른 달려가 기사들의 검을 빼앗았다. 반데르 또한 힘없이 검을 떨구었다. 라모가 있는 이상 더 이상의 반항은 무의미했다. 이로써 스발바르가 계획하던 작전의 첫 그림이 지워져 버린 셈이다.

"완전히 망했소이다. 재물도 몽땅 잃었고 배도 가라앉았소. 물도 식량도 없소. 우린 이제 모두 죽었소."

상황이 모두 종료되자 보핀 노인이 이렇게 한탄했다. 인간 사이의 일은 종료되었으나 인간과 자연의 대결이 남아 있었다. 보핀 노인의 말에 사람들은 모두 절망했다. 바닷물이 발목까지 차는 암초 위에서 용병과 상인들은 망연자실했다. 아이들은 울기 시작했다. 거대한 범선은 사람들을 싣고 와 온통 파도만 넘실거리는 바다 위 암초에 내려놓고 홀로 사라져 버린 셈이다.

멀리 건너다 보이는 해적들은 자신들의 배를 해체해 뗏목을 만들고 있었다. 그리고 머지않아 물과 식량으로 보이는 물건들이 뗏목 위로 올라가고 구명보트 두 대가 선두를 담당하며 해류를 거슬러 올라가는 모습이 보였다. 바다를 누비는 사나이들답게 자신만만함이 그들의 행동에서 묻어난다. 그들은 머뭇거리지 않고 일사불란하게 움직이더니 곧 라모 일행의 시야에서 멀어져 갔다.

페넬이 근심스러운 얼굴로 라모를 바라보았다. 지금 마법진과 통신이 모두 불가능했다. 좌표가 정확해야 소통이 가능하다. 그러나 바다 한가운데서 좌표를 알 도리가 없다. 설사 안다 하더라도 여전히 소통은 불가능하다. 수시로 치는 파도는 시시각각으로 좌표를 바꾼다. 이런 상황이라면 9써클의 마법사라도 도리없이 원시적인 탈출을 시도해야 한다.

"영주님! 우린 어떻게 하죠? 구명보트는 20명 정원입니다. 저 수상한 자들을 제외한다 하더라도 현재 인원은 모두 165명가량 됩니다. 범선은 가라앉았으니 어떻게 이곳을 빠져나갈지 막막합니다."

물론 라모와 페넬, 호칸만 빠져나가고자 한다면 그리 어려운 일이 아니다. 갈대 잎 하나만 있어도 강을 건넌다는 일위도강(一葦渡江)의 신법이 있다. 하지만 라모는 절대 무고한 사람들을 사지에 놓아두고 떠날 인물이 아니었다. 페넬이 판단한 대로 라모는 쇼룬무에게 다가가

서 손을 내밀었다.

"자네 검 좀 빌리세. 그리고 내가 잠수해서 뗏목으로 쓸 만한 걸 올려 보낼 테니 자네가 그것들을 모아보게."

쇼룬무는 라모의 요구에 검을 건네주기는 했지만 한편으로는 고개를 저었다.

"베르헤나스 씨! 아까 해적들이 잠수해 보았듯이 너무 수심이 깊어 보이지도 않는답니다. 제가 바다에 대해서는 잘 모르지만 인간은 20미터도 내려가기 힘들다고 들었습니다. 무리하지 마세요."

쇼룬무가 만류했지만 라모는 웃음 지으며 호칸을 돌아보았다. 지금 호칸은 링케 등의 상인 자식들과 모여 라모를 근심스러운 얼굴로 바라보고 있었다. 그 와중에도 호칸은 자신보다 어린 아이들을 위로하고 있는 것이다.

"호칸! 인간의 능력은 무한하다. 인간의 능력은 자신이 상상하는 곳까지 뻗어 나간다. 인간의 한계는 곧 상상의 한계다. 지금부터 너에게 인간의 무한한 능력을 보여주겠다. 두 눈 크게 뜨고 지켜보거라."

라모는 이렇게 호칸을 독려한 후 바닷물 속으로 뛰어들었다. 호칸은 라모가 또 무슨 기적을 일으킬 것인가 하는 기대 어린 표정으로 라모가 뛰어든 바다를 쳐다보았다. 라모는 바닷물 속으로 뛰어든 후 먼저 세찬 해류를 느꼈다. 웬만한 사람이라면 바로 휩쓸려 갈 만큼 거셌다. 라모는 곧 천근추를 발휘해 심연으로 내려갔다. 수압이 밀려왔지만 일원신공이 자연스럽게 라모를 감싸며 물결을 밀어낸다.

라모는 점점 수심이 깊어질수록 바다 속 풍경에 감탄했다. 이곳은 바다 안에 펼쳐진 거대한 협곡에 다름 아니다. 훼일 호를 좌초시켰던 바위는 거대한 뿌리를 가지고 있었다. 라모는 절벽을 따라 심해로 계속해 내려갔다. 50미터를 지나 1백 미터를 더 내려왔을 것으로 추정됐지만 바닥은 여전히 보이지 않았다. 라모는 아직까지 끄떡없었다. 라모의 긴 호흡은 물속에서 1시간이라도 버틸 정도다. 정 호흡이 가빠지면 피부 호흡으로 산소의 흡입이 가능하다. 말하자면 라모가 맘만 먹으면 하루 종일이라도 물속에서 지낼 수 있다는 것이다. 이젠 머리 위에서 비쳐 오던 태양 빛도 수심을 뚫고 더 이상 들어오지 않는 어둠으로 변했다. 라모는 두 눈에 진기를 돋우었다. 그러자 주변이 조금 환해졌다.

거의 200미터가량 내려왔을 때 라모는 온몸을 조이는 듯한 압박감을 느꼈다. 끊임없이 이어지는 진기에 약간이나마 부담을 줄 정도로 수압은 엄청났다. 만약 일반인이 라모처럼 무작정 내려왔다면 칠공에서 피가 터지며 압사당했을 것이다. 250미터를 내려가자 훼일 호의 거대한 선체가 누워 있는 모습이 보였다. 훼일 호는 바닥을 항해하듯 똑바로 서 있다.

라모는 우선 훼일 호의 갑판에 내려섰다. 라모는 갑판 위에 세워진 수십 개의 마스트가 뗏목의 좋은 재료라는 것을 알았다. 라모는 검에 검강을 발했다. 황금빛 검강이 3미터 남짓 솟아올랐다. 라모는 갑판을 돌아다니며 보이는 족족 마스트를 잘라 버렸다. 그러나 마스트는 수면으로 떠오르지 못하고 가라앉았다. 수심이 깊다 보니 부력도 적용되지 않는 공간이었다.

이에 라모는 마스트 하나를 골라 밑둥에 손을 박아 넣었다. 그리고 마스트를 수면 쪽으로 향하도록 세운 후 진기를 이용해 집어 던졌다. 마스트가 수면을 향해 쏜살같이 날아올라 갔다. 어느 정도의 수심만 지나면 그 다음부터는 저절로 떠오를 것이다. 라모는 그런 식으로 거의 40개에 이르는 마스트를 수면으로 쏘아 올렸다. 라모가 마스트를 하나 던질 때마다 훼일 호가 들썩거렸다. 그만큼 반탄력이 강했다.

뗏목감이 충분해지자 라모는 이어 훼일 호 안으로 헤엄쳐 들어갔다. 그리고 3층 제일 밑바닥의 화물칸으로 내려갔다. 바로 식수와 음식물을 저장하는 곳이었다. 식수는 나무 드럼통에 잘 밀봉돼 있었다. 그러나 음식들은 태반이 바다물에 침수되어 변질돼 버리고 말았다. 먹을 만한 것이 없었다. 다만 잘 포장된 육포 정도는 상관없어 보였다. 라모는 식수 20통을 먼저 쏘아 올렸다. 그리고 바다물에 침수된 밀가루 등을 다 쏟아버리고 육포를 담아 10통가량을 재차 쏘아 올렸다.

이제 필요한 것은 모두 확보한 셈이다. 라모는 막 훼일 호를 떠나려 하다가 갑자기 떠오르는 생각이 들었다. 호칸을 의식하지 않았다면 평소 라모로서는 생각하지도 않았을 것이다. 아이와 부녀자들만이라도 태양과 비바람을 피해야 하지 않을까 하는 생각이었다. 라모는 곧 검강을 이용해 객실 2개를 통째로 떼어내기 시작했다. 객실 안에는 침대까지 붙박이로 달려 있다. 일단 라모는 마스트 주변에 널려 있는 밧줄들을 모아 300미터가량으로 연결한 후 객실 두 개에 연결해 놓고 끝만 잡고 수면 위로 부상해 갔다.

라모가 수면 위로 얼굴을 내밀었을 때 주변은 온통 함성과 흥분의 도가니였다. 이제 꼼짝없이 죽었다고 생각하던 중 희망이 생겼으니 당연한 반응이었다. 용병들은 뗏목으로 쓸 마스트를 한자리에 모으고 식수와 식량을 챙기고 있었다. 라모는 암초 위로 올라오자마자 일원신공을 운용해 힘을 쓰기 시작했다. 심해에서부터 객실 2량이 라모의 힘에 끌려 올라왔으나 수면 50미터가량을 남겨두고는 라모의 힘을 빌릴 것도 없이 저 혼자 힘으로 솟아올랐다.

"와아!"

객실 2량까지 떠오르자 상인 가족들과 용병들이 기쁨의 환성을 질렀다. 라모가 구해온 밧줄로 마스트들을 단단히 연결하자 모든 사람이 탈 만한 커다란 뗏목이 완성됐다. 그 위에 식량과 식수를 올려놓고 구명보트는 뗏목의 선두에 묶었다. 그리고 객실은 뗏목의 후미에 붙였다. 객실 자체가 작은 배에 다름 아니다. 이제 떠날 준비가 되자 보핀 노인이 다가왔다.

"베르헤나스 씨! 저희들에게 살아날 희망을 주셔서 감사합니다. 하지만 우리들은 절대 빈손으로 이곳을 떠날 수 없습니다. 재물들이 몽땅 배와 함께 사라졌으니 저희의 목숨도 같이 사라진 것이나 진배없습니다. 제발 저희를 살려주십시오. 저희들의 재물을 건져 주십시오. 그럼 얼마를 원하든 보상을 해드리겠습니다."

라모의 옆에서 보핀 노인의 말을 듣던 페넬이 오히려 화를 냈다.

"이것 보시오, 보핀 노인! 목숨이라도 건지게 되었으니 감지덕지할 일이지 이제는 욕심까지 부리는 거요?"

페넬이 꾸짖었지만 보핀 노인은 이판사판이라는 심정으로 라모를 붙들고 늘어졌다. 라모라면 자신들의 재물을 꺼내줄 능력이 있다는 사실을 알았다. 그러니 결사적이 되지 않을 수 없었다. 라모조차도 보핀 노인의 노욕에 눈살을 찌푸렸다.

"쓸데없는 소리 하지 마시오."

라모는 재차 바다 속으로 들어가고 싶은 마음이 없었다.

지켜보던 링케가 호칸에게 매달렸다.

"호칸! 도와줘. 베르헤나스 아저씨는 네 말이라면 무엇이든 들어주잖아. 난 거지가 되기는 싫어. 원래는 아조레스로 가기도 싫었는데 이제 재물을 다 잃으면 우리는 어떻게 살아?"

링케가 울기 시작했다. 호칸은 링케와 그의 가족들이 불쌍하기 그지 없었다. 더군다나 다른 아이들도 모두 울고 있었다. 아무리 어릴지언 정 가진 것 없는 삶이 얼마나 볼품없어지는지 본능적으로 깨닫고 있었 던 것이다. 주변이 어수선해 라모에게 말을 걸 계제가 아니었지만 지 금이 아니면 재물을 건져 올릴 기회가 없다는 걸 호칸은 알았다. 일단 이곳을 떠나면 다시 돌아올 수 없을 것이다. 바다 위에 표시를 해둘 수 는 없지 않은가. 호칸은 라모에게 걸어가 골드래빗 하나를 내밀었다. 이번엔 머뭇거리지 않았다.

"또 하나 소원을 말씀드릴게요. 이들의 재물을 배에서 꺼내주세요."

라모의 눈이 이채를 띠었다. 실상 라모는 상인들이 마음을 돌리고 다시 그룬디아에 정착할 마음만 가진다면 자신이 어느 정도 보상해 줄 생각을 가지고 있었다. 몸만 빠져나가기도 여의치 않은 상황에서 재물 까지 들고 갈 여유는 없었다. 두 가족이 들고 온 보물 상자만 해도 5상 자였다. 상자 하나의 무게는 혼자서는 들 수 없을 만큼 무겁다. 그런 상자들이 수십 개에 이르렀고, 현물로 가져온 골동품과 도자기 등도 다 량이었다. 예측할 수 없는 바다에서, 그것도 조난당한 상태에서 재물 에 연연하는 행위는 바보나 다름이 없다. 그런데 호칸이 골드래빗을 내놓으니 라모 또한 갈등하지 않을 수 없었다. 라모가 할 수 있는 일이 니 거절할 명분이 없다.

"네 소원이라면 들어주겠다. 하지만 그로 인해 이곳을 빠져나가는 데 차질을 빚을 것이다. 그 점은 생각해 보았느냐?"

라모는 약간 준엄하게 호칸에게 물었다. 재물에 집착하기 시작하면 사람의 생명은 등한시하기 일쑤다. 더군다나 용병들과 분쟁의 소지가 될 수도 있다. 하지만 이제 12살에 불과한 호칸이 그런 저간의 사정까지 알 리가 만무였다. 그저 링케가 안돼 보이고, 상인들이 측은해 라모에게 부탁한 것이었다. 라모는 호칸이 여전히 고개를 끄덕이자 골드래빗을 회수한 후 다시 바닷물 속으로 뛰어들었다.

재물을 끌어 올리는 일은 지루하게 진행됐다. 일단 라모는 해저로 내려가 갑판에 놓인 밧줄을 연결해 끌고 올라갔다. 그리고 일일이 보물 상자를 하나씩 비끄러매었다. 그리고 밧줄을 흔들면 대기하고 있던 용병들이 끌어 올린다. 보물 상자는 부력이 없다. 그래서 일일이 힘을 써 끌어 올려야 한다. 덕분에 해저의 압력 속에서 밧줄을 당기는 용병들이 모두 녹초가 되고 말았다. 용병들은 자신들의 임금이 포함되어 있으므로 당연히 협조하지 않을 수 없었다. 결국 그날 하루는 보물 상자 인양으로 꼬박 하루가 지나가고 말았다.

다음날 일행들은 결국 거대한 뗏목을 띄웠다. 해적들이 나아갔던 방향대로 해류를 거슬러 올라갔다. 그곳이 그룬디아로 가는 방향이라고 생각했다. 선장도 이곳이 어딘지 어디로 가야 할는지 위치를 몰랐다. 다만 하늘의 별을 보고 대략 방위를 알아 해적들이 나아갔던 방향이 옳음을 알려준다.

살아남은 선원들과 용병들은 모두 노 대용으로 깎은 넓적한 나무를 들고 뗏목 가장자리에 앉아 바닷물을 저었다. 인간들의 무게와 보물 상자 덕분에 뗏목은 느릿느릿 간신히 앞으로 나아갔다.

하루 종일 저었지만 10킬로미터 남짓 전진했을 뿐이다. 아스라이 훼일 호가 좌초되었던 암석군이 아직도 눈에 들어온다. 다행히 그쯤 오고 보니 해류가 끊겼다. 그러나 이미 선원들과 용병들은 노를 젓느라 어제에 이어 또다시 파김치가 되었다. 해까지 수평선 너머로 떨어졌다. 사람들은 자연스럽게 뗏목 중앙으로 모여 육포로 식사하고 식수를 마신 후 휴식을 취했다.

다음날 사람들이 깨어났을 때 뗏목이 전혀 다른 바다 위에 떠 있는 걸 발견했다. 뗏목 아래를 관찰해 보니 또다시 거센 해류가 흐르고 있다.

"우리가 가고자 하는 정반대 방향으로 와버렸습니다. 모르긴 해도 아무리 노를 저어봤자 이 큰 뗏목은 결국 해류가 지정하는 방향으로 흘러가 버릴 겁니다. 이럴 바엔 차라리 앞으로를 생각해 체력을 비축해 두는 것이 좋을 겁니다. 가다 보면 어디든 도착하겠지요."

선장의 말이 맞았다. 해류는 눈에 띌 정도로 빠르게 뗏목을 끌고 가는 중이었다. 자연의 힘에 반항해 보았자 힘만 빠질 뿐이다. 그 다음부터는 모두 휴식을 취하며 틈틈이 돛을 만들어 세우거나 노를 다듬는 일 외에는 손을 놓고 말았다.

해류를 따라 흐르는 보름간은 아무런 일도 일어나지 않았다. 그냥 무료한 나날이 계속되고 있었다.

시일이 흐르자 아이들은 오히려 이런 상황을 즐겼다. 뗏목을 뛰어다니며 웃고 떠든다. 하지만 그럴수록 앞날에 대한 걱정으로 어른들은 점점 걱정이 가슴에 싸여갔다. 걱정거리는 한두 가지가 아니었다.

우선 식량과 식수가 바닥을 드러내고 있었다. 포로로 잡은 스발바르의 기사 20명을 포함해 인원은 거의 2백 명에 육박하는데 건져 올린 식수와 식량은 한정돼 있다. 식량 건은 라모가 해결하였다. 뗏목 가장자리에 서서 손가락만 움직이면 어린아이만한 물고기가 절로 뛰어 올라온다. 물고기는 싱싱하고 영양이 풍부해 오히려 건강에는 더 좋았다. 하지만 더 이상 식수를 찾을 수 없다는 점이 문제였다. 물을 마시지 못하니 점차 식욕이 줄어들며 입술이 말라 들어갔다.

어린아이들까지 갈증에 시달리게 할 수 없어 라모는 바닷물을 퍼서는 마나를 이용해 가열했다. 바닷물이 끓기 시작하면서 내뿜는 증기를 거두어들이는 식으로 식수를 만들었다. 그러나 그 양은 얼마 되지 않았다. 아이들은 하루에 세 컵을 마실 수 있었지만 어른들은 하루에 한 컵도 제대로 돌아가지 않았다. 하지만 그것만으로도 갈증으로 죽을 염려는 없었다.

정작 큰 문제는 점차 날씨가 추워진다는 점이었다. 떠나온 지 보름이 지날 무렵부터 하루 자고 일어나면 기온이 뚝 떨어지고 있는 걸 피부로 느낄 수 있었다. 부녀자들과 아이들은 그나마 객실 안에서 서로 껴안고 자며 체온을 유지했다. 반면 용병과 다른 어른들은 바다에서 불어오는 찬바람을 고스란히 맞으면서 점차 초췌해져 갔다.

"야말 대륙으로 가는 모양입니다."

선장이 어느 날 추위에 입술을 달달 떨며 진로를 예측했다. 선장의 말에 모든 사람들은 가슴까지 휑하게 뚫려 찬바람이 지나가는 듯했다. 야말 대륙이란 이 세계의 축을 이루는 세 개의 대륙 중 하나다. 야말 대륙은 인간이 살 수 없는 불모의 대륙이다. 눈과 얼음의 세계이다. 야말 대륙으로 흘러간다면 무엇보다 그 서슬 푸른 추위에 모두 얼어 죽고 말 것이다. 영하 40~50도까지 내려가는 혹한에 온화한 기후의 그룬디아나 아조레스에서 생활하던 사람들은 도저히 견딜 재간이 없다. 지금 입고 있는 옷들은 한결같이 홑옷에 불과하다.

다시 보름이 지나자 아이들은 객실에 박혀 나올 줄을 몰랐고, 뗏목 위에 탄 사람들은 움직임을 멈추고 덜덜 떨면서 하루하루를 지내야 했다. 라모와 페넬은 객실마다 들어가 파이어 볼을 하나씩 허공에 띄워

놓고 난방을 해주어야 했다. 진기가 끊임없이 일어나는 라모는 하루 종일이라도 상관없었지만 페넬은 하루 만에 지쳐서 탈진해 버리고 말았다.

뗏목 위에서 생활하던 용병들 가운데서 기어코 얼어 죽은 시체로 발견되는 사람이 나오기 시작했다. 라모는 사람들이 이대로는 도저히 더 견딜 수 없다는 사실을 알았다. 보다 근본적인 대책을 세워야 했다.

마침 라모는 웬만한 연병장보다 큰 빙하가 떠다니는 걸 발견했다. 그 위에 괴상하게 생긴 생명체가 줄줄이 누워 있거나 물속으로 뛰어들었다가 생선을 물고 올라가는 광경을 목격했다. 길이는 3미터에서 5미터까지 다양했고 온몸은 흰 털로 덮여 있다. 팔다리는 없고 긴 꼬리로 헤엄을 친다. 머리는 사자와 같았는데 벌린 입 사이로 대거 같은 이빨이 촘촘했다.

"월러스입니다. 바다의 살륙자라 불리는 놈들입니다. 보통은 야말 대륙에 사는데 빙하를 타고 종종 대양으로 나오기도 합니다. 저놈에게 한번 물리면 인간이고 동물이고 단번에 두 동강이 나버립니다. 하지만 모피는 추위를 막는 데는 그만입니다. 털이 부드러워 매우 고가로 거래되는 품목입니다."

선장이 추위에 덜덜 떨면서도 설명은 조목조목 상세하다. 라모는 뗏목을 박차고 단숨에 빙하로 달려갔다. 철썩이는 파도를 헤치고 달려가자 추위에 떨던 용병들은 모두 눈이 휘둥그레졌다. 그들의 생전 물 위를 달리는 사람을 보리라고는 상상하지도 못했을 것이다. 라모가 달려가자 월러스들은 바다의 살륙자라는 닉네임답게 빙하에서 바닷물 속으로 잠수하더니 라모를 향해 빠른 속도로 헤엄쳐 왔다.

라모는 더 이상 달릴 필요가 없었다. 월러스가 눈앞으로 헤엄쳐 온

다음 수면을 박차고 날아와 덮칠 때까지 기다리면 됐다. 무시무시한 이빨을 드러내며 라모를 집어삼킬 듯 날아왔지만 라모는 신법을 발휘해 옆으로 물러서며 내가중수법으로 심장 부위를 후려쳤다. 그럼 월러스는 즉사하여 배를 뒤집고 수면 위로 누워버렸다. 이어 2~3마리가 연이어 달려들었다.

그러나 라모의 빠른 몸놀림을 따라잡을 수는 없었다. 라모는 오히려 순간적으로 붙었다 떨어지며 내가중수법으로 월러스를 일격에 사냥해버렸다. 흉포한 월러스는 동료가 죽어 나갔지만 끊임없이 달려들었다. 라모 또한 눈부신 속력으로 달려드는 월러스를 연신 격살했다.

얼마 지나지 않아 라모의 주변으로 거의 1백 마리에 가까운 월러스들이 하얗게 배를 뒤집고 둥둥 떠다녔다. 그제야 월러스들은 라모가 괴물 중의 괴물이라는 사실을 깨닫고 도망가기 시작했다. 그러나 아직 숫자를 맞추지 못했다.

라모는 빙하까지 쫓아가며 월러스를 학살하기 시작했다. 가죽에 구멍을 내면 안 되겠기에 탄지신통은 쓰지 않고 철저히 내장만을 부수는 내가중수법을 사용했다. 결국 다시 1백 마리를 죽이자 월러스들도 도저히 당하지 못한다는 걸 알고 빙하를 벗어나 도망가기 시작했다. 그제야 라모는 사냥을 끝냈다.

라모는 뗏목을 가까이 대게 하고 잡은 월러스들을 끌어 올리게 했다. 용병들이 추위조차 잊고 몽땅 달려들어 가죽을 벗기기 시작했다. 난데없이 피비린내가 바닷가에 진동했다. 벗겨낸 가죽은 훌륭한 방한복이 되었다. 한 마리 분의 가죽이 방한복과 신발, 모자, 장갑을 만들기에 안성맞춤이었다. 바늘은 라모의 블랙암이 있었고, 실은 월러스의 털을 꼬아 만들었다. 옷을 지어본 여인들이 요령을 알려주자 하루 만에 전부 그럴듯한 옷을 지어 입을 수 있었다. 사람들은 그제야 어느 정도 추위에서 벗어날 수 있었다. 또한 월러스의 고기는 기름기가 많아 식량으로도 훌륭한 대용품이 되었다.

멧목 위에서 그날 저녁 파티가 열렸다. 음식은 바비큐였다. 라모가 월러스 한 마리를 통째로 허공에 띄워 파이어 볼을 이용해 구웠다. 10마리를 굽고 나니 충분했다. 또한 빙하 위에는 눈이 쌓여 있었다. 그걸 녹이고 나니 훌륭한 식수가 되었다. 덕분에 사람들은 조난을 당한 이후 처음으로 부족한 것이 없는 행복감을 느꼈다.

다음날부터 라모는 스발바르의 기사들을 심문했다. 라모는 오히려 그들로부터 스발바르의 정보를 얻어내고자 했다. 라모는 그들로부터 스발바르의 정세는 물론 황제 엑소센의 출생과 성장에 관한 파란만장한 역경을 들을 수 있었다. 황제는 태어나는 것이 아니라 만들어지는 것이란 사실을 엑소센 황제는 몸으로 보여주고 있었다.

〈제3권 끝〉